新装版

明智光秀

真の天下太平を願った武将

嶋津義忠

PHP文庫

JN150376

○本表紙図柄＝ロゼッタ・ストーン（大英博物館蔵）
○本表紙デザイン＋紋章＝上田晃郷

［新装版］明智光秀

目次

一章　流浪の将軍

㈠

ダーン。

一発の銃声が遠くの山中で轟《とどろ》いた。それは四方八方に谺《こだま》し、余韻を残して、樹々に吸い込まれるように消え去る。

光秀は足を止めて、耳を澄ませる。

「猟師でしょう」

と彌平次《やへいじ》が言う。

「うむ」

「雉《きじ》でも狙っているのではありませぬか」

「そうだな。一息、入れるか」

二人は木陰を選んで腰を下ろし、それぞれの腰にぶら下げた竹筒を取って、喉を潤す。

細い山道が曲りくねって続いている。道の先になにがあるか、見通しは悪い。坂を下り切れば、海に突き当たる。その手前の三叉路を左に逸《そ》れれば、敦賀《つるが》街道に出る。敦賀まではおよそ四里（一六キロ）、夜には敦賀に入ることが出来る。

永禄九年（一五六六）九月、越前の山中は紅葉にはまだ間がある。樹々の葉が緑の様々な濃淡を見せて、山中を覆っている。風はなく、葉は傾き掛けた陽射しを浴びて、艶やかに光っていた。

ダーン。

今度は、かなり近くから銃声が聞こえた。

光秀は背に斜めに掛けていた鉄砲を手にして、火縄に火を点ずる。

「如何《いかが》なさるのです」

と彌平次が訊く。

「雉がいるなら、おれも射止めてみたくなったのよ」

万一の用心のためである。まさか盗賊が狙っているとは思わない。が、一乗《いちじょう》谷《がだに》を出たときから、何者かがずっと後を付けているような気がしてならなかった。

確信のあることではない。だが、光秀は己の直感を信じている。人は、ときとして、目に見えるものによって過《あやま》ち、直感によって正しく導かれるものなのだ。

「狙われている、とお思いなのでは？」

「それなら、ああ派手にはぶっ放すまい」

光秀は腰を上げて、山中に視線を向ける。

彌平次は光秀に並んで立つと、

「一つ、お伺いしてよろしいか」

「なんだ」

「光秀様は、かの義秋《よしあき》様が将軍の位をお継ぎなされるのを、まこと、望んでおられますのか」

「それを訊いて、どうする」

「どういうことはありませぬ。それがしは、どこまでも、光秀様のお考えに従って行くだけのことゆえ。しかし——」

「しかし、なんだ」

「それゆえにこそ、いつの場合にも、ご本心をお聞かせ願いたいのです」

足利十三代の将軍義輝が松永弾正久秀に弑逆《しいぎゃく》されたのは、昨年の五月十九日のことであった。久秀は三好長慶《ながよし》の重臣として力を蓄え、信貴山《しぎさん》、多聞山《たもんやま》の二つの城を築いて、大和国をほぼ制圧した。永禄六年には、己の勢力を確かなものにするため、長慶の嫡子義興を毒殺し、義興を失った長慶は失意の内にその翌年に生涯を閉じた。

久秀の狙いは、傀儡《かいらい》と化した将軍を手中にすることにあった。いまや、将軍に戦国大名や有力な豪族を統治する力は皆無である。が、その権威は脈々と生き続けており、それを利用する価値は十分にある。

久秀は、三好三人衆と呼ばれている三好長縁《ながやす》、三好政康、岩成友通《いわなりともみち》と語らって、阿波の足利義栄《よしひで》を将軍跡目に擁立しようと企てている。義栄は十二代将軍義晴の甥に当たり、平島公方《くぼう》とも富田《とんだ》公方とも称されていた。

ここに、いま一人、将軍の跡目を継ぐべきだと考えている人物がいる。義輝の弟で、奈良一乗院の門跡《もんぜき》だった覚慶《かくけい》である。覚慶は久秀に幽閉されたが、久秀の探索網を逃れて近江へ走り、還俗《げんぞく》して義秋と名乗った。その後、姉婿に当たる若狭《わかさ》の大名武田義統《よしむね》を頼って、若狭へ赴いた。

武田義統に義秋を擁立する力はない。義秋は光秀の主君朝倉義景《よしかげ》に助力を求め、義景はこれに応えたのだった。

「筋から言えば、義秋様が跡目を継がれるのが、順当ではないか」

と光秀は彌平次に答える。

が、この乱世に筋などなんの意味も持たぬし、なんの役にも立たない。

「ともかく、麻のごとく乱れたこの世をなんとかしなければなるまい。そのために、将軍という位が役立つものなら、役に立ってもらえばよいではないか」

彌平次は明るい笑いを弾かせた。

「よく分かりました。しかし、この乱世を治められる人物などおりましょうか」

「いる。いや、いてもらいたいものだ」

関東の北条氏康《うじやす》、甲斐の武田信玄、越後の上杉謙信、美濃の斎藤龍興《たつおき》、尾張の織田信長、西国では安芸の毛利元就《もとなり》、四国には長宗我部元親《ちようそかべもとちか》、九州には島津義久《よしひさ》、そしてわが主《あるじ》朝倉義景。力のある戦国大名として思いつくのは、これだけではない。彼らの内、一体、誰が他を押さえることが出来るのか。

「だが、いま、おれがなさねばならぬことは、お前たちにもっとましな暮らしをさせてやることだな」

と光秀は笑う。

光秀がやっとの思いで朝倉家に召し抱えられたのは四年前、三十五歳の年だった。禄は五百貫、そのため、軍役として五十名からの家人を抱えなければならない。その上、一族郎党がいる。彼らにそこそこの暮らしをさせてやれるのは、まだまだ、先のことになりそうだった。

「われら、光秀様のご出世を心待ちにしております」

彌平次は頬を緩める。もともと、表情豊かな豊頬《ほうきょう》の男である。それが笑うと、実によい顔になる。

「それを言わねば、彌平次もよい男なのだが」

二人は声を合わせて笑った。

先に立って山道を行く光秀の背に、

「義秋様は、無事、敦賀にお着きでしょうな」

と彌平次が問う。

「ご無事でなくては困る」

松永久秀があくまで義秋の命を狙うなら、いまが最後の機会と言える。義秋が一乗谷に入ってしまえば、義秋をこの世から抹殺することは難しくなる。

義秋を迎えるために、二十名ほどの兵を若狭まで派遣してはどうか、と光秀は義景に進言した。義景はそれを喜ばなかった。しばらく考えていたが、

「その方一人が敦賀まで出向いて参れ。だが、あくまで、その方の一存ということでな」

敦賀は若狭に接する朝倉の領地の南端に位置する。義景は、まだ、迷っているようだった。義秋を朝倉に迎え入れることは拒否出来ない。しかし、朝倉にとって、義秋を擁立して上洛することに、どれほどの利があるのか。

「その方は、満更《まんざら》、将軍家と無縁というわけではあるまい」

「――」

「うむ。そうするのがよいわ」

若狭から一乗谷までの道中で、義秋の身に変事が起きても、朝倉は責《せめ》を負いかねる、ということのようだった。

山道は上り、下り、曲りくねって続いている。十間先は見通せない。光秀は火縄銃を構えてゆっくり歩む。

義景が光秀を召し抱える気になったのは、光秀の射撃の腕前を認めたからに過ぎない。光秀は義景の前で実射を試みた。それ以外に、己を売り込む手立《てだて》が光秀にはなかった。が、鉄砲隊の指揮を光秀に任せてよいものかどうか、義景は決断しかねている。


右回りの下り坂に差し掛かったとき、光秀の足が止まった。彌平次が、さっ、と光秀の前に出る。太肉《ふとりじし》の体に似合わない敏捷な身のこなしだった。前方に男が一人、待ち構えていた。

男は藁《わら》帽子を被り、腰に山刀を差した猟師の身なりをしている。右手の火縄銃を頭上に上げて、敵意のないことを示していた。

男が藁帽子を取って片膝をつく。藁帽子の下から頰の痩《こ》けた浅黒い顔が現れた。窪んだ目が鋭い。

「彌兵《やへい》ではないか」

光秀は男に歩み寄って、

「無事であったか」

「お久し振りでございます。光秀様もご無事でなによりです」

彌兵は彌平次を見上げて、

「三宅殿も息災でなにより」

「これは驚いた。懐かしい」

と彌平次は彌兵の手を取って、固く握り締める。

「光秀様が朝倉におられることは、風の便りで承知しており申した」

「そうか」

可児《かに》彌兵は、十年前、光秀の家人だった。十五、六歳の頃より射撃に天賦《てんぷ》の才を見せ、東美濃では知られた鉄砲上手であった。光秀はこの彌兵から射撃の手解《てほど》きを受けた。彌兵は光秀の師と言える。

「今朝、お屋敷をお訪ねしたのです」

「そうであったか」

「奥方様もお達者のご様子、安堵《あんど》いたしました」

「凞子《ひろこ》もお前のことはずっと気に懸けておったぞ。これまで、どこでなにをしていた」

「ずっと加賀におり申した」

「加賀か」

加賀は一向一揆勢の勢力が強く、朝倉はこれに手を焼いている。

彌兵は腰を上げ、

「積もる話は後ほどということにして、気に懸かることがござる。お二方は何者かに付けられておりますぞ」

「なに！」

と彌平次が辺りに視線を走らせる。

「やはり、そうか」

光秀の直感は過《あやま》っていなかった。

光秀が敦賀へ向かったことを知った彌兵は、すぐさま、後を追って来た。途中、二人を付けている数名の者に気づいた、という。

「とりあえず、空に向かって撃ってみましたところ、奴らは姿を消しましたが、まだ、近くにおりましょう」

「先程の二発の銃声は、お前が放ったものだったのか」

「何者かに付けられる心当たりがございますのか」

「ないこともない」

「では、敦賀までお供いたしましょう」

「それは有難い」

と彌平次が言う。

「私は山中に入って、密かにお二方を警護いたします」

「ご苦労だが、そうしてもらおうか」

「では」

彌兵は一礼して、二人の側を離れた。山中に入り、たちまち、姿を消す。

「参るぞ」

光秀は先に立って、山道を下る。間もなく、樹間から海が垣間見えた。海は夕陽を浴びて、穏やかに光っていた。

(二)

光秀が気比《けひ》の松原に近い気比神宮の、大鳥居の下を潜《くぐ》ったのは、戌《いぬ》の中刻（午後八時）頃だった。気比神宮は千年の歴史を持つ古社で、越前国一の宮として名高い。

彌兵が警護について以後、光秀は付ける者の気配を感じ取らなかった。が、油断は出来ない。彼らが久秀の手の者なら、必ず、近くにいる、と考えておく必要がある。

義秋は神官屋敷の上座敷で苛々して待っていた。

「遅い！」

光秀が衣服を改めて伺候《しこう》すると、光秀の挨拶も待てずに、義秋は叫ぶように言った。甲高い声である。

「申し訳ありませぬ。明智十兵衛光秀にござりまする」

と光秀は平伏する。

「余を待たせるなど、無礼であろう」

ふっくらした顔が、蠟燭《ろうそく》の明りを横から受けて脂ぎっている。血を上らせ、目をいっぱいに見開いて光秀を睨みつけた。顔の中央に、小さい目鼻が寄り集まっている。三十という年齢のわりには、堪《こら》え性がないようだった。

「ご無礼の段、重ね重ねお詫びいたしまする」

「お出迎え、ご苦労に存ずる」

近臣の細川藤孝《ふじたか》が言った。こちらは落ち着いた深い声だった。

藤孝は義秋より三歳上、光秀の六つ年下になるが、年齢以上に沈着な印象を与える。すでに、歌人として名をなしていた。輪郭の丸い、目鼻立ちのくっきりした顔が光秀に微笑んでいる。

「朝倉は余を蔑《ないがし》ろにするのか」

と義秋が噛みつくように言う。

「滅相もございませぬ」

藤孝が笑顔を見せて、

「明智殿、お気を悪くなされますな。お上はご機嫌が悪いのでござる」

藤孝は、義秋の怒りに構わず、光秀に声を掛けた。

「お心遣い、痛み入り申す」

「余の機嫌が悪いだと」

「少々、お疲れでございましょう」

「朝倉は、なにゆえ、余を金ヶ崎《かねがさき》城へ迎えぬ」

敦賀を治めているのは、名城金ヶ崎城である。義秋が朝倉にとって大切な客であるなら、当然、そうすべきである。警護の兵もつけずに、気比神宮に待たせておくわけには行かない。

しかし、義景は、いまのところ、義秋を喜んで朝倉に迎えるのではない。その意思表示だけは、はっきりさせておきたいらしい。

そのことは、義秋も感じ取っているはずである。それをわざわざ口に出して追及してもらっては困る。今度は、藤孝も助け船を出してくれない。

「それがしごとき者がお迎えに参上いたしましたのは、理由《わけ》があってのことでございます」

「ほう、面白い。聞かせてもらおうか」

「それがしは、かつて、十三代様にお仕えしておったことがございました」

「それはまことのことでござるか」

と藤孝が問い返す。

藤孝にとっても、意外なことであったらしい。

「足軽衆に名を連ねさせていただいており申した」

当時、藤孝は将軍義輝にお側衆《そばしゅう》として仕えていた。光秀は藤孝を見知っていたが、藤孝には憶えがないらしい。当然のことである。お側衆と足軽衆とでは身分が違い過ぎる。

「そうでござったか」

「それゆえ、それがしが、直接、お迎えに上がった方がよいのではないか、とわが殿は思慮いたしたのでござる」

それは事実とは違う。敦賀まで迎えに出たのは、光秀個人の考えによることにしろ、と義景は言った。

「そのことで、ご不快を与えましたのなら、この光秀、如何ようにもお叱りをお受けいたしまする」

「そうか、その方は兄の家人であったか」

「十三代様のご無念いかばかりか、とご推察いたしまする」

義秋は、しばらく、黙って光秀の顔を見つめていた。藤孝も光秀から目を逸らさない。二人の無遠慮な視線を、光秀は平然と受け止める。

光秀は巨漢ではない。筋肉質の中肉中背だが、その体軀には溢れ出ようとする逞《たくま》しい力強さが漲《みなぎ》っているかに、藤孝の目には映ずる。

陽に灼けた顔は面長で端整、くっきりした眉、切れ長の目、優しげな口許、いずれも戦国武士のそれではない。平安の貴公子の趣《おもむき》がある。

体全体が発するものと、顔が与える印象がどこかちぐはぐで、その矛盾が藤孝には面白い。

「そういうことなら、改めて、その方を余が家人に召し抱える」

義秋が唐突に言った。

「ははっ」

義秋の小さい目が落ち着きなく、ちろちろ、と動いている。義秋の脳裏には、絶えず様々な想念が去来しているらしい。

「明智十兵衛光秀は、今日《こんにち》ただいまより、わが幕臣である。この藤孝と同等のお側衆といたそう。それでよいな」

と藤孝に念を押す。

藤孝が頷く。

しかし、義秋は、いまだ、将軍職を継承していない。

「余に忠勤を尽せよ」

「有難き幸せにござりまする」

「ただし、いまのところ、その方に与える扶持《ふち》はない。いずれ、折を見て、よきように計らうゆえ、それまでは我慢いたせ」

「心得ました」

むろん、この件については、義景の許しを得なければならない。大名の家臣であると同時に幕臣である例は、幾らもある。義景は敢えて異は唱えないだろう。このことが、将来、朝倉のためになにかの役に立たないとも限らない。義景は口を歪めて嗤《わら》うだけではないか。光秀にとっても、幕臣であることは、これからの己の働きに役立つ可能性が十分にある。

「そろそろ、お上は寝所《しんじょ》に入られます」

と藤孝が言った。

「これは気がつきませなんだ」

と光秀は恐縮する。

義秋は素直に座を立った。

「光秀、頼りにしておるぞ」

「勿体ないお言葉でございます」

義秋を寝所まで送って行った藤孝は、すぐに戻って来た。

「光秀殿は、まだ、お食事をしておられぬのではないか」

「これからでござる」

「これは気のつかぬことでござった。お供の方々にも、なにか用意させましょう」

「忝《かたじけ》ない」

下働きの女が膳を運んで来る。

「それがしも寝酒を少々ご相伴《しょうばん》させていただこう」

藤孝は気さくに光秀に向かい合って、大振りの酒杯を手に取る。

「では、お注ぎいたそう」

「こういうときの酒が、なにより旨《うま》い」

と藤孝は酒杯の酒を一気に飲み干す。

「なかなかに気骨の折れるお上でございまするな」

藤孝は軽く笑っただけだった。

「ときに、お供の方は幾名おられますか」

「五名の者が警護に当たっており申す。それがなにか」

「細川殿のお耳にだけ入れておきますが、ちと、気になることがありますゆえ」

付けている者たちがいたことを光秀は伝えた。

「分かり申した。このことはお上にお知らせすることはありますまい。道中のことは、すべて、明智殿にお任せいたす。よしなに下知《げち》下され」

泰然自若たるものだった。

「承知仕《つかまつ》った」

「では、一献《いっこん》」

「越前の酒も、捨てたものではございますまい」

「いかにも」

藤孝は自ら酒杯に瓶子《へいし》を傾けた。


翌朝、一行は夜明け前に出立した。

彌平次が先頭に立ち、光秀が騎馬で続く。その後を騎馬の藤孝、義秋が行き、殿《しんがり》の五名の警護の者は徒《かち》である。彌兵はさらに先を行っている。

秋晴れの爽やかな朝であった。街道沿いの樹々に戯れる小鳥の鳴声が姦《かしま》しい。

山道に掛かると、彌兵と彌平次が左右に分かれて山中に入って、一行を両側から警護する。光秀は己の火縄銃を彌平次に持たせた。彌平次の射撃は当てにならないが、発砲するだけで不審な者を怯《ひる》ませる役には立つ。

藤孝は見事に鹿毛《かげ》を乗りこなしている。将軍のお側衆を勤めていたにしては、信じ難いほどの達者であった。

道幅が広くなったとき、藤孝の鹿毛が寄って来て、

「見事な采配でござる。感服仕った」

「これしきのことで、恥を掻かせますな」

と光秀は笑い返す。

「この分なら、何事も起こりますまい」

「一乗谷へ無事お送りいたします」

「よしなに」

「一度、わが陋屋《ろうおく》をお訪ね下さいませぬか。野駆けなど、馳走いたしましょう」

「喜んでお伺いいたす。これで、楽しみが一つ出来申した」

藤孝は笑顔を見せて、光秀から離れた。

㈢

光秀は死を覚悟した。

ヒュー。

火矢《ひや》が本丸屋敷の床に突き刺さる。光秀は矢を抜いて、火を踏み消した。

「これまででござるな」

と叔父の光安《みつやす》が言った。

「はっ」

「潔く腹を斬りますか」

光秀は頷いた。

「うおー、うおー」

斎藤義龍《よしたつ》の臣、長井隼人佐《はやとのすけ》率いる寄手《よせて》の喊声《かんせい》が間近に聞こえる。まるで巨大な獣《けもの》の咆哮《ほうこう》のようである。

矢が空を切り裂く音、馬蹄の響き、刀槍の打ち合う金属音、散発的に聞こえる鉄砲の射撃音、怒声、悲鳴、それらが一体となって、美濃可児の明智城を取り巻き、刻一刻と本丸屋敷に迫って来る。

寄手の軍勢はおよそ三千、城の手勢は三百八十余名、勝敗は最初から明らかであった。それでも、味方は、再三、討って出て敵を悩ませた。光秀自身も、二度、三十名ばかりを引き連れて斬り込み、身に数か所の傷を負った。

すでに、敵は防柵を打ち破り、濠も越えた。城内のあちこちで火の手が上がり、逃げ惑う女子供の悲鳴が痛々しく聞こえる。城は日暮まで保《も》ちそうにない。

弘治二年（一五五六）四月二十日、美濃の斎藤道三が、わが子義龍によって、長良川畔で討たれた。この父子の争いに、義を重んずる明智一族は、義龍に属することを拒んで、明智の小城に引き籠った。義龍が襲い掛かって来るのは、覚悟の上のことだった。

敵が攻撃を開始したのは八月五日、昼夜を分かたず攻め掛かる。明智勢はこれによく耐え、奮戦した。

「今日は何日になり申す」

と光安が訊く。

「確か、九月の二十六日でございましょう」

憔悴《しょうすい》し切った光安の髭面《ひげづら》に、微かな笑いが浮かび上がる。

「よく防いだものでござる」

「見事なものでございました」

道三が討たれてしまっては、救援の当てなどまったくない。光秀も光安も、己の信ずるところを信ずるままに守り続けた。そんな光秀と光安を、家人のすべてが是《ぜ》としたのだった。誰一人、逃げ出した者はいない。

「皆も誇り高う、よう戦うてくれ申した」

「まことに。かくなる上は、今宵、夜陰に紛れて、一人でも多く落ち延びさせねばならぬ」

「館に火を放ち、日暮とともに抜け出させましょう。城に蓄えてある金銀は、残らず皆に分け与えます」

「おお、それはよいことに気づかれた」

「さっそく手配いたします」

「それがしはいささか疲れ申した」

「しばらく、横になられませ」

「うむ」

そのとき、また一本、火矢が屋敷の中に飛来した。

「その間はなさそうでござるな」と光安が笑う。「腹を斬る前に、湯漬けなど食したいが、もはや、食う物もござらぬか」

「残念ながら」

「光秀殿、介錯《かいしゃく》を頼み申すぞ」

「心得ました。すぐに後を追いまする」

「いや、光秀殿は落ち延びねばなりませぬ」

「なんと！」

「光秀殿にはなんとしても生き延びてもらわねばならぬ」

「それがしはこの城の主、それは聞けませぬ」

「光秀殿がここで果てれば、明智一族は滅び申す。それでは、あの世で光秀殿の親父殿に合わせる顔がない」

光安は重臣の筆頭として、長年、光秀を後見して来た。

「土岐《とき》の流れを汲む由緒ある明智の家を再興出来るのは、光秀殿をおいて他にはおりませぬ」

土岐氏は清和源氏の流れを受け継いだ一門で、美濃の守護大名として栄えた名家であった。明智家はその一族である。

「しかし、この期《ご》に及んで、未練な真似はしとうござらぬ」

光安は柔和な顔を綻《ほころ》ばせて、

「光秀殿は明智の家を再興するだけのお人ではない。いずれ必ず、大事をなすお人でござる。義龍ごときに滅ぼされる身ではござらぬ。それがしの目に狂いはない。それがしを信じなさいませ」

「ならば、ともに血路《けつろ》を切り開いて、落ち延びましょうぞ」

「それがしに恥を掻かせなさるな。明智は、一旦、この地で滅びる。明智が滅びるなら、それがしも運命をともにしたい。奥は連れて行き申す。われらにとって、これほどよき死に場所は他にはござるまい」

「――」

「だが、このことだけは忘れなさるな。明智の者は、どのような場に立とうとも、決して己の信念を曲げぬものでござる。そのために、身が滅びようとも、家が滅びようとも、それが生きるということでござる。己を殺して身と家を全《まっと》うする愚は避けねばなりませぬ。このことだけはしかと心に留《とど》めておかれよ」

「よく分かっております」

「それなら、もはや、他に言うべきことはなにもござらぬ」

そのとき、血塗《ちまみ》れの伝令が座敷に転がり込んで来た。伝令とともに、焦《こ》げ臭い煙が床の上に這い込み始める。

「これまで、と思われまする」

また、一人、伝令が飛び込んで来る。

「これ以上は、支え切れませぬ」

「よし」

光秀は立ち上がると、

「火を放て」

かねてより、城の要所々々に、薪と丸太を積み上げさせ、油を用意させてあった。それらが一斉に炎上すれば、敵の侵入をしばらくは食い止められる。

「その旨、皆に伝えよ。行け！」

廊下に出て、

「彌平次！」

と声を張り上げる。

彌平次が駆けつけて来た。若々しい額から血を流している。脚にも浅手《あさで》を負っているらしい。生き残った重臣たちも走り込んで来る。

「火を放って敵を食い止める。その間に、馬場に出来るだけ馬を集めろ。陽が落ちるのを待って、一団となって敵中を突破する」

「承知」

薄闇がゆっくりと落ち始めている。その薄闇を切り裂いて、ぱっ、と火の手が上がった。

「うわっ！」

味方のものとも敵のものともつかぬ喚声が城を取り巻く。火が城の周辺を一斉に包み込んだ。光秀は馬場へ走った。

味方の兵が続々と集まって来る。大半が傷を負っている。女子供も走り寄って来る。

「よいか、全員一丸となって敵を突き破る。騎馬の者は先頭に立て。女子供が続いて、徒の者は殿だ。走れ、ここを先途《せんど》と脇目も振らずに走るのだ。おれが先頭に立つ」

生き残りは百名を切っている。この内、どれだけの者が生き延びることが出来るか。光秀は馬場に集まった味方の顔を眺め渡す。後は各人が持っている運に委ねるしかない。

「搦手《からめて》の乾《いぬい》の門から討って出る。武運を祈るぞ」

「おう」

と声が返って来る。

側近の者が血相変えて走って来た。

「叔父上様とその奥方様が――」

後は言葉にならない。

光秀は唇を嚙んだ。瞑目する。

光安と光安の奥方は刺し違えて果てた、という。光秀が後を追わないように、光安は光秀の介錯を待たずに、自らの手で先を急いだのだ。

目を開ける。燃え広がる火がもたらす明るさの彼方に、夜がそこまで来ていた。ひらり、と馬上に身を移す。

光秀は、十数名の少人数ながら、弾兵を頭とする鉄砲組を組織していた。

「まず、鉄砲組がおれの合図でぶっ放す。続いて、騎馬組が突っ込むぞ。分かったか」

「おう」

「火の中を突き抜ける。決して怯むな」

女たちの中に、ちらっ、と妻と子の姿を見た。小柄な熈子は、たちまち、大勢の女たちの陰に見えなくなった。長女倫子《りんこ》の手をしっかり握っていた。

熈子が嫁いで来たのは三年前、十九の歳だった。そして、いま、二人目の子を身籠っている。

「行くぞ！　門を開けろ」

光秀は栗毛の馬腹を蹴った。

山中の深い闇の中を、光秀は、一歩々々、踏み締めるようにして進んで行く。上りに差し掛かると、背中の熈子の重みが、ずしり、と膝に来る。浅手とはいえ、身に受けた数か所の傷が痛む。

「あなた」

と凞子が囁く。

「苦しいのか」

「いいえ。あなたこそ、お苦しいでしょう。私、歩きます」

「おれは大丈夫だ」

なにがどうなったのか、光秀にも分からない。乾の門を出て、火の中を突っ切り、後は無我夢中で馬上から太刀を振り回した。馬首を返し、踏み留まって、後続の味方を一人でも多く先へ逃がすために戦った。

幸い、凞子と倫子は、側についていた彌兵と彌平次が守り抜いてくれた。凞子は矢を肩先に受けたが、たいした傷ではない。

一団となって山中目指して走り続けた味方は、あるいは討たれ、あるいははぐれて、やがて、散り散りに分断されてしまった。

気がつくと、凞子を抱きかかえた彌兵と、倫子を背負った彌平次が、ぴたり、と光秀につき従っていた。彌兵は凞子を光秀に委ねると、五名の鉄砲組の生き残りを引き連れて、

「それがし が道案内を仕る」

と先に立った。

落ち行く先は越前である。街道を辿るわけには行かない。山中を北に向かい、ほどよい所で西へ折れる。それで越前街道に出るはずである。だが、地理に不案内な光秀と彌平次では心許《こころもと》ない。

「ご安堵下さい。それがしがご案内いたす」

彌兵は凞子と同年、若々しい声に、一行を守り抜く覚悟が窺える。

「頼むぞ」

光秀の言葉に、彌兵の浅黒い精悍《せいかん》な顔が笑う。暗闇に皓《しろ》い歯がこぼれた。

一行は黙々と歩いた。五里（二〇キロ）は歩き続けたのではないか。馬は乗り潰してしまった。振り返っても、もはや、炎上する城の火を望むことは出来ない。が、誰一人、歩みを緩めようとする者はいなかった。少しでも早く、そして遠くへ、美濃から離れなければならない。

誰もが疲労困憊《こんぱい》しているが、一息入れる余裕はない。光秀の肩に顔を埋めて、凞子が声を殺して泣いた。

「傷が痛むのか」

凞子は首を横に振る。

「私、嬉しくて」

「なにを申しておる」

「あなたとご一緒なら、いつ死んでもよいのです」

「馬鹿なことを申すな。義龍ごときに討たれはせぬ」

凞子は東美濃の土豪、妻木《つまき》藤右衛門の娘で、東美濃随一の美形、との評判が高かった。ところが、光秀に嫁ぐ日が迫ったとき、凞子は疱瘡《ほうそう》を病んだ。生まれつき蒲柳《ほりゅう》の質《たち》だった。病《やまい》は癒えたが、左頰に醜い痘痕《あばた》が残った。

妻木藤右衛門は光秀と光安の前に両手をついて、婚約解消を申し出た。凞子が、生来、体の弱い娘であること、醜い娘になり果てたことを正直に打ち明けた。

「愚かなことを申されるな」

光秀は怒った。

「凞子殿はそれがしの妻と決まった女子《おなご》、今更、なにを申される」

「なれど、それでは――」

「体が弱ければ、鍛えればよい。顔の傷跡がなんだと言われるのか。光秀、不承知でござる」

光安がとりなすように、

「藤右衛門殿は、美しい娘御を嫁に出すのが、惜しくなられましたな」

と笑った。

藤右衛門は項垂《うなだ》れ、

「忝ない」

と肩を震わせた。

凞子は、山が色づき始めた頃、嫁いで来た。そのとき、彌兵が凞子の付き人として明智城に入り、光秀の家人となった。彌兵の母が凞子の乳母を務め、彌兵と凞子は乳兄妹《ちきょうだい》の間柄にある。

凞子が痘痕の残った左頰を光秀の頸筋に押しつけ、光秀は凞子を揺すり上げた。

先を行く彌平次が足を止めて、

「ここら辺りで一息入れましょう」

と言った。

二十歳の彌平次も、三歳になる倫子を背負って、さすがに疲労が限界に達していた。道はますます峻険《しゅんけん》になって来て、皆の足も遅くなった。

光秀自身も息が苦しく、足は感覚を失い、いまにも倒れそうだった。途中、見かねた彌兵が、代わりましょう、と幾度か言った。その都度、光秀は首を横に振った。

「休みましょう」

と彌兵も言う。

彌兵の言によれば、間もなく越前街道に出る。街道を北上すれば、油坂峠《あぶらさか》に差し掛かる。峠を越えてしまえば越前領である。後七、八里、明日の午《ひる》までには峠を越えられる、という。

「では、そうするか」

光秀は凞子を下ろして、道端にへたり込んだ。喉がからからだった。むろん、水などない。呑み込む唾も出て来なかった。

深夜の山中は静かで、人と人が怒号を上げて殺し合う気配など、どこにもない。ひんやりした風が、樹々の葉を揺らして吹き抜ける微かな音があるだけだった。それさえも、光秀の耳では捉え難い。己の荒い呼吸が異様に大きく聞こえる。

彌兵が、追っ手がないか様子を探るために、来た道を引き返して行く。

「私、少し歩きます」

と漲子が言った。

「そうか」

面長の整った顔も煤《すす》で汚れ、髪も乱れて、衣服は血を滲ませている。

「身重《みおも》の体だ。無理はするな」

「心得ております」

蟬がなにに驚いたのか、ジジジ、と鳴いて、樹間を狂い飛んだ。そのとき、
ダーン。

突如、銃声が轟いて、

「うおっ」

悲鳴とも喚きともつかぬ声が遠くで上がった。彌兵が息を切らせて戻って来る。

「追っ手です」

「人数は？」

「二十名ほど」

「よし。ここで撃退する」

光秀は即座に決断した。一行は切り通し状になった山道の曲り鼻にいる。こちら側の闇の中に身を隠していれば、敵からは見えない。

「敵が姿を見せたら、まず、三名が撃つ」

道幅は狭い。それ以上の人数を展開させることは難しい。続けて残りの三名が撃つ。その間に、先の三名は弾を込める。つまり、鉄砲の二段撃ちである。六名の射撃が終ったら、間髪を入れず、光秀と彌平次が斬り込み、素早く引き上げる。そして、再び、射撃に入る。

その手順を光秀は一同に伝えて、

「指揮はお前に任せる」

と彌兵に言った。

「心得申した」

「なにがあっても、ここを動くな。心配は要らぬ」

と光秀は漷子に笑顔を見せた。

漷子は倫子をしっかり抱いて頷く。

木陰から身を屈めて見ていると、すぐに前方の闇が動き出した。敵が山道をそろそろと上がって来る。左右の山中は、傾斜がきつく、樹々と灌木が鬱蒼《うっそう》と繁っている。側面から攻撃されることはない。

敵の姿がはっきり見えた。近づいて来る。

「撃て！」

と彌兵が叫ぶ。

三名が、さっ、と出て、銃口が一斉に火を吹いた。悲鳴を上げて敵が倒れる。

続いて、三名が撃つ。

「おおっ」

光秀と彌平次が喊声を上げて敵の中へ斬り込んだ。ヒュー、と敵の矢が闇を切る。光秀は二人の雑兵《ぞうひょう》に傷を負わせ、彌平次も一人を斃《たお》した。

「いまだ！」

と彌兵が怒鳴る。

光秀と彌平次は身を翻す。狭い山道が幸いして、敵は横に広がれない。味方の鉄砲が轟き、敵が倒れる。

「うおっ」

光秀と彌平次が、再び、太刀を振り上げて突進する。その勢いに恐れをなした敵が、数名の死者と負傷者を打ち捨てて、

「退《ひ》け！」

どっと退却する。

その背にさらに銃弾を浴びせておいて、

「行くぞ」

と彌兵が言った。

光秀は凞子の手を引いて、

「走れ」

　と叫んだ。

　一行が斎藤勢の追跡を振り切って、油坂峠を越え、無事、越前領に入ったのは、夜が白々と明け始めた頃だった。一行は足を止めて一息ついた。光秀も凞子も、彌兵も彌平次も、徐々に緑の色彩を鮮明にして行く山々を眺めて、しばし、呆然と佇《たたず》んでいた。

　あのときほど、生命の尊さ、生きてあることの喜びを鮮烈に感じ取ったことはない、と後に彌平次は光秀に語った。

「行くぞ」

　と光秀は皆を促した。

　峠を下って分れ道に差し掛かる。と、彌兵が足を止めて、

「われらはここでお別れいたす」

　と言った。

「なぜだ」

越前に逃れて来たものの、一行に当てがあるわけではない。朝倉に仕官の口を求めるにしても、流浪の者が徒党を組んでいては、なにをどう疑われるか知れたものではない。

「われらはわれらで、それぞれ、生きる道を探し申す」

と彌兵は言う。

「なにを言うか。妙な気を遣うものではない」

と光秀は歯牙《しが》にも掛けない。

「ここは、われらの我儘《わがまま》をお許し下さい」

「ならぬ」

「なにとぞ」

光秀は鉄砲組生き残りの一人々々の顔を眺め渡して、

「いずれ、必ず戻って来る、と約束するか」

「はっ、必ず」

と彌兵が答え、残りの者は一斉に、こくり、と頷く。

「そうか。分かった。ならば、一旦、ここで別れよう」

六名の者は深々と頭を下げると、右手の山道を下って行った。

「約束しましたよ」

凞子が彼らの背に声を掛けた。

㈣

出仕した光秀が義景に目通りを願い出ると、しばらく待たされてから、許しが出た。

一乗谷の城域は一乗谷川に沿った谷間に南北に延びている。東西の山稜を天然の要害とし、大手口である南の上城戸《かみきど》と裏門に当たる北の下城戸《しもきど》の間は、南北十六町（約一・八キロ）に及ぶ。朝倉館《やかた》はその南寄りに位置し、館を中心に上級家臣の武家屋敷、寺院、町家が整然と並んでいる。家臣の屋敷は両城戸の外にも広がり、町家がそれらを取り巻いていた。

本城は朝倉館の東面、標高四五〇メートルほどの山頂に築かれている。館がある麓から二本の山道が通じ、一の丸を、千畳敷、二の丸、三の丸が囲むように配されてあった。山城は川を挟んだ西側の山稜上にもあって、敵が攻め入って来たときには、これらの山城群に立て籠って戦うことになる。

光秀は中ノ御殿の義景の居室に通された。義景は小太りの体をだらしなく脇息《きようそく》に預け、大振りの酒杯を手にしていた。小宰相《こざいしよう》と呼ばれている女房が、義景に寄り添って酌をしている。他に、義景お気に入りの近侍鞍谷《きんじくらたに》が相伴に与《あずか》っていた。

まだ、陽は高い。

光秀が挨拶の言葉を述べる間、義景はなにやら小宰相と囁き合っていた。小宰相が小さく笑う。銀の鈴が鳴るような澄んだ笑声だった。鞍谷は聞き惚れる表情で、笑顔を二人に向けている。

「それがし、折り入って、殿にお話したき儀がござる。お人払いをお願いいたしとうございます」

と光秀は義景に言った。

義景の酒食に浮腫《むく》んだ顔が、たちまち、不機嫌に歪む。小宰相が目を細めて光秀を見返す。その目は笑っているようだった。

長い睫毛《まつげ》の陰で輝く漆黒の大きな瞳、表情豊かな頰、鮮やかに紅を差した弾力に富んだ厚めの唇、ほっそりした優美な立ち姿、小宰相の美貌は朝倉一と称されている。当年、三十四歳になる義景は、この若く美しい女子を片時も身の側から離したことがない。殿は小宰相に身も魂も吸い取られて、政《まつりごと》も軍事も忘れてしまわれたわ、という家人の嘆きが、これまでに幾度も光秀の耳に入って来た。

義景は身を起こして、

「その必要はない」

「しかし――」

事は政に関わることである。女と近侍の者に聞かせるようなことではない。鞍谷が義景の寵愛をよいことに、政のあれこれに要らざる口出しをしている、と苦々しい陰口も光秀は耳にしていた。

鞍谷は公家風に身をやつし、のっぺりした顔には白粉《おしろい》がのっている。仕草もなよなよしているのは、公家風を装ってのことかも知れない。武芸より風流の遊びに長《た》け、それが義景や小宰相の遊びに重宝されていた。

「これなる二人は、余にとって、大事な者たちじゃ。小宰相と鞍谷に聞かせられぬ話なら、余も聞く耳持たぬわ」

これでは、どうにもならない。出直すか、と光秀は思う。

「話してみい。そのために、余の邪魔をしたのであろうが」

鞍谷がしたり顔で、

「明智殿、殿もああ仰《おつしや》っておられる。遠慮なくなんなりとお話なさりませ」

と口を挟む。

「では、申し上げます」

一呼吸置いて、光秀は義景に視線を据えた。

「義秋様のことでございます。殿は、そろそろ、義秋様をお立てなさるか否か、お腹をお決めになるときだ、とそれがし心得まする」

義景は黙って視線を逸らす。その先には、手入れの行き届いた枯山水《かれさんすい》の庭が広がっている。豪壮な石組が見事である。

「ご無礼を顧みず申し上げますが、義秋様が殿の懐に飛び込んで来られたのは、殿に千載一遇の好機が訪れたもの、とそれがしは考えます。この機を逃すことなく、義秋様を大事になされるべきではございますまいか」

「余は義秋様に御所を作って差し上げておる。雪が来るまでには、見事な御所が出来上がろう。それでも、義秋様はご不満だと言われるのか」

「そういうことではございませぬ」

「その方、義秋様に、幕臣よ、と言われて、義秋様のためになにか手柄を立てねばならぬ、とでも思うているのであろう」

義秋の家人になることについては、すでに、義景の同意は得てある。義景はそのことに不快の思いを抱いているらしい。

「決してそのような。この朝倉家が義秋様を擁して睨みを利かせることになれば、これから先、天下のことも視野に入って来ることになりましょう。さすれば――」

「その方はわが朝倉の譜代の臣か。そうではあるまい。出過ぎたことは言わぬことだ」

義景は酒杯の酒を飲み干し、注げ、と小宰相に空の杯を差し出す。

「明智殿、ご覧の通り、殿はいまおくつろぎになっておられる。そのような難しい話をなさるときではございますまい」

と鞍谷が口を出す。

義景が低い笑いを洩らして、

「光秀のいつもの大言壮語癖よ」と鞍谷に顔を向ける。「この間も、これからは鉄砲の世になる。朝倉はもっと多くの鉄砲を買い揃えるべきだ、と言いおった。新参者の光秀には分かるまいが、朝倉には朝倉の誇りある軍略がある」

鞍谷が笑い、小宰相が艶やかな笑声を上げる。

光秀は心の中へ苦笑を洩らす。落胆したわけではない。むしろ、気持がすっきりした。これで、朝倉の家中にあって己になにが出来るか、その難問から解放された、というものである。

光秀は義景に頭を下げ、

「おくつろぎのところ、お心を乱し、申し訳ありませぬ。以後、余計な口出しは慎みますゆえ、お許し下さいませ」

義景は答えない。

鞍谷がしたり顔で、

「ご謙遜も度が過ぎますと、嫌味になりましょう。明智殿は頭脳明晰、諸国の事情にも通じておられる由、これからも、朝倉家のために、お気づきのことはご進言なさりませ。役に立つことなら、殿も喜ばれましょう」

鞍谷の言葉に取り合うことなく、光秀は早々に御前を退散した。室を出ると、背後で賑やかな笑声が弾けた。

翌日、

「お頼み申す」

座敷で書見をしていた光秀は、案内を請う声を聞いた。すっきりと晴れ上がった秋晴れの朝であった。

「お館からお客様でございます」

老僕が出て行って、血相変えて戻って来る。

「どなただ」

「細川藤孝様でございます」

「おお、そうか」

老僕は身分の高い幕臣を見るのは初めてだった。

「入っていただけばよいではないか」

「それが、旦那様に出て来ていただきたい、と」

「うむ」

光秀は漑子に、藤孝が訪ねて来たことを伝えて、門へ出て行った。門と言っても、丸太を二本立てただけの形ばかりのものである。

藤孝は見事な青毛《あお》に跨っていた。

「これは、ようお越しなされた」

「いつぞや、野駆けのお誘いがござったゆえ、いきなりやって参った。ご迷惑ではござらぬか」

「なんの。非役ゆえ、暇は十分にあり申す」

「では、一責めいたしましょうぞ」

「心得申した。暫時、お待ちを」

光秀は支度を整えて、栗毛を引き出す。その間、藤孝は光秀の住《すま》いをしげしげと眺めていた。

「このようなあばら屋で、さぞや驚かれましたろう」

住いは茅葺《かやぶ》きの百姓家で、一乗谷から峠一つを越えた東大味村にある。上城戸から一里（四キロ）も離れている。

藤孝は驚きを隠せないようだった。その百姓家は、光秀が朝倉家でどのような扱いを受けているかを、如実に物語っていた。

「越前に流れ着いて以来、ここに住まっており申す。気楽なものでござるよ」

義景は、光秀を召し抱えはしたものの、屋敷を与えるとは言わなかった。

光秀は馬上に身を置き、

「では、ご案内仕る」

朝の陽射しを背に浴びて、二人は西へ馬を駆けさせた。やがて、広大な野や田畑が眼前に広がる。爽やかな風を全身に受けて、野を走り、疎林を抜け、実り豊かな田の側を駆け抜ける。藤孝は巧みに青毛を操り、光秀も負けてはいない。

竹林の脇に栗毛の足を止めて、

「少し、休みますか」

と光秀は下馬した。

傍らを小川が流れている。眼前に、黄金《こがね》色の稲穂を垂れた田が、果てしもなく広がっていた。百姓が刈り入れに懸命に鎌を振るっている。近くの小川から爽やかな流れの音が聞こえる。

「朝倉は、まことに富んだ国でござるな」

と藤孝が感じ入ったように言う。

「いかにも。しかし、間もなく、冬が来ます。雪が国を覆い尽し、民百姓はなかなかに難儀をいたす」

「そういうものでござるか」

それを身をもって感じ取っている重臣はいない。彼らは、義景同様、国の豊かさの上に、どっかりと胡座《あぐら》を組んでいるようなところがあった。朝倉氏は入国以来二百三十年、守護に任ぜられてより百年、越前を支配して来た名家である。

「もっとも、雪に閉ざされれば、戦《いくさ》は出来ぬゆえ、彼らも一息つけます」

「なるほど」

汗ばんだ膚《はだ》に、竹林をそよがす風が心地よい。

ふと、思いついて、

「朝倉ご滞在の間に、それがしに歌を教えて下さいませぬか」

と光秀は言った。

「嬉しいことを申される。明智殿は歌を詠まれるのか」

「連歌に心惹かれ申すが、なにしろ、才がない。常々、よき師に巡り会いたいものだ、と思うておりました」

「私でよければ、喜んで指南いたそう」

「それは有難い。よしなにお願い申す」

「これで、一つ、楽しみが増え申した」

二人は、水を飲ませるために、馬を小川の岸へ曳《ひ》いて行きながら、

「ところで、日々、なにか不自由な思いをしておられることはありませぬか」

と光秀は訊いた。

義秋主従は、目下、朝倉館の南陽寺に滞在している。

「丁重に遇されており申す。やがて、御所も出来上がりましょう」

御所は上城戸の外に建築中だった。

「なかなかの御所のようで、ようござった」

「しかし――」

藤孝は言い淀んでいる。御所の建築など、さして喜んではいない。

「それがしに力はありませぬが、お困りのことがあれば、遠慮なくその筋の者に申しつけ下さい」

「いや、愚痴《ぐち》はよそう。言うても、詮《せん》ないことゆえ」

それがなにか、光秀にも推測はつく。義秋主従が望んでいるのは、越前での安楽な暮らしではなく、一日も早い上洛である。

「さて、もう一責めして、わがあばら屋にて、酒など差し上げたい」

「よし」

馬上の藤孝は、不思議と生き生きして見える。文人として名は高いが、武人としてもかなりの人物であるらしい。

「はいっ」

馬腹を蹴って、藤孝の青毛は光秀の先を駆けて行った。

「これはご馳走でござるな」

と藤孝が言った。

凞子が限られた時の中で、精一杯工夫した料理が膳に並んでいる。雉の胸肉、山芋《やまいも》、鯉の汁、それに香の物である。

「このような粗末な物で、恥《はず》かしゅうございます。お口に合いますかどうか」

と凞子は顔を赤らめる。

これでも、明智家では、滅多にないご馳走である。普段は、夕餉《ゆうげ》でも、小魚一尾、山菜の煮つけに菜汁、香の物、そして麦飯である。

「なんのなんの。ご雑作を掛け、申し訳ない」

また、凞子に無理をさせてしまったようだ、と光秀は心苦しい。四年前のことが脳裏に甦る。

朝倉家に召し抱えられて間もないときのことだった。重臣たちの連歌の会を催す当番を命じられた。相応の酒肴を用意しなければならなかった。銭が要る。光秀は金策に走ったが、銭は手に入らない。

そのとき、凞子が光秀に無断で自分の見事な黒髪を切り、一乗谷のかもじ屋に売って銭を得た。その銭で酒肴を整えて、光秀の面目を立てたのだった。

光秀は強い言葉で凞子の思慮のなさを叱りつけた。頭部を布で覆った凞子は、

「出過ぎた真似をしました。お許し下さい」

と頭を下げたが、声は笑いを含んでいた。

「さあ、一献」

光秀は瓶子を手に取って、藤孝に向けた。

藤孝は酒が好きだった。光秀自身はさして飲めない。これが、酒宴では、結構辛いし、無用な誤解を招くこともある。

「いずれにしろ、来春、雪が解けるまでは、身動きならぬ、ということか」

と藤孝が呟く。

「まあ、ごゆるりと心も体も休められたがよろしかろう」

「うむ」

藤孝は曖昧に頷く。やや間があって、

「しかし、上様は、恐らく、ご辛抱なりますまい」

ちろちろ、とよく動く義秋の小さい目が思い出される。雪に閉ざされた御所の中で、苛々と藤孝を叱責する義秋の姿が目に見えるようだ。

「雪国の民百姓は冬籠《ふゆごも》りをします。藁を打ち、縄を綯《な》い、草鞋《わらじ》を編む。細川殿も、心静かに歌など詠まれるのも、また、一興ではありませぬか」

「上様がそれを許して下さるなら、な」

光秀は、淵子が苦心して手に入れた久々の雉肉を、よく嚙んで味わった。

「一つ、申し上げてよろしいか」

「なんでござろう」

「一日も早い上洛を、まこと、お望みなら、朝倉に頼っていては、埒《らち》が明きますまい」

藤孝は酒杯を持つ手を口許で止める。

「朝倉の家人たるそれがしが、このようなことを申し上げるのは、不忠、とお思いかも知れませぬが――」

「いやいや、明智殿は幕臣でもあることをお忘れなく」

「ああ、そうでござった」

二人は小さく笑う。

義秋が上洛を果たして将軍職を継ぐことが、この乱世に一条の光を当てることにならぬとも限らない、と光秀は思っている。しかし、義景にそのことに力を貸す器量がないことは明らかだった。

「それがしの見るところ、いまの朝倉家中には、誰一人、上様を擁《よう》して上洛することの意味に、思いを馳《は》せる者はおりませぬ」

「――」

「殿にも、上様を戴いて諸国を押さえる野望も熱意もありませぬ」

いまの義景の願いは、小宰相を身辺に侍《はべ》らせること、そして、豊かな朝倉の領国が他国の兵の馬蹄に踏み躙《にじ》られないことだった。それ以上の望みも、なにかをなそうという意欲もない。

「上様が、これからの何年間かを、心静かな日々をお過ごしなされるおつもりなら、この朝倉はふさわしい地と言えましょう」

「とてもとても」と藤孝は首を振る。「上様は一日も早く将軍職を継ぎ、天下に号令したいのでござる」

「それなら、朝倉は役には立ちますまい」

光秀の大胆な言葉に、藤孝は驚愕した。もし、こうした光秀の言が義景の耳に入れば、間違いなく切腹ものである。光秀は危険を承知で、藤孝を信じてこれだけのことを言ってくれたのだった。

藤孝は血の気を失った顔で、瞬きもせず光秀を見つめている。やがて、

「よくぞ本心を明かして下された」

と頭を下げる。

「お役に立てば、なによりです」

「さりとて、どうすればよいものやら」

「尾張の織田信長様を頼られては、如何でござろうか」

「尾張の織田信長様を――」

意外な名であった。信長が桶狭間《おけはざま》の戦いにおいて、奇跡的な勝利を収め、駿河の大大名、今川義元を討ち取ったのは永禄三年（一五六〇）、僅か六年前のことである。織田家が着々と力をつけつつあることは事実だが、世の見るところ、いまだ、織田家は戦国の世を泳ぎ渡っている一大名であるに過ぎない。

藤孝は形よい口許に苦笑を滲ませて、

「上様には奇癖がござる。相手構わず諸国の大名に書状を乱発し、助力を命じられます。織田家にも出されたが、織田家はこれを無視された」

「そうでしょうな」

斎藤道三を討った義龍は五年前に没し、その子龍興が美濃を継いだ。義秋の書状が届いた頃、信長はこの龍興相手に戦っていて、義秋の書状を考慮するどころではなかった。

「織田信長という男、いまだ、海のものとも山のものとも判じかねるようなところがある」

「左様。野に放たれた狼のような」と光秀は笑う。「が、それがしの目には、信長様には不思議な力、勢いというものがあるように見受けられます。もっとも、どこがどのように、と訊かれましても、それがしにもうまく答えられませぬが」

「――」

「信長様は、若年の頃より、うつけ、と呼ばれておりました。そうとでも呼ばねば、正体が摑めなかったのではありますまいか」

「で、明智殿はその正体を摑まれた、と言われるか」

「いやいや。それがしごときに正体を摑ませる信長様ではござらぬ」

藤孝は、しばらく、己独りの考えの中に沈んでいた。

「とは申せ、私には織田家への手蔓《てづる》がない」

「信長様の奥方濃姫《のうひめ》様とは、それがし、いささか繋《つな》がりがござる」

濃姫は道三の娘である。

「細いとはいえ、血が繋がっております」

道三の娘である濃姫が信長に輿入《こしい》れして以来、光秀は幾度となく織田家を訪ねている。濃姫自身やその侍女との書状のやり取りもある。そんなことから、織田家の情報が比較的多く光秀の耳に入って来るのだった。

「よくよく考えてみましょう」

と藤孝は言う。

「それがしが役立つものなら、存分にお使い下され」

「忝ない」

藤孝は表情を緩め、

「難物は上様でござる。たとえ、私の腹が決まっても、上様をどう説き伏せるか」

「細川殿の腕の見せどころですな」

「楽しんでおられるのか？」

「いかにも。楽しみでござる」

二人は声を合わせて笑声を上げた。

二章　船出の秋《とき》

㈠

光秀が下城して来たのは、まだ、陽の高い内だった。

「よう来てくれた」

と光秀は陽に灼けた精悍《せいかん》な顔を綻《ほころ》ばせる。

「お疲れでなければ、久々に手直しいたしましょうか」

と彌兵《やへい》は言った。

「む？」

彌兵は鉄砲を構える仕草を見せる。

「それは有難い。さっそく出掛けよう。今宵は泊まって行け。積もる話もある」

「はっ」

「よし」

二人は半刻（一時間）ほど歩いて山に入った。永禄十年（一五六七）の春、日陰には、まだ、雪が残っている。が、陽は明るく躍るように樹々に戯れていた。

彌兵は山道の平らな地点を選んで足を止めた。

「では、立射《りっしゃ》で撃ってみて下さい」

光秀の火縄銃は近江の国友《くにとも》村製の六匁筒《ろくもんめづつ》（口径一五・八ミリ）である。他に、三匁筒（口径一二・三ミリ）、十匁筒（口径一八・七ミリ）があるが、彌兵が愛用しているのも六匁筒だった。

「心得た」

光秀は黒色火薬を詰め、弾丸を装塡《そうてん》し、火縄に火を点ずる。彌兵は二十間（約三六メートル）ほど離れた樹の枝に用意した的を掛ける。的は径二寸（約六センチ）の円板である。光秀の腕が衰えていなければ、この的に弾丸を集中させることが出来る。

「行くぞ」

光秀は構えて、無雑作に引金を引いた。

銃声が静かな山中に谺《こだま》する。

「お見事」

弾丸は的の右上部を貫通していた。

「いま一度」

次も命中したが、やはり、弾丸は的の右上部を掠《かす》めている。

「次は、膝射《しっしゃ》」

「よし」

光秀は片膝ついた姿勢で二発撃った。続いて、伏射《ふくしゃ》でも二発撃つ。いずれも、外すことはなかったが、弾丸は的の右上部に片寄っている。

「お見事でした。腕は鈍っておりませぬな」

光秀は、ときおり、朝倉家の鉄砲隊の訓練に当たっている、と彌兵は聞いている。この腕なら十分に役目は果たせるだろう。

「だが、彌兵には気に入らぬようだな」

「――」

「遠慮せずに申せ」

「戦《いくさ》には十分に役立ちます。が、小鳥を撃てば、外しましょう」

「そうか、外すか」

と光秀は素直に落胆の表情を見せる。

彌兵は笑った。光秀には、そういう子供のような一面がある。

「どこが、いかぬ」

「光秀様は、引金を引くとき、僅かに顎《あご》が下がります。顎が下がった分、銃口が上がるのです。目に見えぬほどの動きですが、そこに気をつけられれば、名人、と言われます」

「よし、試してみよう」

光秀は立射で三発撃った。今度は、的の中心部を射抜いた。

「直りましたな」

「この鉄砲は弾丸が右下に流れる癖がある。それを気にし過ぎていたようだ」

「それにしても、よい鉄砲をお持ちです」

光秀は愛おしげに樫の銃把《じゆうは》を撫でさすり、

「これからは、やはり、鉄砲だ。鉄砲をどれほど集め、どのように使うかで、戦の勝敗が決まる」

そう考えたからこそ、光秀は彌兵を師として、自ら射撃を修得したのだった。それればかりではない。明智城において、彌兵を頭として鉄砲組を組織した。

「織田家はしきりに鉄砲を集めている、と聞いています」

と彌兵が言う。

「さすがは、信長様だな」

陽が陰り始めた。二人は肩を並べて山を下りる。

「姫様たちもすくすくとお育ちなされて、なによりでございます」

「うむ」

「美しい姫様たちだ。奥方様と生き写しでござる」

病弱な体で三人の子をなしながら、凞子《ひろこ》も明智城に輿入《こしい》れしたときと少しも変わっていない、と彌兵の目には見える。

小柄なほっそりした体全体に、﨟《ろう》たけた気品がある。面長の顔とくっきりした目鼻が、溦子の聡明さを証している。それでいて、向かい合う者に決して冷たい印象を与えない。眼差《まなざ》しは情愛があり、ちょっとした仕草にも女の優しさが感じ取られる。薄い化粧では隠し切れない左頰の痘痕《あばた》も、東美濃一の美貌と言われた評判を損なうことはない。

溦子は夫の苦境を救うために、女の命とまで言われる黒髪を売った。女なら誰にでも出来るというようなことではない。その内助の功が、いつしか、人の口から口へと伝わって評判になった。噂は加賀にいた彌兵の耳にも届いた。

「今年の冬は雪が多かったゆえ、彌兵はどうしているか、と溦子が案じておった。彌兵はずっと加賀の山に籠っていたのか」

「いいえ、今年の冬は山に入りませなんだ」

加賀の一向門徒衆と寝起きをともにしていたのだった。

「それはよかった」

「奥方様にご心配いただくなど、勿体《もったい》ないことです」

「ところで、なにか困っていることでもあるのか」

「いいえ。なぜ、そのようなことを言われるのです」

光秀は含み笑いを洩らして、

「おれの許へ戻る、とお前が一向に言い出さぬからよ」

光秀は朝倉における鉄砲隊の訓練のことを話し、表情を改めて、

「いつ、戻って来るのだ」

それは、彌兵にとっては、辛い言葉だった。

「おれの禄は、いまだ、五百貫に過ぎぬ。彌兵を十分に遇するには足りぬ。が、おれには彌兵が必要だし、このまま越前で朽ちるつもりもない」

「有難いお言葉ですが、それがしは、二度と主《あるじ》を持ちとうはござらぬ」

「ほう」

「申し訳ありませぬ」

「なぜだ」

「四季折々、山に入り、この鉄砲で鳥や獣《けもの》を狩って、気儘《きまま》な猟師として一生を終えることが出来れば、と願うております」

「彌兵ほどの男が、猟師として一生を終ってよいのか」

「この血腥《ちなまぐさ》い乱世を、鉄砲一丁引っ提げて、切り開いて突き進む。そのこと

に、かつては、男児一生の爽快を覚えたこともあります。いまは、そのような一生になんの未練もありませぬ」

「分からぬな。おれは明智の家を再興するだけではつまらぬ、と思うておる」

「――」

「ちと大きなことを話そうか。おれはこの乱世を治める仕事に、力を貸したいと願うておるのだ。それが出来れば、武人の本懐ではないか。男として生まれたからには、それくらいのことをなし遂げて死んで行きたい」

彌兵は微かに頭《かぶり》を振り、

「光秀様は光秀様の道をお進み下され。それがしなど、もはや、なんのお役にも立てませぬ」

主に仕え、禄をもらい、主のために粉骨精励し、命を賭して立身出世して行く。そうした武士の生き方に、心惹かれるものを見出せなくなっていた。それが武士というものなら、武士を捨ててもよい、と彌兵は思う。

光秀は、しばらく、無言であらぬ方に視線をやっていた。目を彌兵に戻し、

「彌兵がそう言うからには、余程の考えがあってのことだろう。あるいは、それ

もまた、男のよき一生と言えるやも知れぬ」

二人は無言で歩を進める。ふと、光秀が足を止め、彌兵の顔を見返して、

「一つ、訊いておきたい」

「なんでござろうか」

「その方、加賀にいた、と申したな。一向門徒と関わりを持っているのではないか」

三年前、越前と能登の門徒を含む加賀の一向門徒衆は、朝倉勢と戦端を開いた。そのとき、光秀が鉄砲隊を指揮して門徒衆と戦ったことは、彌兵も知っている。彌兵自身が門徒衆の中にいたのだった。

「正直に申し上げます。それがしは、光秀様と戦うております」

「やはりそうか」

加賀の一向門徒衆との交わりが始まったのは、親しい猟師仲間が門徒であったゆえだった。山で生きて行くには、仲間との付き合いは大切にしなければならない。

「しかし、それがしには、信仰のなんたるかは、いまだに分かりませぬ」

とはいえ、一向衆の教えには惹かれるものがある。阿彌陀如来《あみだにょらい》は、誰よりも、苦しみ悩む者に救いの手を差し伸ばし、人は救われたことの有難さをひたすら念仏という形で感謝する。この他力本願によって、人は極楽往生を遂げることが出来る、という。単純明快で、信ずるに値する教えである。

そこから考えを広げて行けば、なにゆえ、民は武士に支配されなければならぬのか。なぜ、武士は主《あるじ》のために死なねばならぬのか。仏の前では、何人《なんぴと》も平等であり、身分の貴賤《きせん》、人の優劣はないのではないか。そんな様々な疑問にぶち当たる。ましてや、大名が己の勢力を拡大するために、信仰そのものを押さえつけようとすることなど、以《もっ》ての外《ほか》ではないのか。

光秀は視線を逸《そ》らすことなく、

「仏を信ずるのは愚かなことだ、とは言わぬ。だが、仏の嘘は方便と言う。武士の嘘は武略と言う。おれはそう考えている」

光秀の言葉は彌兵の心に鋭く突き刺さる。

「民百姓も嘘は吐《つ》きましように」

「民百姓の嘘など、可愛いものだ」

「――」

「いま、おれが言うたことも、心の片隅に留《とど》めておくがよい」

しかし、もしかすると、民百姓が自ら治める民百姓だけの国が、近い将来に築き上げられるかも知れない、と彌兵は密かに思っている。光秀がなんと言おうと、そういう国作りなら、微力ながら手を貸すことに躊躇《ちゅうちょ》はない。

「そういたしましょう」

「そして、もし、考えが変わるようなことがあれば、いつでも、おれの許へ来い」

「分かり申した」

「よし。この話はこれで終りだ。急ごう。凞子が待っていよう」

西陽が先を行く光秀の影を長く後ろに描き出している。彌兵はその影を踏まぬように気をつけて、光秀の後を歩いて行った。

（二）

信長はじっと光秀を見つめている。瞬きしない目には感情の欠片《かけら》もない。光秀は刺すような信長の視線を静かに受け止めた。

激しい思いが信長の胸の裡《うち》を去来し、様々な思考が次から次へと信長の脳裏を駆け巡っているに違いない。が、信長ののっぺりした卵形の顔には、それらしい気配はまったくない。

「その方が明智光秀か」

声は高く、重い。

「明智十兵衛光秀でござる。初めて拝顔仕《つかまつ》りまする」

「うむ」

「濃姫《のうひめ》様には、日頃より、お心に懸けていただき、有難く存じておりまする」

光秀の挨拶を遮るように、

「その方の申し越しの件、しかと承知した」

余計な言葉はおれにには無用だ、と信長は言っている。

「ははっ」と光秀は平伏する。「お聞き届け下され、有難き幸せに存じまする」

永禄十年（一五六七）の秋深い一日、美濃稲葉山城（後の岐阜城）天守の大広間である。壁には数多くの狭間《はざま》が設《しつら》えられ、屏風《びょうぶ》はことごとく金が張られている。信長は上座を占め、林秀貞ら四名の重臣が左右に分かれて列席していた。義秋《よしあき》を擁立して京へ上って将軍を継がせる。光秀は、濃姫を通じて、そのことを依頼する書状を信長へ差し出した。間を置かず、信長から呼び出しがあった。

「おれも考えていたことだが、この稲葉山城を手に入れるまでは叶わなんだ」

と信長が言う。

言葉の奥にいささか誇らしげな響きがある。

「遅ればせながら、おめでとうございます。心よりお祝い申し上げまする」

「うむ」

信長が稲葉山城を攻め、斎藤龍興《たつおき》を敗走させたのは、この八月十五日のことであった。これによって、斎藤家は滅亡し、信長は宿願の美濃攻略を果たして、尾張美濃二国を手中にした。そして、一月後の九月十五日、居城を尾張の小牧山城から稲葉山城に移す。

この年、信長、三十四歳。家督を継いだのは十八歳の年だった。以来、信長は心服しようとしない同族や土豪を次々と討ち、一族の謀反を鎮圧し、大国今川の侵攻を退《しりぞ》け、美濃を滅ぼした。それに十六年を要したことになる。

その間に、三河の松平元康（後の家康）と同盟し、近江の浅井長政を味方にし、武田信玄と盟約を交す。そうした手を打った上で、美濃攻略に取り掛かった。

「龍興は、明智にとっても、憎っくき敵《かたき》であろうが」

「仰せの通りでございます。不肖の身なれば、この十一年、それがしはなにをなすことも叶いませなんだ。汗顔《かんがん》の至りでござる」

信長は無表情に光秀を見返している。なにも言わない。

天守は金華山の山頂にある。大広間には勾欄《こうらん》が巡らされ、欄に立てば、眼下に眺望が開けている。城下町とこれを囲む惣堀《そうぼり》、惣堀が繋《つな》がっている長良川が望見出来る。

秋のひんやりした風が、そよそよと大広間に流れ込む。

「一つ、確かめておこう」

長い沈黙を破って信長が言った。

「はっ」

「朝倉義景は、このこと、承知しておるのであろうな」

「殿も織田様のご助力を望んでおられまする」

義秋と藤孝《ふじたか》が、光秀の進言を入れて、信長を頼ることに心を決めるまでには、一年近い月日を要した。藤孝の口からそのことを知らされた義景は、

「好きにすればよかろう」

と口許に蔑《さげす》むような笑いを浮かべた。

本心は、ほっ、としたに違いない。この先、義秋をどう扱えばよいのか、義景は困惑していた。

「しかし、勝手なものよのう。頼って来たのは、義秋様の方ではないか」

「まことに申し訳なき仕儀にござる」

と藤孝が当たり障りなく答えた。

その場で、光秀が交渉の役に当たることが決められた。それも藤孝が義景に願

い出てのことだった。

「ならば、後々、朝倉義景との間で、厄介ないざこざは起きぬな」

と信長が念を押す。

意外に思えるほどの念の入れようだった。

「決してそのようなことはございませぬ」

「よし。ならば、後の手筈は、林と決めろ」

と信長は秀貞を顎で指す。

「よしなにお願いいたしまする」

光秀は秀貞に頭を下げた。

信長は腰を上げない。重苦しい沈黙が座を支配する。信長は一向に気にしていない。しばらくして、

「その方、おれのために働け。義景の許にいては、明智の家の再興も覚束《おぼつか》ぬぞ」

これまで三度、濃姫を通じて、織田家に仕えぬか、と光秀に声が掛かった。光秀は慇懃《いんぎん》に辞退して来た。信長という不思議な男の正体が、光秀には摑めていなかった。

申し出られた禄は驚くほど高かった。信長が光秀という人間を知っているはずがない。それでいて、鼻先に美味しい餌をぶら下げる。ということは、それだけの働きをしろ、ということだと考えるしかない。言い換えれば、相応の働きがなければ、容赦なく放り出すと言っていることにもなる。

「有難きお言葉でござる」

「では、よいのだな」

「よき折が来るまで、いま少し、待ちとうございます」

信長は、光秀の予想通り、義秋擁立を引き受けた。それは、信長の目が京に向いていることを意味する。しかし、難しいのはこれからである。

信長が、まこと、義秋を擁して上洛するか否か、それを見極めたい。その気概と実行力を備えていてこそ、信長の視野の中に天下がある、と考えられるのではないか。そして、そのとき初めて、信長は光秀が一身を擲《なげう》つに値する戦国大名であある、と言えることになる。

「よき折とは？」

「朝倉の殿は、それがしを拾い上げて下されました。いましばらく、お側にあって、なにかお役に立ちとう存じます」

義景は光秀になに一つ期待していない。むしろ、厄介な家人の一人と思っている。それが分かっていても、信長の誘いに乗ってさっさと朝倉を去ることは光秀には出来ない。

光秀は、形の上だけとはいえ、義秋のお側衆《そばしゅう》の一員に名を連ねている。義秋と義景の間にあって、義景のために役立つことがあるはずだ。それくらいの礼儀は尽すべきである。

「義秋様がめでたく京に上られるときを待ちとうござる」

「律儀なことよのう」

「恐れ入ります」

「禄の望みは？」

光秀は、内心、苦笑する。信長は、己の意思は早急に実現しなければ、気の済まぬ類《たぐい》の人間であるらしい。光秀が家人になることを既定の事実と考えている。

それも先のことではない。

「いま、五百貫、頂戴しております。同じく、五百貫、いただきたく存じます」

いまのところ、信長を満足させ得る仕事がどれほど出来るか、光秀には分からない。禄は、与えられた仕事を着実に一つ々々果たすことによって、増やすしかない。

「五百貫か」

「はい」

「猿めはもそっと稼いでおるぞ」

猿、と信長から呼ばれている木下藤吉郎秀吉の名は、墨俣《すのまた》一夜城の立役者として、光秀の耳にも入っている。藤吉郎は、当年三十二歳、光秀の八つ年下になる。

墨俣は信長の美濃攻略に重要な拠点となる要衝の地であった。その地に信長は城を築こうと企てた。墨俣は美濃、尾張の国境《くにざかい》とはいえ、敵地にあった。その上、木曾川等の河川が合流する要害の地でもある。築城の試みは、斎藤勢に阻まれて、一向に成功しなかった。

そのとき、名乗りを上げたのが、足軽組頭に過ぎない藤吉郎だった。藤吉郎は、これまで誰も考えつかなかった手立《てだて》で、短期間の内に築城をなし遂げた。

長屋十軒、櫓《やぐら》十棟、塀二千間、柵木五万本分の資材を伊勢で調達する。これを木曾川左岸の尾張側へ筏《いかだ》で運び、そこで可能な限り組み立てる。そして、船で密かに右岸の美濃側に運び込み、敵の攻撃を防ぎつつ一気に城を築いてしまった。

これが、一夜城、と呼ばれる墨俣城である。これには、敵も味方も度肝を抜かれた。藤吉郎は、また、川筋衆と呼ばれる土豪たちを味方につけて、墨俣の防御に当たらせた。川筋衆の主立《おもだ》った者に蜂須賀小六がいた。

墨俣の一夜城は、それまで無名だった木下藤吉郎の名を一挙に高めた。その名は、名だたる織田家の部将、柴田勝家や佐久間信盛《のぶもり》以上の華やかさを帯びて、越前にまで届いた。

光秀は穏やかな笑いを見せて、

「それがしも、いずれ、木下殿に負けぬ働きをしたいもの、と念じております」

「うむ」

信長はその応《いら》えに満足したようだった。

㈢

光秀は縁に胡座《あぐら》を組み、閉じた瞼に春の陽を浴びている。膝に三女の玉子《たまこ》（後の細川ガラシャ）を抱いていた。六つになる玉子は無心に綾取《あやと》りに興じている。

永禄十一年（一五六八）の春は例年になく雪解けが早く、陽射しもきつい。膚《はだ》を嬲《なぶ》る微風には、雪を解かした湿り気があり、底意地の悪い冷気が感じられる。が、昼下がりの陽光は透明で明るく、暖気をたっぷりと含んでいた。

その光を受けて、瞼の裏が血の色に染まっている。玉子が軽い笑声を上げて身じろぐたびに、子の温もりが膝に伝わる。

その後、二度、稲葉山城へ出向いて、義秋の越前出立はこの夏と決まった。

「玉は綾取りが上手だな」

と光秀は膝の玉子を揺すり上げる。

そのとき、案内も請わずに、彌平次《やへいじ》が庭へ入って来た。息を切らし、血相が変わっている。

「どうした」

彌平次は光秀の使いとして、藤孝に会いに御所へ赴いていたのだった。玉子に目をやってなにも言わない。

「玉は姉様と遊ぶがよい」

と光秀は玉子を膝から降ろす。

「あい」

察しのよい子で、玉子は素直に側から離れて行く。それを待って、

「間もなく、お館《やかた》から使いの者が参りましょう。殿が直々に光秀様を糾弾《きゅうだん》するのだとか」

「おれを糾弾するだと?」

「一乗谷《いちじょうがだに》で小耳に挟んだゆえ、急いで立ち戻りました」

「どういうことだ」

「義秋様と織田様のことらしゅうござる」

「分かった。おれは使いの者を待とう。彌平次は、いま一度、細川殿に会うて、このことをお耳に入れておいてくれ」

「しかし、万一、ということもあります。お供します」

「いきなり、斬りもすまい。おれは義秋様のお側衆の一人でもあるのだ」

「それなら、よいのですが――」

「心配ない。行け」

「では」

彌平次は小走りに庭を出て行った。

使いの者がやって来たのは夕暮だった。供を三名連れている。まるで光秀を護送でもする気配だった。

「暫時《ざんじ》、お待ちを」

厩《うまや》から栗毛を引き出した光秀を見て、

「いや、徒《かち》にてお願いいたす」

と使いの者は言った。

使いの者は騎馬で、供は徒でやって来た。

「無礼なことを申されるな。それがしは騎馬の身分でござる。それに、殿のお呼びとあれば、馬にて駆けつけるが礼儀ではないか」

「しかし――」

最後まで言わせず、光秀は馬上に身を置くと、

「はいっ」

と栗毛の馬腹を蹴った。

使いの者と供の者が後を追って来る。使いの者は辛うじて光秀に追走したが、供の者は遙かに遅れた。

しばらく待たされてから、光秀は常御殿の書院に通された。義景と宿老筆頭の魚住景固《うおずみかげかた》、それに、なぜか、お伽衆の鞍谷《くらたに》が傍らに控えていた。

書院も、また、見事な枯山水《かれさんすい》の庭に面している。一間庇《びさし》の先に、白砂利《じやり》、荒磯、立石《たていし》、季節々々に様々な花を咲かせる花壇、そして、茶亭が巧みに配されてある。白砂利が夕闇の中で白く浮き立つ。義景はこの庭をなによりも大切にしていた。

光秀が座につくのを待ち切れずに、

「その方、余を愚弄して来たそうじゃな」

と義景が言った。

甲高く、きんきん、と耳に響く不快な声だった。

「これは、一体、何事でござる」

と光秀は景固に顔を向ける。

答えたのは義景だった。

「そちは余の禄を受けながら、処々方々《しょしょほうぼう》にて余のあれこれについて罵詈雑言《ばりぞうごん》を浴びせ、余を笑い者にしてくれた」

「殿、お待ち下され。殿がなんのことを申されておられるのやら、それがしには一向に合点が行きませぬ」

「あくまで白《しら》を切るか。問答無用だ。この場にて斬り捨ててくれようか」

「それがしに落度があれば、その責《せめ》は潔くお受けいたしまする。が、殿がなにをお怒りになっておられるのか、それがしには一向に見当がつきませぬ」

「信長ごとき大うつけに取り入って、甘い汁でも吸おうとの魂胆だろう。それだけなら、そういう下卑た輩《やから》ゆえ、許せぬことではない。なにゆえ、あることないこと、余のことを悪《あ》し様に言い触らすのじゃ」

光秀は苦笑し、景固に、

「それがしのなにが、かほどに殿を激昂《げきこう》させたのでござる」

景固はうんざりした顔で、

「これなる鞍谷が殿のお耳に入れたのじゃ。その方が義秋様に、殿には義秋様を擁立して京へ上る器量はない。早々に朝倉を立ち去り、信長を頼るがよいと入知恵をした、とな」

光秀は鞍谷に膝を向け、

「なにゆえ、そのような馬鹿げたことで、殿のお耳を汚されたのか」

「馬鹿げたことではない」

と鞍谷は無表情に答える。

書院の中が暗くなり、小姓の者が燭台を運んで来た。蠟燭《ろうそく》の臭いが書院に広がる。小姓の者が立ち去るのを待って、

「では、それがしが義秋様と話していた場に、そこもとが同席されていた、ということになりますな」

「いや」

「そこもとも、どなたからか耳に入れられた、ということでござるのか」

「——」

「如何《いかが》！」

と光秀は声を高めた。

「まあ、そういうことだ」

「ならば、その方をこの場にお連れ願いたい。殿のお叱りを受けるからには、それがしもそれを得心したい」

そういう者がいるとすれば、義秋の身辺に仕える者であろう。その者はこうした糾弾の場に顔を出すはずはない。たとえ、そのつもりになっても、藤孝がそれを阻止してくれる。

「その必要はない」

「なぜだ」

「お主が殿を蔑《ないがし》ろにし、義秋様を信長に売り渡したことは明白だからだ」

「戯《たわ》けたことを！」

「加賀の一向一揆勢の中に、お主の家人がいたことも分かっておる。お主には内応の疑いすら掛かっているのだ」

「言い掛かりにもほどがある。それがしの家人の誰が一揆勢の中にいた。昔、明智に仕えていた者が流れ流れて加賀にいた、と申されるなら、そういうことはあるかも知れぬ。しかし、その者たちは、いまや、それがしとはなんの関わりもない」

「明智光秀は、常に、己の知謀、才覚を誇り、弁舌を巧みに操り、朋輩《ほうばい》の中にあっては上座に着き、万事に形勢を窺い、上の者を侮《あなど》る。いずれは、主君に刃向うだろう、と家中では専らの噂だ」

光秀は薄笑いを浮かべて、

「それがしの弁舌など、いまのそこもとの弁舌に比べれば、なんと幼いものか」

「黙れ！」と義景が叫ぶ。「もはや、その方の言訳など、聞く耳持たぬわ」

光秀は義景に向き直り、

「ならば、ご存分になさりませ。が、それがしは義秋様のお側にも仕える者。義秋様にその旨をお伝えいただきとうござる」

義秋の名が出て、義景は不意を衝かれた表情を見せた。いまや、義秋の背後には信長の姿がちらついている。

それでも、己の怒りを貫いて、光秀を処罰する覚悟など義景にはない。そういう気概があるなら、光秀は義景を見誤ったことになる。

鞍谷ごときの讒言《ざんげん》を易々と信じるような主では、もはや、なんの望みもない。この乱世にあっては、朝倉家の存続さえ危ぶまれる。

義景は光秀を近習の一人として召し抱えた。しかし、これという役目は与えなかった。光秀の仕事と言えば、鉄砲の腕を見込まれて、鉄砲隊の射撃練習を見るくらいのものだった。加賀の一向一揆との戦いでは、光秀は鉄砲隊の一組を指揮した。が、義景には、光秀を鉄砲隊の隊長にするつもりなど毛頭ない。

義景にとって、明智光秀という人間は数ある下級家臣の一人でしかなかった。光秀の才と智に気づこうともしない。周りの勧めで召し抱えたものの、特別、なにかを期待したわけでもなかった。

朝倉家を致仕《ちし》するのは、義秋が上洛を果たしたときがよい機会になる、と光秀は信長に言った。この分では、その時期は早まりそうだった。

「この際ゆえ、しかと、殿にお確かめしておきとうござる。まこと、義秋様を信長様の許へ送り出しても、よろしいのでございますな」

義景は不快げに口を噤《つぐ》んでいる。

「もし、朝倉にて義秋様上洛の願いを叶えて差し上げるおつもりがおありなら、信長様との話、なかったことに出来まする。光秀、身命を賭して周旋《しゅうせん》仕りますが」

「――」

「如何でございましょうや」

「いまの世に、将軍などなんの役に立とう」

「よく分かりました」

「その高慢ちきな口の利《き》きようが我慢ならぬ。うぬなど、朝倉に不要じゃ。暇をくれてやるゆえ、どこへなと失《う》せろ。この朝倉の地に住むこと、断じて許さぬ」

「と、いうことじゃ」

と景固が皺の寄った口許を歪めて、微かに首を左右に振る。

なにも言わずに立ち去れ、と景固は言っている。

光秀は両手をついて、義景に深々と頭を下げた。

「長々とお世話になり、ありがとうございました。なんのお役にも立てず、面目次第もございませぬ。これにて、お暇《いとま》仕りまする」

光秀は、そっ、と膝を立てた。

庭に篝火《かがりび》が美しく燃え立っていた。

㈣

義景が光秀から禄を召し上げた直後、義秋は正式に元服して、名を義昭《よしあき》と改めた。その義昭が信長を頼って一乗谷を出立したのは、永禄十一年（一五六八）の七月十六日であった。

義景はかなりの数の家臣に義昭を警護させて、近江との国境まで送らせた。これを五百名の軍勢を従えた浅井長政が迎える。長政は義昭を小谷《おだに》城で饗応した後、自ら供奉《ぐぶ》して近江犬上郡まで送り届けた。信長の依頼によるものだった。織田と浅井の同盟がなり、信長の妹お市の方が八月に長政に嫁ぐ予定になっていた。

犬上郡で義昭を迎えたのは、織田家の不破河内守《かわちのかみ》、村井民部、島田所之助で、千名の兵を引き連れていた。二十五日、義昭は美濃西の荘の立政寺《りゅうしょうじ》に入る。こうした至れり尽せりの配慮に、義昭は至極満悦の体《てい》だった。

しかし、二月には、足利義栄《よしひで》が松永久秀に擁立されて、十四代将軍の宣下《せんげ》を受けている。義昭には焦りがあった。その上、将軍の権威を固く信じ、己が将軍を継ぐ正統な血筋であることに高い誇りを持っていた。

義昭は単純に人に頼るだけの人物ではない。己が中心となって天下の大名を駒のごとく動かすという、大きな野望を抱いていた。それでこそ将軍である。大名は将軍の命を忠実に果たさなければならない、と固く思い込んでいる。

それだけではない。己が様々に画策し、軍略を弄することに、異様なまでの執着を持っていた。美濃への出立が間近に迫ってからも、上杉謙信に御内書《ごないしょ》（将軍が出す書状）を送っている。

その御内書には、義景も無二の覚悟でいる。おのおのが申し談じて馳走するよう、ひとえに頼みに思う、とある。謙信への一応の挨拶だが、信長だけを頼っているのではない、と謙信に伝えていることは明白だった。この御内書を出すことに藤孝は反対したが、義昭は聞き入れなかった。

義昭は一向に可愛げのない人間である。信長との対面の場で、なにを言い出すか分かったものではない。

一方の信長も単純な人物ではない。義昭をどう遇するつもりなのか。義昭を擁立することに、信長はどのような利を見ているのか。

両者の思惑が必ずしも一致していない以上、対面の場でなにが起きても不思議はない。

そうした懸念を抱いて、藤孝は義昭より一足先に一乗谷を出て、美濃へ向かった。数名の供を連れていた。これを光秀は美濃街道の仏が原で迎えた。溝尾《みぞお》庄《しょう》兵衛《べえ》、三宅藤兵衛ら二十名の家人が一緒だった。これに信長は五百名の警護の兵をつけてくれた。

光秀には、藤孝の懸念も不安も分かる。が、ここまで来た以上、なんとしても無事に義昭を信長に対面させ、信長を上洛させることがなにより肝要である。天下に平穏をもたらすためには、そこから始める以外に方法はない。

「心配いたされるな。何事もなく、事は順調に運びましょうぞ」

と光秀は藤孝に言った。

「そう願いたいものでござる」

「それがしにお任せ下され」

藤孝は光秀に伴われて稲葉山城に信長を訪ねて挨拶の言葉を述べ、

「お上のこと、くれぐれもよしなにお願いいたしまする」

と平蜘蛛《ひらぐも》のごとく信長の前に平伏した。

「分かっておる」

信長は、一言、答えただけだった。

そして、光秀と藤孝は立政寺で義昭を迎えた。


夕暮だった。

ジージー。

境内の油蟬が姦《かしま》しいほど鳴き盛っている。短い命を精一杯輝かせるためか、体の中から声を絞り出すように鳴いている。耳を澄ましていると、蟬の黒褐色の体表と褐色の翅《はね》の表面に、油が滲み出ているような気さえする。

光秀はあてがわれた部屋の濡縁に出て、暮れ行く境内に目をやっていた。風はなく、松の針状の葉はそよとも動かない。じっとしていても、膚が汗ばんで来る。

　この暑さの中を、義昭と藤孝は客間に閉じ籠った切りだった。なにを話し合っているのか、ひそとも声が洩れて来ない。

　やっと美濃に戻って来ることが出来た。十二年振りである。光秀も、すでに、四十一歳。信長の許で、新参者として働き始めるには、少々年を取り過ぎた。

　一日《いちにち》、光秀は、独り、明智城の跡に立った。城は焼け落ちたまま、生命力の強靭な草や灌木に浸蝕されるに任せていた。土塁は崩れ、焼け残って倒れた柱は風雨に晒されて朽ちている。春が巡って来るたびに、華やかな花を咲かせた館の庭の桜の樹は、幹を半分残して枯れている。蟋蟀《きりぎりす》が我が物顔に鳴いていた。

　この焼跡の中に、光安《みつやす》と奥方の骨が埋もれている。それを掘り起こし、しかるべき寺に納骨したい。

　光秀は瞑目して合掌する。

「明智城は再建させぬぞ」

と信長は無表情に言った。

義景に召し放され、正式に信長から五百貫の禄を頂戴したときのことだった。

「そのような些事《さじ》に心を砕いてはならぬ」

「心得ております」

「明智の城など、おれにはどうでもよいことだ。明智光秀という男が、これからどういう働きをするか、おれはそれが見たい」

信長は家名家柄には一向に重きを置かない。どこの馬の骨とも知れぬ者にもどしどし仕事をさせ、成功すれば、引き上げる。そうした信長の人の使い方には、それなりの魅力がある。

これと目をつけた家人を信頼し、大仕事を任せる戦国大名を、光秀は他に知らない。木下藤吉郎が頭角《とうかく》を現すことが出来たのも、信長に仕えていたゆえであった。

廃墟の中に物思いに沈んで佇《たたず》んでいると、時の経過を忘れた。ふと気づくと、がっしりした大身の武士が雑草を踏みしだいて、こちらへやって来る。

「伯父上」

光秀に声を掛けて、ゆっくり近づいて来た。

「利三《としみつ》ではないか」

「お懐かしゅうござる」

斎藤利三は六歳下の甥に当たる。稲葉一鉄の家人であり、稲葉一鉄は、いまでは、美濃三人衆の一人として信長に仕えている。

「何年振りになるか。見事な武者になったものよのう」

筋肉質の体に、眉太く、目鼻も大きい。陽に灼けた精悍な面構えは、槍を携えて戦場を往来する一廉《ひとかど》の部将のそれである。

「こ度は、織田家の人となられし由、嬉しく思うております」

「うむ」

「それを知って、矢も楯も堪らず、こうして会いに参りました」

「落ち着いたら、おれの方から会いに行こうと考えておった」

「伯母上にこちらとお聞きしたのです」

「そうか。積もる話もある。二、三日、ゆっくりして行ってはどうだ」

利三は軽く頭を振って、

「それが、そうも行きませせぬ。殿は今日一日の暇しかくれませなんだ」

「稲葉殿もあれこれとお忙しいのであろう」

「それがしが伯父上に会いに行くのが、気に入らぬのでござるわ」

と利三は笑う。

光秀も苦笑し、

「まさか、そういうことでもあるまいが」

利三は表情を改めて、

「それがしを、伯父上の郎党に加えていただくわけには参りませぬか」

「まあ、座ろうか」

むっとする草いきれの中に、二人は並んで腰を下ろす。

「おれも、いつかは、お前の力を借りたいと思うておる。いや、いますぐにも、そうしたい。が、いまは無理だ。お前が稲葉殿から召し放されたのなら、なんの問題もない。そうでない以上、新参者のおれが、稲葉殿からお前を奪うことなど出来ようはずがない」

「そう言われるだろうと思うておりました。やはり、待つしかありませぬか」

「そういうことだ」

利三は、しばらく、口を噤《つぐ》んでいたが、

「殿はそれがしが気に入っているわけではない。しかし、伯父上の許に身を寄せると知れば、決して暇はくれぬでしょう。殿はそういうお人なのです」

利三は一鉄の兄通勝《みちかつ》の娘を妻としている。そのためか、一鉄は何事によらず利三を婿のごとくこき使う。かといって、遇するに厚くはない。一鉄の老巧な曲者《くせもの》振りも、利三の気性には合わなかった。

「そういうお人の許で、それがしのような武骨者がいつまで勤まるか、それがしにも分かりませぬ。急いで下され」

光秀は軽く笑う。

「おれは、この地に、なんとしても明智城を再建したい。信長様はそれをお許しにならない。いまは辛抱するしかないのだ。その程度の辛抱が出来ないようでは、信長様に限らず、どなたにもお仕えすることなど叶わぬわ」

「――」

「いずれ、時機を見て、必ず、お前を引き受ける。それまでの間、辛抱して仕えてみよ。が、卑屈になることはないぞ」

「分かっております」

「そうか」

「伯父上もしっかり辛抱して下されよ。信長様は一筋縄で接することの出来るお方ではなさそうです。どこか異様なところがおありのようだ」

「付き合い方さえ誤らねば、どうということもあるまい」

「伯父上なら心配ござらぬか」

と利三は明るい笑いを弾かせた。


立政寺の境内は、相変わらず、油蟬の鳴声が姦しい。義昭と藤孝の密談は、まだ、続いている。

光秀に期待を寄せているのは、利三だけではない。光秀に命を預けた家人が大勢いるのだった。

朝倉を出ると決まると、彌平次はむろんのこと、溝尾庄兵衛、三宅藤兵衛らすべての家人が、光秀と行をともにすることを願い出た。義景の怒りを買った以上、無事に越前を出ることが出来る保証はない。討手《うって》が掛からぬでもなかった。

そのことを告げたが、誰一人、残ると言う者はいなかった。

光秀は濡縁から腰を上げた。と、なにに驚いたのか、油蟬が一匹、ジー、と鳴いて松の幹を飛び立つ。蟬は、なぜか、飛行に失敗して地面に激突し、しばらく、狂ったように翅をばたつかせてもがいていた。


二十七日、信長が立政寺に姿を現し、義昭との対面が果たされた。本堂の上座に上畳が設えられて義昭が座し、これに束帯《そくたい》姿の信長が向かい合う。藤孝は義昭の右脇に控え、光秀は本堂の末座に列した。

まず、信長が挨拶の口上を述べ、これを受けて、義昭が、

「数々の心遣い、嬉しく思うぞ。この通りである」

と頭を下げた。

甲高い声には震えがある。ふっくらした顔は脂ぎって赤く上気していた。

信長、三十五歳、義昭は三歳年下である。

「ご丁重なるお言葉、痛み入りまする。この上総介《かずさのすけ》、身命を賭してお上のお心を安んじ奉りまする」

が、信長の声にはどのような感情も籠められていない。

「心より頼りに思うておる。何分にもよしなに頼み入る」

信長は本堂に運び込ませた献上品、銭千貫、太刀、鎧《よろい》、その他の武具、馬の目録等を示して、

「とりあえず、これらの物をお使い下され。お側衆にも不自由がないだけの物は用意させております」

「なにからなにまでの心尽し、さすがは上総介殿でござる」

義昭の小さい目は、信長から献上品、献上品から藤孝へと、絶え間なく動いている。

「かくなるめでたき仕儀に至りましたのも、ひとえに、あれなる明智十兵衛光秀が手柄にござりまする」

と信長が身を捻《ひね》って、光秀に無表情な顔を向ける。

「分かっておる」

「このこと、決して、お忘れなきように」

「光秀はわが幕臣でもある。なんで余が忘れることがあるものか」

信長は、これから先、光秀を義昭や朝廷との折衝役に使うつもりだった。これはなかなかに気骨《きぼね》の折れる仕事である。

「いま、一つ」

信長の高い声が、しーん、とした本堂に重々しく響く。

「この上総介をお頼りになりました以上、上総介以外の大名どもに、決して声を掛けて下さいまするな。それをなされましては、上総介がどのように努めましても、お上の願いを叶えて差し上げることが難しくなり申す」

義昭は目を剝いて答えない。己の感情を抑えることも、隠すことも出来ないのだった。

義昭にとっては、いまのところ、信長はすべてを託すに足る相手ではない。むしろ、心は謙信に向いている。そうでなくても、信長が思い通りに動いてくれない場合を考えて、手を打たずにはおれない性《しょう》である。

重苦しい沈黙が続く。堪らず、藤孝が、

「恐れながら、仰せの趣《おもむき》、お上には重々お心得あってのことでございます」

と口を出した。

信長は鋭い視線を義昭に当てたまま、

「おれはお上直々のご返答を待っておる」

凜とした声が義昭を打つ。

「む、むろんのことだ。余は上総介殿一人を頼りにしておる。なんで、他の大名に声など掛けようか。しかし、余は一日も早い上洛を望んでおるのだ」

信長は両手をついて頭を下げる。

「お言葉、承りましてござります。これにて、心の霧も晴れ申した。すべて重畳《ちょうじょう》でござる。今宵は、饗応の席を用意させますゆえ、ゆるりとおくつろぎ下さりませ」

信長は義昭の言葉など、一向に信じていないし、義昭も約束を守るつもりはない。そのことは、光秀にも藤孝にも分かっている。信長と義昭は、ともに異なった思惑を抱きつつも、上洛、十五代将軍の宣下という港に向かって船出したのだった。

とにもかくにも、一歩、踏み出した、と光秀にもそれなりの感慨がある。幕臣であり、同時に信長の家人であるという光秀の立場は、なかなかに難しい。が、それがどれほど困難に満ちたものであれ、光秀もまた、新しい船出の途についたのだった。

三章　京の奉行

(一)

宿坊の寝所《しんじょ》に足音が近づいて来る気配に、光秀は臥所《ふしど》の上に身を起こした。その者は黙って廊下に片膝をつく。

「入れ」

板戸が静かに開いて、男が入って来る。光秀は燭台に火を点じた。

「ただいま戻りました」

「ご苦労」

永禄十二年（一五六九）正月四日の深夜である。

「なにかあったか」

「はっ」

男は心利きたる物見の者だった。この男に配下の者を四名つけて、光秀は京の周辺に放っておいた。

「聞こう」

男が持ち帰った報せは驚くべきものだった。

一旦、京を退却した三好三人衆が、義昭《よしあき》を討つべく、この六条本圀寺《ほんこくじ》に攻め上《のぼ》って来る、という。一軍は堺を出て大坂の枚方《ひらかた》に迫りつつある。もう一軍は、河内《かわち》より山崎へ向かって来つつあるらしい。

「兵の数は？」

「総勢、合わせておよそ一万」

「よくやったぞ。引き続き、奴らの動きを知らせてくれ」

「承知」

男は入って来たときと同じく、静かに寝所を出て行った。入れ替わるように、彌平次《やへいじ》が顔を見せる。光秀の話を聞いて、彌平次は息を呑んだ。

本圀寺の寺域内及び周辺に配備された警護の兵は、三千しかない。これでは、敵を防ぎ切れるものではなかった。

「どうなされます」

「出来ることをやるまでのことだ」

「しかし――」

「まず、主立《おもだ》った者たちに声を掛けて、至急、この宿坊に集まってもらうのだ」

織田家の名ある部将、柴田勝家、佐久間信盛《のぶもり》、丹羽長秀、木下藤吉郎らは、すでに京の近くにはいない。新参者として、出過ぎたことは出来ないが、いまは、緊急の事態である。遠慮しているわけには行かない。

「それから、桂川へ走って、藤孝《ふじたか》殿にこの旨を伝えるのだ」

藤孝は京の周りを警護すべく、織田の軍勢とともに桂川の西辺りにいる。

「分かりました。他には？」

「とにかく、出来るだけ、四方へ伝令を走らせろ」

「それがしが戻って来るまでは、なんとしても持ち堪《こた》えて下さい」

「分かっておる。独りでは死なぬ」

彌平次は、にこっ、と頬を緩めて、足早に寝所を出て行った。

昨年の九月七日、信長は尾張、美濃、伊勢、三河、遠江《とおとうみ》の兵を率いて上洛の途についた。この大軍を前にして、協力を拒否していた近江の六角承禎《しょうてい》は、本城の観音寺城を空けて甲賀へ走った。

近江平定を終えた織田軍は、二十六日、抵抗らしい抵抗を受けることなく京の地を踏む。六角承禎と結んでいた三好三人衆は、京を捨てて逃げ出した。そして、松永久秀は、拍子抜けするほど、あっけなく降伏を願い出た。

信長は東寺に陣所を構え、義昭は清水寺に入った。織田軍は山城、摂津、和泉、河内、大和に向かい、瞬く間に近畿平定に成功する。この間、光秀はずっと義昭の側近くにいた。

久秀が人質を伴って信長の許に伺候《しこう》したのは、信長が東寺に入って間もない一日であった。信長は境内で久秀を引見した。

「久秀という男、面白い奴ゆえ、よおく見ておけ」

と信長は光秀を脇に控えさせた。

床几《しょうぎ》に腰を下ろした信長の前に、

「久秀めにござりまする」

と久秀が平伏する。

久秀、この年、五十九歳。痩身長軀、首が異様に長く、頰は痩《こ》け、鼻が高い。柿渋色の皮膚には無数の皺が寄っている。まるで、乾いた紙を握り締めたような皺だった。

「その方、おれに首を討たれに参ったか」

と信長が声を掛ける。

「滅相もござりませぬ」

久秀は顔を上げて信長に視線を返す。眼光鋭い切れ長の目には、どこか相手を小馬鹿にしたような気配が窺われた。

「この皺首、まだまだ、信長様のお役に立ちまする」

後ろの童子を目で指して、

「これなるはわが末子、秀童丸でござる。お側に仕えさせますゆえ、なにとぞ、ご容赦のほどを願い奉りまする」

五歳の秀童丸も、物怖じする風もなく、じっと信長を見上げている。

「その方、どう役に立つ」

「大和の平定に、ずいぶんと働きまする」

すでに、松永勢は大和に向かった織田軍の先陣を承って、大いに働いていた。

「だが、義昭様はその方の首をご所望じゃ」

義昭は怒りを露わにして、久秀の首を信長に求めた。久秀は主家に背き、その上、将軍を弑逆《しいぎゃく》した張本人である。久秀の悪行はそれだけではない。京の主導権を巡って三好三人衆と争い、その戦《いくさ》で東大寺大仏殿を炎上させている。前年の十月のことだった。

が、信長は、

「久秀がごとき者のことなど、お上が気になさる必要はござりませぬ」

と義昭の怒りなど歯牙《しが》にも掛けなかった。

その義昭は、清水寺で事の成り行きを苛立って待っている。

久秀は長い頸筋を撫でさすり、

「さて、それは困り申した」

信長が許し、松永勢の力を利用することに、久秀は確信を持っている。

この勝負、信長様の負けだな、と光秀は思う。

「信長様のお力をもって、なんとか公方《くぼう》様を宥《なだ》めて下され」

「まだ、死にとうはないか」

「老い先短い身なれど、まだまだ」

久秀は、にやっ、と汚れた乱杭歯《らんぐいば》を見せた。

「ならば、おれのために懸命に働け。さすれば、その皺首、いましばらく、首の台に据え置いてやろう」

「有難き幸せ」

「働きによっては、大和の国をその方に任せてやってもよい。が、おれの気に入らねば、即刻、その首、刎《は》ねられるものと覚悟せよ」

「ははっ」

と久秀は頭を地に擦りつける。

秀童丸は傲然と頭を上げたままだった。

信長は、すでに、〈天下布武《てんかふぶ》〉の印文を用いていた。信長の野望が天下取りにあることは明白だった。そのために、利用出来るものはすべて利用する。義昭も然り、久秀もまた然りである。

それでよい、と光秀は思っている。

光秀の目に狂いはなかった。信長は光秀の期待通りに動き始めた。いまのところ、乱れた天下に平穏をもたらすことが出来る人物は、天下に信長しかいない。そのためには、目的に向かって手段を集中させる強い意思が必要なのだ。その信長に仕えたことは、間違いでなかった。

十月十八日、義昭は念願の征夷大将軍に補任され、十五代足利将軍を継いだ。十四代将軍の義栄《よしひで》は京を追われて、九月に摂津富田において病没していた。将軍在位、僅か七か月に過ぎなかった。

二十六日、一段落ついたと考えた信長は、京と周辺に五千の兵を残したのみで、岐阜へ帰って行った。義昭は清水寺から本圀寺へ居を移す。その矢先の敵の逆襲だった。

慌ただしい軍議の結果、兵を三手に分けて三つの門を守ることとし、光秀は一隊の軍奉行《いくさぶぎょう》を勤めることになった。寺域の三十間外側には、幅二丈（約六メートル）の堀が掘られ、土を盛り上げてある。土塁の上には塀、櫓《やぐら》が築かれている。

「鉄砲、弓矢を揃えて立ち向かえば、防げぬことはありますまい」

と光秀は言った。

誰も答えない。

「四方へ伝令を走らせてありますゆえ、いずれ、味方が馳せ参じましょう。それまで、なんとしても、持ち堪えなければなりませぬ」

二、三の者が頷き、一人が、

「明智殿の申す通りじゃ。死力を尽して公方様をお守りするまでのこと。方々、さあ、迎え撃つのじゃ」

と自らを鼓舞するかのように勢いよく腰を上げた。

境内の動きが忙しくなる。

「何事か」

寝所に伺候した光秀に、義昭は顔色を変えた。光秀は事態を短く伝えて、

「ご案じなさいますな。われらで、見事、防いで見せまする」

義昭の体が見る見る震え出す。

「鎧《よろい》じゃ、鎧を持て」

と叫ぶ。

「お上！　お騒ぎ召されまするな」

「信長め、なにゆえ、京の警護を等閑《なおざり》にするのじゃ」

「警護は万全でございます。お上がご心配なされることはありませぬ」

義昭は光秀の言葉が耳に入らない。

「先には松永ずれを許し、いままた、余を危ない目に遭わせる。信長は余をなんと心得ておるのか」

義昭は寝所をうろうろと歩き回る。

「かくなる上は、余が自ら敵を討ち破ってやるわ」

小姓の者が鎧を運んで来る。

「早ういたせ。戦じゃ、戦じゃ」

と両手を広げて、鎧を着けさせる。

「それがしがお迎えに上がるまで、決してご寝所をお出になりませぬように」

小姓の心利きたる者を脇に呼んで、同じことを言い聞かせて、光秀は持場へ走った。

最初の銃声が本圀寺を包む静寂を破ったのは、夜明け少し前だった。それが合図となって、敵の鬨《とき》の声が三方から一斉に上がる。

火矢《ひや》が闇を切り裂き、鉄砲が轟然と轟く。門前の家々から、ぱっ、と火の手が上がる。光秀は表門前の櫓の上にいた。

「まだだ、まだ撃つな。敵を十分に引きつけるのだ」

声を嗄《か》らして逸《はや》る兵を押さえる。

銃弾が頭上を掠《かす》める。無数の矢が飛来する。騎馬の敵が間近に迫って来た。

「いまだ、撃て」

と光秀は命を発した。

櫓から味方の銃声が轟《とどろ》き、矢が闇を切る。敵が、ばたばたっ、と落馬する。が、彼らは怯《ひる》まなかった。さらに激しく、鉄砲を撃ち込み、矢を射込む。味方が倒れる。

「うおっ」

喊声《かんせい》を上げて、味方の騎兵が討って出た。待ち構えていたように、敵が迎え討つ。敵味方入り乱れての乱戦になった。

夜が白《しら》んで来た。勝敗の行方は不明。

「引け！」

光秀は合図の法螺《ほら》貝を吹かせた。味方に一息入れさせなければならない。味方が馬首を返すや、銃弾と矢を敵に集中させる。敵もひとまず退《ひ》いた。

伝令の報告では、他の二方の戦いも、同じような経過を辿ったらしい。

攻撃はすぐに再開された。新手《あらて》の敵が襲って来る。味方は同じ兵で戦わなければならない。それを繰り返して、どれほどの時が稼げるか。

思い惑う間もなく、寄手《よせて》が攻めて来た。味方もよく頑張った。中でも、若狭《わかさ》衆の働きは抜群で、勇名高い者も討死した。光秀自身も、二度、一隊を率いて討って出た。矢が頬を切り裂き、敵の槍を股に受けた。

戦いは二刻（四時間）に及ぶ。味方は、誰もが疲れ切っていた。

援軍は到着しない。どうなっているのか、報せもなかった。このままでは、境内に敵が雪崩《なだれ》込んで来るのも先のことではない。

光秀は愛用の国友《くにとも》村製六匁筒《ろくもんめづつ》の火縄銃を手に櫓へ上がった。再び、敵の攻撃が始まり、堀の近くで白兵戦が展開された。間違いなく、味方は押され気味である。

いた！

光秀の視力のいい目は、敵将の薬師寺九郎左衛門の姿を捉えた。馬上の九郎左衛門は卯花威《うのはなおどし》の鎧に大半月の前立《まえだて》、巴の馬印を背にして采配を振っている。動きが激しい。光秀は心気を静めて、九郎左衛門に狙いをつけた。寄手の大将を斃《たお》すことによって、敵の士気を挫《くじ》く。それがどれほどの効果を発揮するか分からぬが、いまは、それ以外の策は思い浮かばない。

狙い定めて、引金を引いた。

弾丸は、見事、九郎左衛門の胸板を射抜いた。九郎左衛門はあっけなく馬上から転げ落ち、それに気づいた敵は目に見えて浮き足立った。

「おおっ！」

味方が勝鬨を上げ、総力挙げて討って出る。これが戦の行方を左右した。最後の力を振り絞って戦い、乱戦は味方に有利に動き始めた。

攻め手が崩れ掛けたとき、到着した援軍が敵の背後を衝いた。その上、桂川から藤孝、伊丹《いたみ》から荒木村重《むらしげ》、高山右近、近江からは京極長門守《ながとのかみ》等が、敵の後方に迫りつつあるという報せが敵を脅かせた。

本圀寺の戦いは織田軍の圧勝に終った。

(二)

岐阜の信長の許に本圀寺襲撃の報が届いたのは、六日であった。この日、岐阜は珍しく大雪だったが、信長は直ちに京への出陣を決断する。

例によって、信長は先頭切って馬を走らせた。二日で京に着く。供回りは僅か十騎足らずだった。

京は平穏を取り戻していた。信長は満足し、本圀寺の戦いの論功行賞を行った。光秀も直々にお褒めの言葉を頂戴する。光秀が信長の目に見せた最初の武功であった。

数日後、秀吉が伊勢からご機嫌伺いに京へやって来た。信長は機嫌よく東寺の居室で秀吉のお喋りを聞き終えると、光秀を呼んだ。

光秀は秀吉に会釈して、並んで信長の前に座る。秀吉は軽く頷いただけだった。これが秀吉との初対面である。

「その方らに申しつけることがある」

信長が二人を引き合わせるでもなく言った。

「なんでございましょう」

と秀吉がすかさず問い返す。

「黙って、聞け」

「はっ」

秀吉は墨俣《すのまた》一夜城で名を上げたが、織田家中ではいまだ軽輩者である。光秀も同じだった。が、秀吉は物怖じすることなく信長に対している。

信長は秀吉を、ときには、猿、と呼び、ときには、禿げ鼠、と呼ぶ。そう呼ばれるにふさわしい面構えだった。頬が殺《そ》げ、頬骨が張り、顎《あご》が尖っている。一見、年齢不詳の異相である。年寄じみて見えるかと思うと、意外に若々しい表情を見せる。

「公方様が、あれやこれや、苦情を申されておる。よって、公方様の御所、つまり、城を造って差し上げる」

かつての二条の旧邸を拡張し、再建する、という。

「それはなによりでございます。公方様も喜ばれることでございましょう」

と秀吉が相好《そうごう》を崩す。

「馬鹿者」

と信長は苦笑する。

むろん、義昭のための城である。それ以上に、信長の権威を天下に知らしめるための城でなくてはならない。

義昭は信長に不満を抱いているが、とにもかくにも、念願の将軍職を継ぎ、幕府を再興出来たのは、信長のお蔭である。近江、山城、摂津、和泉、河内の五か国を幕府の直轄領とすることが出来たのも、信長の意思による。

そのことは義昭も承知している。将軍となった義昭は、感謝の御内書《ごないしょ》を信長に送り、その中で、信長を、武勇天下第一、と賞賛し、御父、と呼んでいる。

しかし、信長にとって義昭は傀儡《かいらい》に過ぎない。こ度の上洛後、信長は〈殿中《でんちゅう》御掟《おんおきて》を制定し、義昭に花押《かおう》を記させた。

〈殿中御掟〉には、政務について義昭自身が内奏することを禁じ、信長の奉行衆に意見を問うた上は、是非の沙汰があってはならない、と記されている。これは義昭の誇りを傷つけた。それを承知で、信長は義昭に承認させたのだった。

その上での御所の造営である。意味するところは明白だった。秀吉にはそうしたことは十分に分かっている。分かっていて、無知を装っているのだった。

信長はそんな秀吉のやり口を十分に承知していた。秀吉もまた、信長が承知していることを知った上で、無知を演じて見せている。この主従の間には、余人の入り込むことを許さぬ不思議な関係が、築かれているようだった。

光秀は義昭に対する信長の扱いを、是《ぜ》、としている。義昭の力では、この乱世に平穏をもたらすことは不可能である。ということは、光秀自身、いずれは義昭と縁を切らねばならないことを意味している。それも遠い先のことではない。

「おれが築城する城だ。尾張、美濃、伊勢、近江、伊賀、若狭、山城、丹波、河内、和泉、摂津、すべての近々の国々から人夫を上洛させ、洛中洛外の名石を集めねばならぬ」

「大工事でございますな」

と秀吉が感嘆の声を上げる。

「おれが直々に指揮いたす。その方らもそれぞれ奉行を勤めよ」

新参者にとって、これは大役だった。試されているのである。この度の本圀寺の働きによって、光秀の武について、信長は信長なりの認識を持った。では、築城についてはどうか。信長はそれを知ろうとしている。

「大事なお役目、ありがとうございまする」

と光秀は頭を下げる。

「二月に着工し、四月には完成させる」

「ひゃあ、それは大変」

と秀吉は剽軽《ひょうきん》に驚いて見せる。

が、秀吉には墨俣一夜城の実績がある。

「光秀、その方が縄張りをいたせ」

「ははっ」

「秀吉、そちは人と資材の手配じゃ」

「お任せ下され」

信長は瞬きしない目で二人を見つめ、

「四月には、公方様に御座を移していただく。その後は、その方ら二人でこの京を治めろ」

京の奉行を勤める。これは異例の抜擢《ばってき》と言える。これまで京を治めていたのは、柴田勝家、佐久間信盛ら錚々《そうそう》たる部将だった。

「何事も、その方らで話し合うて決めろ。手に余ることがあれば、おれに訊くがよい」

これは、御所造営以上に大変なお役目だった。難しいのは朝廷、そして義昭との折衝である。それが信長の気に入らねば、たちまち罷免される。しかし、これほどやり甲斐のある仕事もない。

「有難き幸せ」

光秀と秀吉は信長の前に平伏した。

東寺を出ると、秀吉は本圀寺の光秀の宿坊に寄ると言った。願ってもないことだった。今後の打ち合わせがある。

部屋に火桶《ひおけ》を運び込ませ、秀吉を上座に座らせる。と、やにわに、秀吉は光秀の前に両手をついて頭を下げた。

「こ度のお働き、まことに、おめでとうござる」

「丁重なるご挨拶、痛み入り申す」

と光秀も頭を下げる。

「これからのこと、よしなにお引き回し下されや」

「それは話が逆でござる。こちらこそ、ご指導のほど、お願いいたす」

「それにしても、人使いの荒い殿だ」

と秀吉が嘆息する。

それを苦にしている風は一向にない。

「それがしのような新参者にも、大事なお役目を下さる。有難いことでござる」

と光秀は柔らかく受け止めた。

出自や身分に関わりなく、仕事の出来る者はどしどし取り立てる。そこに信長の面目がある。それゆえに、秀吉は頭角を現し、光秀にも京奉行の役目が回って来た。

「風当たりが強うなりますぞ」と秀吉は目を細めて光秀を窺う。「柴田、佐久間、丹羽――。われらを屑のように思うておられる御仁がうんとおる」

「そこのところは木下殿にお任せいたす。それがしには手に余るゆえ、木下殿のお人柄で、なんとかご機嫌をお取り下され」

「それは狡い」

「いやいや、素直な気持でお頼みしているのでござる」

「その代わり、公方様や公家衆のことは、明智殿にお願いいたす。ああいう方々は苦手でのう」

光秀は、いまのところ、幕臣である。義昭から、山城の下久世荘を禄としてもらっている。身分は申次《もうしつぎ》で、将軍の身辺にもっとも近い役職と言える。朝廷や公家衆にも伝手《つて》がないでもない。信長はそういうことも考慮して、光秀に京奉行の役目を言いつけたのだ。

「それはよろしいが、木下殿に苦手の相手などいますまい」

「なかなか。なによりの苦手は殿でござる」

「まさか」

と光秀は笑声を上げる。

秀吉は表情を改めて、

「縄張りのこと、よろしくお頼み申す。おれの仕事は、まずは堀を掘り、石垣を築かねばならぬ。それには、縄張りが済まねば、どうにもならぬ」

「承知仕《つかまつ》った」

「では」

と秀吉は腰を上げる。

秀吉による光秀の瀬踏みは済んだようだった。

㈢

夜である。冬の京は底冷えがする。が、一乗谷《いちじょうがだに》の冬に比べれば、雪もなく、過ごしやすい。

藤孝は筆を置いて、目を瞑《つむ》る。ほっ、と小さく息をついて、眉根のあたりを二本の指で揉み込む。

藤孝の住《すま》いは二条の御所の内にある。部屋は、まだ、木の香も新しい。

二条の御所は、二月二日に着工、四月十四日竣工、絢爛《けんらん》豪華に造営された。名石として名高い藤戸石《ふじといし》などは、信長自らが音頭を取り、笛や鼓《つづみ》で囃《はや》し立てつつ、三、四千人の人夫が洛中を牽《ひ》いたものだった。これには、京の人々も肝を拉《ひし》がれた。慈照寺《じしょうじ》の庭石九山八海《きゅうざんはっかい》も御所へ運ばれた。

信長は、その後直ちに、内裏《だいり》の修理に取り掛かった。工事はいまも続いている。

問題は義昭である。

伊勢平定を終えた信長が、その報告に上洛したのは、十月十一日だった。ところが、十六日、信長と義昭が正面から衝突し、翌十七日、信長は、急遽《きゅうきょ》、岐阜へ帰ってしまった。そのことで、朝廷は深い憂慮を示している。

一向宗の第十一代法主《ほうしゅ》である、大坂石山本願寺の顕如光佐《けんにょこうさ》及びその門徒が、三好三人衆を背後から援助している、と信長は見た。そこで、阿波、讃岐攻略前に、石山本願寺を攻めねばならない、と考えた。

　この四国攻略に義昭が真っ向から反対したのだった。義昭は、早くから毛利に阿波、讃岐の平定を命じていた。そのことによって、織田と毛利の力の均衡を保つ、というのが義昭の狙いだった。

「どうだ、余の戦略は」

　義昭は脂ぎった顔を得意げに藤孝に向けたものだった。

　廊下に足音がして、

「明智光秀様がお越しでございます」

と家人が障子《しようじ》の外から言った。

「なに！　光秀殿が」

　この夜更けに、一体、何事か。

「お独りか」

「お供もなく、馬でお越しでございます」

　光秀は本能寺近くに屋敷を構えている。

「分かった。お通ししろ」

「畏《かしこ》まりました」

ちょっと考えて、衣服は改めないことにする。気楽な訪問を受けた、としておきたい。

「これはこれは——」

藤孝は笑顔を見せて客間に入り、光秀と向かい合う。

「せっかく来たのだ。酒でも——」

「いや、酒はよい」

光秀の端整な顔に特別の表情はなかった。涼やかな切れ長の目も、優しげな口許も、いつもと変わりはない。

二人は、しばらく、隔意のない友垣《ともがき》同士として、とりとめない話に興じた。

「ところで、なにか、火急の用でも？」

二人の間に、ふと、沈黙が訪れたとき、藤孝は何気なく問うた。光秀は黙って一通の封書を差し出す。

「あなたにも、これに目を通しておいてもらった方がよい、と考えてな」

「よいのか」

藤孝は静かに封書を開く。

「これは――」

と息を呑んだ。

石山本願寺の顕如から光秀に宛てた、十一月二十日付の書状だった。文面は、石山本願寺は三好の一統とはなんの関わりもないことを、縷々《るる》、弁疏《べんそ》している。

藤孝は封書を巻き戻して光秀の手に戻す。

「それで？」

「顕如が嘘を吐《つ》いているのは明白だ」

「なぜ、嘘だ、と分かる」

光秀は、フフッ、と笑いを洩らして、

「あなたにも分かっているはずだ」

藤孝はなにも言わない。

「この書状を届けて来たのは彌兵《やへい》なのだ」

それが今夕、光秀と彌兵の関係を知った顕如が、彌兵に使者の役目を依頼したのだった。

光秀は彌兵に問うた。

「彌兵は、この書状になにが書かれているか、承知しているのか」

「いいえ。だが、推量はつきます」

「では、訊くが、本願寺は三好を後押ししてはおらぬのだな」

彌兵の顔に苦しげな表情が浮かび上がった。彌兵は虚言《きよげん》を弄することを嫌う男である。が、一向門徒とは深い関わりを持っている。

「光秀様は、なにがなんでも、それがしに答えろと言われますのか」

「答えたくなくば、答えずともよいのだ」

答を聞くまでもないことだった。光秀自身も、手の者を使って、顕如と三好勢の繋がりを探り当てていた。

「一向門徒は、信長がますます力を広げることを恐れております。よって、どのような手立《てだて》を使うても、それを阻止したい、と考えている。三好三人衆を利用することに、いささかの躊躇《ためら》いもありますまい」

「そうであろうな」

「それがしも、また――」

「もうよい。その先は言うな」

光秀はそのときの彌兵とのやり取りを藤孝に話して、

「問題は顕如の嘘にあるのではない。なぜ、顕如が信長様の石山本願寺攻めの意図を知ったのか、ということだ」

「――」

「はっきり言おう。公方様がお知らせになったのだ。だから、このような書状が届いた」

藤孝の口から太い吐息が洩れた。

義昭は御内書を武田、上杉、毛利など、これと思われる大名に乱発していた。いまだに、彼らが将軍の命を忠実に果たすもの、と信じている。正確には、信じたがっているのだった。

十五代将軍となった上は、天下の諸大名は将軍の命に服すべきである。幕府再興に信長がどれほどの功があろうとも、信長自身もその例外であってはならない。義昭がそう信じたい気持は、理解出来ないわけではなかった。

しかし、時代は大きく変わりつつある。もはや、将軍の命が天下を動かす時代ではない。信長は伊勢を平定した。次の目標は四国の阿波、讃岐である。足利幕府を存続させるには、その信長に頼る以外に手はないのだ。義昭にはそれが分かっていない。

「公方様は、しきりに、あちらこちらへと御内書をお出しになっておられる」

光秀の言葉に藤孝は沈黙で答えるしかない。

御内書の発給は、すべて、藤孝の手になる。藤孝の立場では、御内書の内容は、なんとしても信長に隠し通さなければならない。ということは、京奉行である光秀にもなにも語れない、ということだ。

義昭は政《まつりごと》に長《た》けており、一端《いっぱし》の戦略家である、と自負している。それを嗤《わら》うことも藤孝には出来ない。主《あるじ》が凡庸であることには、ただただ、耐えるしかないのだった。

「あなたの立場はよく分かっておる。それがしも幕臣だ。辛い。だからといって、この捩《ねじ》れた情況を放置するわけには行かぬ」

「――」

「それがしは、いまのこの乱世でなにが大事か、その点を考えて身を処したい、と願うておる。他人からなんと言われようと、その一点は崩すまい、と覚悟しているのだ」

蠟燭《ろうそく》の明りを受けた藤孝の目鼻立ちのくっきりした顔に、微かな笑いが浮かび上がる。

「物事をそのように割り切って考えられるお主が、羨ましいわ」

「それがしの考えを、甘い、と嗤《わろ》うているらしいな」

と光秀は苦笑する。

「朝廷の使者が岐阜へ発った。主上《しゅじょう》も信長様と公方様の不和をいたく心配しておられる。朝廷の慰撫《いぶ》がこ度のことをうまく収めてくれればよいのだが」

と藤孝は話を逸《そ》らせる。

朝廷は、いまや、信長を頼り切っている。突如、岐阜へ帰ってしまった信長に心を痛めた正親町《おおぎまち》天皇は、自ら女房奉書を認《したた》めて、使者を岐阜へ下向させたのだった。

「たぶん、うまく行くだろう。が、それも一時《いっとき》のこと。公方様がお考えを改めて下さらねば、いずれ、大変なことになりかねぬ」

光秀は表情を厳しいものに改め、

「それがし、公方様からお暇をいただきたい、と考えている。これ以上、お二方にお仕えすることは出来ない。ついては、ぜひ、藤孝殿の口添えをいただきたい」

「それは叶うまい。私がなんと言おうが、公方様はお主を手放しはすまい」

「それは困った」

藤孝は頬を緩めて、

「私とて苦しい。お主だけに、楽をさせるわけには行かぬわ」

「これは、また、意地の悪い」

「そうよ。私は元来が意地の悪い人間でなあ。お主、知らなかったのか」

「知らなかった」

二人は顔を見合わせて笑声を上げた。

しかし、事態は笑っているだけでは済まされない方向へ動き出した。主上の慰《い》撫《ぶ》を受け入れた信長は、年が明けた正月二十三日、五ヶ条の条書《じょうしょ》を義昭に認めさせた。

一　将軍が御内書を出すときは、信長の添状を添えること。
二　これまでの御下知は廃棄すること。
三　恩賞を与えるときは、相当の土地がなければ、信長の分国内でも与えること。
四　天下の儀は、信長に委任した上は、上意を待たずに、信長の分別次第とすること。
五　天下が静謐《せいひつ》になった上は、禁中の儀に油断があってはならないこと。

この条書は、信長の提示した条件を、義昭が承認した形になっている。そして、光秀も証人として名を連ねた。

義昭は面目を失い、完全に政から閉め出されたことになる。が、この条書に名を記し、印を捺《お》したことによって、一層、義昭は反信長の決意を固めた。譜代の臣である藤孝の力をもってしても、これを止めることは不可能だった。

折悪しく、武田信玄から義昭を焚きつけるような書状が届いた。これが義昭を勇気づけた。義昭は密かに朝倉義景と連絡を取り始めた。そのことに気づかぬ光秀ではない。

光秀は藤孝に、

「それがしは、このこと、殿に申し上げねばならぬ。よろしいな」

いいも、悪いも、藤孝には答えられない。

「事は大きくなるだろう」

と光秀は嘆息した。

㈣

光秀には辛いことだった。

朝倉攻略は、かねてから、信長の戦略の中にあった。越前を押さえない限り、越後の上杉の脅威は取り除けない。

お市の方が浅井長政に嫁ぎ、浅井家は信長に同盟を誓っている。これまでは、浅井が朝倉の押さえとして働いて来た。が、それでよし、とする信長ではない。

昨年の御所落成に際して、信長は朝倉義景に上洛を促した。義景はこれを黙殺する。その上、義昭がしきりと義景に御内書を発している。その旨の光秀の報告が、信長に朝倉征討を決意させた。信長は無表情に、その場で、越前の地理に詳しい光秀に先導を命じた。

冷遇されたとはいえ、義景は光秀の旧主である。出来ることなら、光秀の手で義景の身の立つように計らいたい。

義景の願いは、越前の国と己の身の安泰である。それなら、信長の支配に屈するしか道はないのだった。しかし、それは義景の誇りが許さない。

ならば、天下に号令して信長打倒を図るか。その気概もない。そのくせ、義昭の野望に荷担《かたん》するかの振りをして見せる。そんな義景を救う手立ては、どう知恵を絞っても見つからない。いまや、義景は、この戦国の乱世で無用の長物と化していた。

永禄十三年（一五七〇）四月二十日、三万の織田軍が京を発した。貴賤男女、僧侶まで見物に出るほどの華々しい出陣であった。

二十五日、敦賀《つるが》に入った織田軍は、簡単に天筒山《てづつやま》城を落とし、続いて金ヶ崎城を攻める。朝倉勢は抵抗らしい抵抗も示さず、城を捨てて逃げ去った。

その夜、信長の本陣で、錚々たる部将が顔を揃えて、戦勝の祝い事が催された。幔幕《まんまく》を張り巡らせ、四方八方で篝火《かがりび》を焚く。幔幕の中では、上座の信長に向かって、部将たちが向かい合って床几に腰を据えていた。

柴田勝家、佐久間信盛、丹羽長秀、そして秀吉もいる。出兵を要請された徳川家康の顔もあれば、従軍を望んだ公家衆の顔もあった。末席には、松永久秀が控えており、光秀は久秀の真向かいの床几にいた。

無礼講の宴《うたげ》は賑やかに進み、誰もが十分に飲み、かつ食する。越前は、もはや、信長の軍門に下ったも同然だといった気分が、宴を盛り上げた。

秀吉は瓶子《へいし》を手に、織田の部将たちの間を気さくに歩き回って酒を注ぐ。勝家に剽《ひょう》げた態度で話し掛け、信盛の耳になにやら囁き、長秀の前に座り込む。部将たちはお互いに大声で言葉を交し合い、笑いを弾かせ、家康までも話の中へ巻き込んでしまう。公家衆は公家衆で寄り集まって、心安げに談笑していた。

末席の光秀と久秀だけは、そうした団欒《だんらん》の輪の外にいる。久秀は、我関せずという態度で、手酌で酒を飲み続けていた。向かい合った光秀に声も掛けない。ときどき、顔を上げて座を見回し、にやっ、と口許を歪める。

光秀は微笑を浮かべて、超然と一同を眺めやっている。ことさらに、こちらから彼らに話し掛けることはなにもなかった。酒は好きではないし、無理矢理、彼らの間に割って入って、酒を注ぎ回るようなみっともない真似はしたくない。かといって、こうした酒宴が楽しくないわけでもないのだった。

織田の部将たちにすれば、そんな光秀はどこか冷たく、冷静に一同を観察している、と見える。新参者らしくなく、おれはお前たちとは違うのだ、と態度で示していると思われる。

信長は上座にあって、酒を飲み、料理を口へ運びながら、表情のない目でそうした酒宴の様子をじっと見ていた。

宴が終りに近づいた頃、光秀は信長に呼びつけられて、先導と先陣の働きに労《ねぎら》いの言葉を賜った。そのとき、ふらっ、と久秀が近づいて来て、

「上様に一言、よろしいですかな」

と信長に絡むように言った。

久秀は地面にどっかと胡座《あぐら》をかく。

「どうした、久秀、酔うたか」

「十分にいただきました」

が、久秀は見掛けほどには酔っていない。長い首をぐらぐらさせ、呂律《ろれつ》も怪しいが、切れ長の目は鋭い眼光を失ってはいなかった。

「どなたも口に出しにくそうゆえ、この久秀が申し上げましょうぞ」

「言うてみよ」

そのとき、秀吉が近づいて来て、

「さあ、松永殿、こちらへ」

と久秀の腕を取る。

久秀に絡まれた信長に、救いの手を差し出したつもりである。

「黙れ、猿め！」

と久秀が秀吉の手を払いのける。

「なんと！」

「わしは上様に申し上げねばならぬことがあるのじゃ」

「捨ておけ、秀吉」

信長が手を振って、秀吉を去らせる。

「久秀、言うてみよ」

「さればでござる」

久秀の上体が、ぐらり、と傾く。

「上様は、直ちに金ヶ崎よりお立ち退《の》きあってしかるべきか、と愚考いたしまする」

「ほう。それはまたなぜだ」

「小谷《おだに》の婿殿の動きが、この久秀には合点が行きませぬゆえ」

浅井長政もこ度の朝倉攻めに出陣を要請された。長政はこれを諾《うべな》い、軍勢を率いて小谷を出たが、海津に留《とど》まったままだった。

「病《やまい》と言うて来ておる。病人の助けまで必要とするほど、そちは朝倉を恐れておるのか」

篝火の周りで、部将たちの笑声が、どっ、と上がる。秀吉が身振り手振りを交えて喋っていた。彼らにはこちらの話声は聞こえない。

「朝倉は恐れませぬが、浅井に後方を扼《やく》されては、これはちと厄介でござるによって」

「心配いたすな。長政はわが妹の婿ぞ」

「お市の方様から、なんぞ申し越されておりませぬか」

お市の方から陣中見舞の使者が来た。書状はなく、口上のみの見舞であった。

「黙れ、久秀！」

と信長は声を高めた。

ふらり、と久秀が立ち上がる。

「申し上げるべきことは、申し上げましたぞ」

久秀は、ふらふらっ、と部将たちの溜まりへ近づいて行く。それを目で追って、

「光秀はどう思うておる」

信長の声は平静に戻っていた。

「小谷は危のうございましょう」

先導役として、光秀は方々へ物見を放っている。彼らは確たる証《あかし》は摑んでいないが、きな臭いにおいは嗅ぎつけていた。そのことは、秀吉にはそっと耳打ちし

ておいた。

「朝倉と小谷は、古きより特別の関わりを持っております。これを断ち切ることは、恐らく、浅井父子には出来ますまい」

長政の父久政は信義を重んずる古い形の部将である。そして、長政は父を敬うよき青年部将であった。

「やはり、そうか。市め、なにをしておる」

久秀はお市の方を織田の間者と見ている。信長も、もし、長政に叛意があるなら、お市の方が知らせて来る、と考えていた。しかし、お市の方と長政の仲睦まじさは、近隣には広く知られていることだった。

「如何《いかが》なされまする」

「久秀め、功を焦ったな。だが、あ奴にいい顔をさせるわけには行かぬ」

「では、ゆるり、と軍勢を進めましょう」

「うむ」

「ご用意だけは怠りなきように」

「分かっておる」

信長は、珍しく、露わに不快の表情を見せた。

二十九日であった。織田軍が木ノ目《きのめ》峠に差し掛かったとき、光秀は長政謀反の確かな報を得た。浅井軍は織田軍の後方を攻めるべく行動を起こした、という。

信長の反応は早かった。

「京へ戻る」

一言洩らすと、もう、身は馬上にある。

「秀吉、光秀、殿《しんがり》を務めよ」

言い残すや、信長は馬腹を蹴って単騎で走り出した。いつものことながら、ここは敵地である。慌てた旗本衆が、すわっ、と信長の後を追う。母衣《ほろ》衆が、

「退却！　退却！」

と叫びながら軍勢の中を騎馬で駆け抜けた。

三万の軍勢が、なにがなんだか分からぬまま、混乱の渦の中へ突き落とされた。命令が全軍に伝わるかどうかも怪しい。果たして、そのとき、家康に退却の命は伝わらなかった。

時を移さず、朝倉軍が攻勢に出て来た、と物見から殿の秀吉、光秀の許に報せが入った。二人には、それぞれ、与力の部将を含めて千の兵が残されていた。

「指揮はおれが執る」

と秀吉は光秀に言った。

年寄じみた顔に必死の表情が浮かんでいる。

「任せた」

戦場においてもっとも困難な戦いは、退却戦である。兵は、敗北、という考えに心を食われて浮き足立つ。加えて、敵に背を見せて戦わなければならない。一方、敵は勝利という勢いに乗じて追撃して来る。

味方を無事に退却させるには、殿の部隊が全滅を覚悟で敵の追撃を食い止めなければならない。しかも、こ度は、浅井勢が行く手を遮って来る。こういうときに、指揮が乱れては、間違いなく敵に撃破される。

「敵をもっとも防ぎよいのは、どの辺りだ」

と秀吉が訊く。

「金ヶ崎ではないか」

「よし。では、金ヶ崎まで退いて、朝倉勢を迎え撃つ」

「承知」

「短い間の付き合いだったが、これが今生《こんじょう》の別れになるやも知れぬな」

と秀吉が、にっ、と歯を見せる。

すると、秀吉の顔が急に若返る。

「なあに。敵は、殿が退き上げたことはまだ知らぬ。間もなく日が暮れる。襲って来るのは明日の未明になろう。それまでには、様々に策が施せる」

義景の狙いは、この機に織田軍を殲滅《せんめつ》させることにあるのではない。恐らく、義景は織田軍の越前への侵入を阻止出来さえすれば、満足するのではないか。たとえ、信長敗走を知っても、時を移さぬ追撃によって、信長の息の根を止めることまでは考えていない。そこに義景の弱点がある。

「だが、背後から浅井がやって来よう」

と秀吉が言う。

「五百の兵を割《さ》こう。彌平次に浅井の鼻先を牽制させる」

「よし」

光秀は彌平次を呼びつけ、

「なんとしても、織田軍の退路に浅井勢を入れるな」

「承った」

「死ぬなよ」

彌平次は晴れやかな笑顔を見せた。

混乱もようやく収まって、織田の軍勢は秩序正しく退却を開始した。各隊とも、先頭は騎馬隊、それに徒《かち》の兵が続き、騎馬の兵が殿を固める。木ノ目峠には二千の兵が残された。周りの山々に夕闇が落ち始める。

かなり近くで銃声が轟いた。喊声がそれに続き、物見の兵が息を切らせて駆け戻る。

「来たぞ！」

「よし、行け」

と光秀は彌平次に手を振った。

彌平次に率いられた五百の兵が、まず、峠を下る。

「一気に金ヶ崎まで走れ」

と秀吉が秀吉隊に命を下す。

「おう」

敵の姿が山陰に見え、銃弾と矢が届き始める。

「撃て！」

光秀は鉄砲隊にがむしゃらな発砲を命じた。威嚇である。敵に命中してもしなくてもよい。ひとしきり銃撃を続け、敵が怯んだ隙に一斉に峠を下る。犠牲者は出るが、この手で秀吉隊が金ヶ崎で防御線を構築する時を稼ぐしかない。

やがて、陽が落ち、朝倉勢の攻撃も緩んだかに思われた。その隙に、光秀隊は小隊に分かれて金ヶ崎へ急行した。五百の兵の内、百名が犠牲となった。

秀吉の防御線は見事なものだった。一の木戸、二の木戸、三の木戸と三段に守りを固めている。各木戸の周辺に柵を急造させて、鉄砲隊と弓隊を配備する。本陣は一の木戸の内側に構えていた。

「伯父上！」

本陣で光秀を迎えたのは斎藤利三《としみつ》だった。こ度の朝倉攻めに、稲葉一鉄も出陣していた。

「ようご無事で戻られた」

光秀自身は、幸い、左腕に流れ弾による掠り傷を受けただけだった。

「なぜ、退かぬ」

利三は太い眉を上げて、

「ともに防ぎます」

なにを言おうと、動く気配はない。

「稲葉殿もご承知のことか」

「ご心配なく」

利三は三百の兵を連れていた。光秀は利三の幅広い肩に手を置き、

「よう来てくれた。お前のことだ、心配はせぬが、死ぬなよ」

斎藤利三の名は、いまや、織田家中では剛勇の士として知られている。

「伯父上も。いま、死なれては、困る」

兜の下の顔が微かに笑ったようだった。

朝倉勢の総攻撃が始まったのは、光秀の予測通り、翌未明だった。凄まじい銃撃音と喊声が薄闇を満たし、人馬一体となって押し寄せて来る。味方も鉄砲を放

ち、弓を引き絞って応戦する。

敵が間近に迫ったのを見て、光秀と利三は一の木戸の外へ討って出た。利三は馬上で槍を巧みに操り、

「うおっ」

咆哮《ほうこう》じみた気合を発して、騎馬の敵を討ち果たして行く。敵は次々と新手を繰り出して来る。騎馬の兵がばたばたと落馬し、徒の兵は腰が引けている。たちまち、木戸まで押し返され、

「退け！」

と光秀は叫んだ。

一の木戸が突破されたのは、それから間もなくだった。秀吉は本陣を二の木戸の内側へ移したが、これも一刻（二時間）の後には破られた。味方の犠牲は数知れない。

「夜まで持ち堪《こた》えられるかな」

と秀吉が三の木戸の内で光秀に言った。

目が落ち窪んでいる。

夜陰に紛れなければ、撤退は難しい。

「いまから、人数を分けて、徒の者を少しずつ退かせるしかない。負傷者は連れて行かせる。歩けぬ者はここに残す。騎馬の者は、日暮を待って、山に火を放って一挙に引き上げるのだ。他に手立はない」

「そうだな。よし、こんな所で死ぬわけには行かぬわ」

「むろんのことだ」

その間にも、銃弾がひっきりなしに撃ち込まれ、矢が飛来する。

夕暮までに、幾度となく、攻められては防ぎ、残った騎馬の兵は三百に満たなかった。

秀吉は肩に銃創を負い、光秀は右股に槍を受けた。さすがに、利三は大きな傷は負わなかったが、浅手《あさで》は数えられないほどある。

「腹が減り申した」

全身返り血を浴びた利三が、血と汗に塗《まみ》れた顔を綻《ほころ》ばせる。

「そうか、腹が減ったか」と床几の秀吉が笑う。「よし、なにか食おう。それからだ」

敵の攻撃が一休止した隙に、兵は煎米《いりごめ》を嚙み、水で喉に流し込んだ。

山に火を放ち、狼狽する敵の隙に乗じて、騎馬の兵が三の木戸を放棄し、全速力で退いたのはそれから間もなくだった。京へ辿り着いたのは、僅か半数に過ぎない。秀吉も光秀も利三もその中にいた。

一騎駆けに駆けた信長は、途中、蜂起した村民の一揆に苦しめられながらも、朽木《くつき》峠を越えて、三十日夜半、無事、京へ帰着した。従う側近の者は十名に満たなかった。

信長の生涯に悔いを残す、不覚の撤退だった。

四章　坂本の城

(一)

光秀の日々は多忙を極めた。

金ケ崎《かねがさき》で負った右股の傷も癒えぬまま、京の政務に忙殺された。京畿《けいき》周辺に散らばる庄の石高を定めたり、軍役を命じたりする仕事が山積していた。

参内《さんだい》して公家衆と話し合わねばならぬことも多々あり、京市中の治安にも目を配らなければならない。将軍の申次《もうしつぎ》としての役目もあって、光秀は右足を引き摺って、日に一度は、屋敷から御所へ出向いて行く。

この度の朝倉攻めに至った経緯の裏には、間違いなく義昭《よしあき》の策謀があった。その結果、信長も光秀も、危うく命を落とすところだった。これ以上、信長と義昭の二人に仕えていることは出来ない。

このままでは、いずれ、義昭と正面から対峙しなければならなくなる。光秀は京に戻ると、改めて、致仕《ちし》したき旨を義昭に申し出た。が、義昭はそれを許さない。

驚いたことには、信長もまた、

「いましばらく、黙って公方《くぼう》様の側におるがよい」

と言い残して、京を出立して行った。

信長と義昭の間にあって、まだまだ、光秀には働いてもらわねばならぬ、と信長は考えていた。

信長が京から岐阜へ向かったのは五月九日だった。道筋の要所に当たる城に部将を配して、警戒を怠らなかった。が、浅井軍と浅井に同盟した六角軍に阻まれて、信長は伊勢路の千草越えの道をとった。

異変が起きたのは、千草山中であった。十二、三間の近くから一発の銃声が轟《とどろ》き、銃弾は馬上の信長の小袖を掠《かす》る。信長は馬上に伏せると、鞭をくれて馬を疾走させた。

狙撃は失敗した。その報を受けたとき、光秀は安堵《あんど》の吐息を吐《つ》いた。信長が斃《たお》されれば、天下統一への道は遠退く。たちまち、元の群雄割拠の世に逆戻りする。

彌兵《やへい》のことが、ふと、脳裏を掠めた。誰に依頼されたにしろ、狙撃者は鉄砲の名手であるに違いない。

しかし、彌兵なら、撃ち損じることは万が一にもないはずだった。光秀でさえ、十二、三間の距離なら、的が動いていても、まず外すことはない。とはいえ——。

五月二十一日、信長は、無事、岐阜に帰り着いた。

六月十九日、信長は、再度、軍勢三万五千を率いて岐阜を出陣する。小谷《おだに》攻めのためで、光秀にも従軍の命が来た。この一か月を、信長は陣容建て直しと、鉄砲、弾薬の調達に費やした。この調達に活躍したのは秀吉だった。

六月二十一日、織田軍は北近江の小谷城を攻撃した。江北は火の海と化したが、難攻不落の小谷城は落ちない。信長は長期戦を覚悟した。

浅井三千、朝倉一万五千の軍勢が姉川《あねがわ》を越えて進撃して来たのは、六月二十八日である。これを迎え撃った織田軍は三万五千、徳川軍五千。三度の戦いによって、織田徳川連合軍は浅井、朝倉を敗走せしめた。後に、姉川の合戦、と呼ばれるこの戦いで家康が名を挙げる。光秀は専《もっぱ》ら輜重《しちょう》の仕事に忙殺された。

長政は小谷城に逃れ去ったが、信長は深追いしなかった。小谷城から二里（八キロ）余り南に位置する浅井の横山城を落とし、これに秀吉を入れて、一旦、兵を退《ひ》いた。

信長は京に戻って、光秀の屋敷に入った。信長が光秀の屋敷を宿所にするのは、これが最初ではない。二月にも、数日、泊まっている。そのときも、凞子《ひろこ》は痩せる思いで接待に心を砕いた。信長は三泊して岐阜へ戻った。

浅井、朝倉攻めの隙を衝いて、京畿の情勢がきな臭くなって来た。すなわち、七月二十一日、三好三人衆が摂津、河内を攻撃する。信長は、八月二十五日、再度、岐阜を発って、これに対さなければならなくなった。光秀にも出陣の命が下った。

一方、石山本願寺の顕如《けんにょ》は来るべき信長の攻撃に備えるため、挙兵を決意し、三好三人衆、浅井、朝倉、比叡山延暦寺《ひえいざんえんりやくじ》等との連携を画策する。ここに、信長の包囲網が出来上がる。

頭如の檄《げき》に応じて、伊勢長島を始め一向一揆があちこちで多発した。本願寺の門徒も摂津の織田軍を奇襲し、これを破った。

さらに、信長が摂津へ出陣している虚に乗じて、浅井、朝倉が南近江へ出て来た。摂津で戦っていた光秀は、急遽《きゅうきょ》、比叡山の東麓、坂本に砦《とりで》を築くことを命じられた。砦は幾つも必要であり、光秀は穴太《あのう》砦の構築を担当した。

その一方で、京北白川《きたしらかわ》の勝軍《しょうぐん》城の守備も命じられる。勝軍城には二千の兵が配備された。光秀は部将の一人として、浅井、朝倉の攻撃に備えなければならなかった。

「まことに、人使いの荒い殿様ですな」

彌平次《やへいじ》は疲労を滲ませた顔に苦笑を浮かべた。

「結構なことではないか。それだけ、信頼されている、ということだ」

と光秀は笑う。

東奔西走、光秀自身も疲れが極度に溜まっていた。頭の芯が重く、手足も怠《だる》い。光秀も四十三歳、決して若くはない。

「信長様にとっても、いまが正念場だ。これを切り抜けさえすれば、先に光が見える」

「少々、雲行きが怪しくなって来たのではありませぬか」

「天下を平定出来るのは信長様以外にはない、とおれは信じている。信長様なら、必ず、この苦境を脱される。おれが助ける。彌平次はそのおれを助ける。よいな」

浅井、朝倉の連合軍は、九月二十日、織田の属城である大津の宇佐山城を攻めた。城将織田信治《のぶはる》（信長の弟）、重臣森可成《よしなり》を敗死せしめ、坂本に在陣して京を窺う。

信長は摂津から京へ引き返し、坂本に出陣して浅井、朝倉連合軍を叩いた。その間、光秀は京の守備についた。

浅井、朝倉軍は叡山に逃れ、延暦寺の僧兵がこれを保護した。戦線は膠着《こうちゃく》し、信長は打開に苦慮することになる。

義昭は、表面上は信長を立てて、自ら摂津へ出陣したりした。しかし、裏では信長包囲網と繋《つな》がっていた。苦境を打ち破る道は一つしかない。光秀は藤孝《ふじたか》と話し合って、義昭を使って朝廷を動かし、とりあえず、和睦に持ち込むことを考えた。

光秀の献策を聞いた信長は黙って頷いた。信長も同じことを考えていた。信長が宿坊としている本能寺の一室である。

「出来るか」

「出来申す」

と光秀は答える。

信長は瞬きしない目でじっと光秀を見つめている。

「出来るのだな」

やってみる、ではなく、出来る、と光秀は言った。出来なければ、首が飛ぶ。それを承知で、光秀は答えた。

信長は曖昧な返事を極度に嫌う。それでなくても、こういうときのために、光秀を幕臣のままにしておいたのだ。

「朝廷は殿に頼っています。そのことは公方様もよくご存じのはず。それが一つ。いま一つは、これから雪になります。雪が降れば、朝倉は北国《ほっこく》への道を閉ざされることになる。それまでに、なんとか片をつけたがっている、と愚考いたします」

「うむ」

「まず、六角、篠原と和睦して下され。それは殿にお願いいたす」

六角は浅井に荷担《かたん》し、篠原は三好三人衆と本願寺を助けるべく、阿波から来援している。

「その上で、公方様にお願いして、朝廷より浅井、朝倉との和睦の綸旨《りんじ》を得ます。公方様は喜んでお動きなされましょう」

朝廷が信長を信じている以上、義昭は表立って信長に敵対することは出来ない。いまのところ、情勢の推移を見守るしかないはずだった。それに、和睦の調停役は己の権威を示す絶好の機会ともなる。

「よし。そちに任せる」

「ははっ」

事は光秀の読み通りに運び、十二月十四日、義昭は自ら三井寺《みいでら》へ赴いて、信長と義景との和議を締結させた。朝廷はこの和議を喜び、山門安堵の綸旨を出す。信長はこの日の内に岐阜へ戻り、義景、長政もそれぞれ領国へ引き上げた。

その直前、光秀は宇佐山城の城将に抜擢《ばってき》された。京と近江を結ぶ要衝宇佐山城は、織田信治、森可成が討死して、城将を欠いていた。

「本当に、よろしゅうございました」

と凞子が光秀の胸の中で囁いた。

岐阜へ年賀に向かう前夜、久々に光秀は京の屋敷の寝所にいた。

これで、光秀も、織田家中にあって、重臣の仲間入りを果たしたことになる。秀吉は横山城、丹羽長秀は佐和山城、柴田勝家は長光寺城、佐久間信盛《のぶもり》は永原城を預かっている。光秀は彼らと肩を並べたのだ。禄も秀吉と同等であった。信長に仕えて二年半余、異例の出世と言える。

「お前には、これからも苦労を掛けることになろうが、よしなに頼むぞ」

「私は苦労などしておりませぬ」

「彌平次を始め皆にも少しは報いてやれる。凞子も髪を売らずに済むだろう」

凞子は軽《かろ》やかな笑いを洩らして、

「もういまでは、私の髪を買う者などおりませぬ」

煕子も年が明ければ三十七歳になる。

「なにを言うか。煕子はまだまだ若い。髪も、ほら、このように艶《つや》やかではないか」

と光秀は梳《す》いたばかりの煕子の髪を愛撫する。

煕子の髪は細くなり、潤いも失っている。蠟燭《ろうそく》の淡い明りの中で、煕子の顔は年齢以上に老けて見え、目尻の皺もくっきりと刻まれていた。

このところ、光秀はほとんど屋敷に戻ることなく、戦《いくさ》に次ぐ戦に駆り出されて来た。家人の妻女たちを世話するのも取り締まるのも、すべて煕子に任せ切りになっていた。その上、煕子は日々成長する子供たちの面倒も見なければならない。

たまに屋敷に戻ることがあっても、京奉行としての仕事が光秀を待っている。それだけではない。少しでも暇が出来ると、戦で討死した家人の遺族や、傷を負った家人に、光秀は自ら見舞の書状を書く。それを金子《きんす》とともに届けさせた。体が丈夫でない煕子には、負担の大きい役目が課せられているのだった。光秀は、黙って澪子の骨の浮き出た肩を抱き寄せた。

(二)

「小者の彌兵が、京のお屋敷からお使いに参った、と旦那様にお伝え下され」

と彌兵は腰を屈めて門番に言った。

宇佐山城は、城と言うより、小山の上に築かれた砦と言った方がふさわしい。城門も欅《けやき》の太い丸太を左右に建て、木造の門扉を取りつけただけの簡素なものである。門番が二名立っていた。

「それはそれは、ご苦労でござった」

年配の門番が返す丁重な挨拶に、彌兵は感じ入った。城将である光秀の人柄が偲ばれる応対である。

「暫時《ざんじ》、お待ちを」

門番は彌兵を待たせて、若い方が一町（約一〇九メートル）ほどの曲りくねった石段を駆け上がった。彌兵が偽りを述べていないかどうか、確かめるまでは城内に一歩も入れない気配である。そこにも、光秀の厳格な命令が行き渡っていた。

「どうぞお通り下され。殿がお待ちだ」

若い方がすぐに戻って来て、年配の門番が案内に立った。

森可成の築城になる城は、まだ、石垣も土塁も新しい。が、火矢《ひや》を受けて焼け焦《こ》げた跡や、銃弾を受けた痕跡が、いたる所に生々しく残っている。折れた矢が石垣の下の草むらの中に何本も見える。

彌兵は伊勢から京へ入り、京から大津へやって来た。武家に仕える小者の身なりで、鉄砲は持っていない。

信長が千草峠で狙撃されて以来、京畿における犯人の探索が異様に厳しい。鉄砲を携えていては、猟師と言っても、いつ、どこで、どのような詮議を受けるか分からない。伊勢からやって来たと知れては、諜者と疑われる可能性もある。

土塁に穿《うが》たれた内門を潜り、彌兵は二階部分の光秀の居室に案内された。開け放した板戸の外に外廊が巡り、樹々の繁みの間から湖水が見渡せる。

「どうだ、よい景色だろう」

「まことに」

初夏の真昼の光に新緑が鮮やかに映え、水面は、きらっきらっ、と白い波を刻む。湖畔には軍船が幾隻も繋留《けいりゅう》されていた。

「まずは、お祝いを申し上げます。おめでとうございます」

彌兵は光秀に向かい合って座すると、深々と頭を下げた。

「なんのことだ」

「こうして一城を預かるご身分になられましたこと、まことに祝着《しゅうちゃく》至極にござる」

光秀は面映《おもは》ゆい表情を見せて、

「うむ」

「一言、お祝いを申し上げたくて、かく参上しました」

それだけではない。顕如の書状を光秀に届けてから一年半になる。なぜか、彌兵は無性に光秀に会いたくなった。光秀の端整な顔、澄んだ切れ長の目、優しげな口許を目にしたかったのだ。

「それなら、一献《いっこん》、傾けねばならぬのう」

「頂戴します」

光秀は彌兵の顔に視線を注いで、

「彌兵は変わったな」

「人の悪そうな顔になっておりましょう」

「まあ、そういうことだ」

「これでも、いろいろと苦労しております。仕方ありませぬ」

光秀は軽く笑って、

「彌兵は、ずっと、石山本願寺にいたのか」

「いいえ。加賀へ出向いたり、いまは伊勢におります」

元亀二年（一五七一）の年が明けたばかりの正月二日、信長は横山城の秀吉に命じて、姉川・朝妻間の街道を封鎖させた。浅井が朝倉や本願寺と連絡する道を遮断するためだった。

五月、信長は五万の兵を率いて伊勢へ出陣する。長島の一向衆討伐の軍だった。門徒衆もよく戦い、柴田勝家は負傷、美濃三人衆の一人、氏家卜全《うじいえぼくぜん》は討死という結果に終った。この戦に光秀は従軍していない。

「しかし、長島の戦いには関わっておりませぬ」

「そうか」

「先にも申しましたように、それがしは門徒ではありませぬ」

「うむ」

いまも、一向宗の教えには心惹かれる。だが、法主《ほうしゅ》の顕如、そして門徒の大半に彌兵は失望した。いや、絶望した、と言うべきか。

顕如の思考、振舞は、仏の教えを説く教門最高位の僧のものではない。一戦国大名のそれとなんら変わりはなかった。日々、顕如は権謀術数に明け暮れ、門徒の大半は教団内で力を得ることに汲々《きゅうきゅう》としている。他を羨み、嫉《ねた》み、己の利を求めて右往左往していた。

彌兵が、かつて、光秀の家人であったことを知った顕如は、躊躇《ためら》うことなく彌兵に光秀への書状を託した。しかも、その内容は偽りの弁明に終始している。彌兵の思いなどには一顧もしない。

彌兵は怒りを抑えられなかった。利用出来るものは徹底的に利用する狡さを、顕如は持っていた。たとえ教団のためとはいえ、そういう狡さと仏の教えとは、彌兵の中では結びつきようがない。

昨年九月、顕如は全国の門徒に決起を促す檄《げき》を飛ばした。その中で、

〈身命省みず忠節を抽《ぬき》ん出らるべし〉

と門徒に求めている。

それはよい。が、続けて、顕如の求めに応じない門徒は破門に処す、と顕如は言い切った。

門徒にとって、これは大きな衝撃だった。一向宗の教えの基本は、阿彌陀如来《あみだにょらい》に帰依《きえ》する信心によって、極楽往生するところにある。しかし、顕如の求めに応じなければ、破門される。破門されれば、地獄へ堕《お》ちることになる。これでは、顕如の命に唯々諾々《いいだくだく》と従うしかない。こうして、多くの門徒が死んで行った。

仏の嘘は方便と言う、といつか光秀が言ったことがある。その通りだ、と彌兵は思う。

「しかし、信長様も四方を敵に囲まれて、これからが大変でございましょう」

もし、信長が転べば、当然、光秀も滅ぶ。

「なあに、信長様は必ず切り抜けられる。いまを切り抜けさえすれば、一気に天

下を平定されるだろう。また、そうなってもらわなくてはならぬ」

「そのためには、光秀様はなんでもなさるおつもりですか」

「おれに出来ることなら、全力を尽して信長様をお助けするつもりだ」

「信長様は仮借《かしゃく》なきお人ゆえ、いずれ、本願寺を攻め滅ぼしましょう。それにも手を貸されますか」

「そのときは、彌兵はおれの敵に回るか」

「いいえ。門徒衆の中には、幾人も心許せる友垣《ともがき》が出来ました。が、法主様とは手を切ります。そのこともお伝えしたかった」

「うむ」

光秀は千草峠における信長狙撃のことに触れ、

「いま一つ訊くが、あれは彌兵の仕事ではあるまいの？」

「それがしが獲物を狙うて仕損じる、とお思いですか」

光秀の口許が緩み、

「よもやとは思うていたが――」

「光秀様ともあろうお方が」

と彌兵は笑う。

「これは師に非礼であったか」

「そういうことになります。旨《うま》い酒をうんと馳走していただきましょう」

「そうだった」

光秀は自ら立って行って、近侍《きんじ》の者に酒肴《しゅこう》の支度を命じた。

「ところで、彌兵なら、狙撃者が何者か見当がつこう。教えてくれぬか」

こと鉄砲や射撃に関する限り、大抵のことなら彌兵の耳に入る。六角承禎《しょうてい》に依頼されて狙撃を引き受けたのは、杉谷善住坊《すぎたにぜんじゅうぼう》という射撃の名手だった。善住坊は甲賀の出で、狙撃に失敗して以来、甲賀に潜んでいるらしい。

善住坊ともあろう者が、なぜ、あの距離から信長を仕留められなかったのか。まさか、臆したとは思えない。山中ではよくあることだが、引金を引く瞬間に、虻《あぶ》かなにかの虫が善住坊の顔に飛んで来たのではないか。

「教えれば、その者は草の根を分けても探し出されて、惨《むご》い殺され方をされましょう」

「――」

「それがしはその者となんの関わりも持っておりませぬ。しかし、同じ鉄砲仲間として、売ることは出来ませぬ。お許し下され」

「分かった。この話は忘れてくれ」

「それがしこそ、お役に立てず、申し訳なきことでござる」

光秀は表情を改めて、

「で、彌兵はこれからどうする」

「戦も政《まつりごと》も、それがしの性には合いませぬ。山に入って、獣《けもの》を相手に静かに暮らしたい、と思うております」

「そうか」

彌兵は黙って頭《こうべ》を垂れるしかない。もし、主《あるじ》を持つなら、主は天下に光秀しかいないことは明らかだった。が、人里離れた山が彌兵を呼んでいる。

酒肴の用意が調《ととの》った。

「さあ、存分にやってくれ。今度は、いつ会えるか分からぬが、気が向いたときには、顔を見せてくれよ。凞子も喜ぶ」

「そうさせていただきます」

彌兵は酒杯を手に取って、

「今宵は、存分にいただきますぞ」

㈢

やる、と腹を決めた以上は、徹底してやらねばならぬ。迷いも逡巡《しゅんじゅん》も無用のものだ。

九月十二日の未明、光秀は坂本に二千の兵の配置を終えた。目指す敵は山門、僧俗合わせて三千名、一人残らず首を刎《は》ねよ、と信長は命じた。京側から、秀吉がこれも二千の兵とともに攻め登る。山麓に布陣を終えた各隊を合わせると、織田軍は三万の軍勢になる。

「ふうっ」

と彌平次が密かに溜息を洩らす。

光秀は、じろっ、と彌平次に視線をくれて、

「彌平次、心臆してはならぬ。これはなさねばならぬことだ」

「分かっております」

　夏の初めに彌兵が宇佐山城に訪ねて来たとき、信長による天下の平定、つまり、〈天下布武《てんかふぶ》〉のためには、どのようなことでもなすのか、と光秀は彌兵に訊かれた。むろんのことだ、と光秀は迷うことなく答えた。

〈天下布武〉が、この国のすべての民のためになると信じている以上、躊躇《ちゅうちょ》する理由はなにもない。光秀は己に与えられた職分を過誤《かご》なく果たすだけだ。どのような困難をも乗り越えて、果たさなければならない。

　兵は、しーん、と静まり返っている。戦の前の緊張と興奮のせいではない。敵が仏に仕える僧であることの恐れが、兵の心を重くしているのだ。それが士気を萎えさせる。

　光秀は、ひらり、と馬上に身を置くと、全軍を振り返って、

「よいか、よく聞け」と声を高めた。

「相手が何者であろうと、一瞬の恐れやためらいが命取りになる。心して掛かれ。もし、仏罰が下るものなら、それはその方らの身の上にではない。この光秀の一身に下されよう」

微かなざわめきが兵の間を走り抜ける。

傍らの彌平次が声を張り上げた。

「仏罰なら、殿の一人占めにはさせるものか。この三宅彌平次も、必ずやご相伴《しょうばん》に与《あずか》るわ。が、その方たちには決して分けてはやらぬ」

兵の中から笑声が上がる。

「それは、狡い、と申すもの」

「仏罰など、誰が恐れようぞ」

「あ奴らこそ、仏罰を受けるべき者どもよ」

「ご案じ召さるな。われら、殿のご命令なら、地獄へでも攻め込みましょうぞ」

と様々な声が答える。

光秀は手を上げて兵を制し、

「よくぞ言うてくれた」

夜がうっすらと白み掛けている。それが攻撃の合図だった。

「では、行くぞ」

「うおっ！」

と彌平次が鬨《とき》の声を上げた。

「うおっ！」

全軍から腹の底から発する喚声が迸《ほとばし》る。

比叡山は大比叡岳（標高八四八メートル）が主峰で、西の四明岳《しめいだけ》、北の釈迦ヶ岳、水井山、三石岳の五峰を総称した呼び名である。山体は南北四里（一六キロ）に及び、山上には延暦寺の根本中堂《こんぽんちゅうどう》、大講堂ほか多くの堂塔、坊があった。東麓には日吉《ひえ》二十一社や延暦寺の里坊《さとぼう》が集まっている。

延暦《えんりゃく》七年（七八八）、最澄によって開基されて以来、比叡山は天台宗の本拠地として栄えた。この地は平安京の北東、つまり艮《うしとら》の鬼門に当たる方角にあるため、王城鎮護の山として厚い信仰を受けて来た。

この叡山のことごとくを焼き払う、と信長から訊かされたとき、光秀は耳を疑った。

「それは、ご本心でございますか」

横山城の大広間である。秀吉が光秀と並んで信長と向かい合っていた。

これより先の六月十一日、義景の娘を顕如の長子教如《きょうにょ》に嫁がせるという約定が決まった。その報は二日遅れて信長の耳に入った。

続いて、六角承禎が和議を破棄して兵を挙げ、京を窺う。信長包囲網が次第に網を絞りつつある。

これを打開すべく、八月十八日、信長は浅井長政を小谷に攻め、木之本《きのもと》、余呉《よご》を焼き払って、二十七日、秀吉が預かる横山城に入った。その夜のことである。光秀は宇佐山城にあって、京と近江を守っていた。

「いかぬ、と申すのか」

と信長が無表情に問い返す。

「叡山は王城鎮護の聖域でございます。それを焼き滅ぼしたとあっては、お名に関わりましょう」

「光秀も気の小さいことよ」

「お名に傷がつけば、これからの〈天下布武〉にも、なにかと差し障りがあります」

「それがその方の本心か」

と信長が鋭く問う。

光秀は答えない。

「そうではあるまい。坊主を殺すことに、躊躇を覚えるのであろうが」

「ご明察、恐れ入ります」

「坊主というても、していることは一体なんだ。山門、山下の坊主どもは奢り高ぶり、仏道修行どころが、戒を破り、淫を好み、生臭い魚や鳥を食し、酒を喰らい、金銀の欲に耽って、天下の笑い者になっておる。それさえ、弁《わきま》えておらぬではないか」

信長の高い声には、激しい怒りが籠められている。

「これからの仏道のためにも、奴らには思い知らせてやらねばならぬのだ」

「それなら、他にも手立《てだて》がありましょう。皆が皆、悪僧ばかりではございますまい。山門には世に知られた高僧、学僧も多くおります。貴重な経文も多数蔵《ぞう》されております」

どのような大義名分があっても、人には踏み外してはならぬ道というものがある。それを踏み外しては、人は人でなくなる。人でなくなれば、天下を治めることなど、思いも寄らない。

「秀吉はどう思うておる」

と信長が秀吉に視線を向ける。

それまで下を向いていた秀吉は、年寄臭い顔を上げて、にこっ、と笑う。

「やりましょう。山門の奴らには、すでに、殿から警告を発してあります。それを承知で、奴らはわれらの言を無視したのでござる」

それは話の筋が違う、と光秀は思う。

昨年、山門は山に逃げ込んだ義景と長政を匿《かくま》った。そのとき、信長は二つの条件を山門に示した。信長に味方するか、それが出来ぬのなら、中立の立場を取ってもらいたい。この二ヶ条のいずれも受け入れぬのなら、山を焼き払う、と。秀吉はそのことを言っているのだった。

叡山は十分に軍事上の重要拠点になり得る。叡山には五百に上る僧坊があり、これが大軍の収容を容易にする。朝倉、浅井軍が山に籠ることが出来たのもそのためである。これを押さえておく必要性を、信長は考慮しているのだった。

信長は軽く頷いて、

「この焼き討ち、光秀と秀吉に命ずる。受けられぬか、光秀」

信長という人物に天下の平穏という願いを託した以上、信長の命には従わねばならぬ。それは自明のことだった。

「光秀、このお役目、謹んで承り申す」

やや間があって、

「よし。すぐさま準備に掛かれ」

信長は、さっ、と腰を上げた。慌てて、秀吉が後を追う。

秀吉はすぐに戻って来て、足を投げ出し、両手を後ろについて、

「やれやれ、厄介な戦を命じられたものだ」

と太い溜息を吐いた。

「お主の正直な考えを聞いておこう」

と光秀は言った。

「そんなものはない。おれは考えないことにしておる。考えるのは殿よ。おれはその考え通りに動くだけだ」

秀吉は、一見、粗雑な思考を弄しているかに見えるが、実際はそうではない。あらゆることを緻密《ちみつ》に考え抜いた上で、行動している。が、その考えを迂闊《うかつ》に洩

らす人物ではない。

「では、お主に代わっておれが答えようか」

「――」

「新しい世を作るには、誰もがやって来たことをやっていたのでは、埒《らち》が明かぬ。これまでの考えの根本を覆《くつがえ》さねば、新しいものは生まれて来ぬ。殿はそれがやれるお方だ。お主はそう考えている」

新しい世のためには、これまでの常識を捨てることから始めなければならない。常識から自由になった行為が、どれほど悪逆《あくぎゃく》非道《ひどう》に見えようとも、それをなし遂げる心の強さがなくては、〈天下布武〉など出来ようはずがない。信長はそう考えている。

その考えにはそれなりの理がある。しかし、それは信長という一個の天才にだけ通ずる理ではないのか。そして、信長は己を天才と信じている。しかし、光秀自身は天才ではない。天下は天才で成り立っているわけではないのだ。

「さっきも言うた通り、おれには考えなどなにもないのだ」

秀吉という男と、心を割って話し合うことは難しそうだった。

「この度も二人だな。まあ、よろしく頼む」

と秀吉が言う。

「それはこちらの台詞《せりふ》よ」

京の政を命じられたのも、金ヶ崎城撤退の殿《しんがり》を仰せつかったのも、秀吉と二人一緒であった。

秀吉は織田家の由緒正しい譜代《ふだい》の臣ではない。尾張中村の貧しい百姓の小倅《こせがれ》に過ぎない。光秀もまた、四十一歳で召し抱えられた新参者である。

信長の狙いは、この二人を競い合わせて、大きな結果を得るところにある。そのことは、むろん、秀吉にも分かっている。が、それを光秀の前で口にしたことはない。

秀吉は身を起こして、

「女子供といえども、容赦なく首を刎ねずばなるまい。嫌なことだが、戦に変わりはないわ」

「――」

「われらの打ち合わせは、殿が発《た》たれてからでよかろう」

「うむ」

「寝酒を用意させた。ゆるりと寝《やす》んでくれ」

と秀吉は座を立った。

翌二十八日、信長は佐和山へ移り、九月一日、再び、小谷攻めに出陣、浅井の支城を次々と落として、小谷城を孤立させた。そして、今日十二日、宇佐山城に本陣を構えて、叡山攻めを検分する。

光秀は兵を二分し、一隊の指揮を彌平次に委ねた。彌平次の役目は、山下の日吉社及び里坊の焼き討ちと、逃げ込んで来る敵を殲滅《せんめつ》することである。光秀自身はもう一隊を率いて、根本中堂目指して本坂を進撃して行く。

全軍合わせて三万の兵が各方面から襲い掛かるのである。山門衆の逃げ道はどこにもない。勝敗は目に見えており、これは戦というより虐殺に近い。

突然、銃声がして、左右の山中から矢が飛んで来た。それが合図だった。

「掛かれ！」

光秀の号令とともに、戦いの火蓋が切られた。まず、鉄砲隊が発砲し、替わって弓隊が矢を射る。その間に鉄砲隊が弾を込めて、弓隊と入れ替わって前に出る。

この整然とした攻撃に、たちまち僧兵は総崩れとなる。僧兵の数は知れたものだった。隊はさしたる抵抗に遭うこともなく、ぐんぐん、本坂を進軍して行く。途中、目についた堂塔や坊にはすべて火を放ち、逃げ惑う敵は一人残らず首を刎ねた。

敵は僧兵だけではなく、法衣を纏った僧もいれば、女子供の姿もある。兵は容赦しなかった。それが信長の厳命であり、光秀の命でもあった。

やがて、全山に火の手が上がり、喊声や悲鳴が耳を聾《ろう》する。山頂に着いたときには、根本中堂、その他の堂塔は炎に包まれていた。山下にも火の手が回っている。

「斬れ！　斬れ！」

各隊の隊長は火を恐れる馬を巧みに御しながら、声を嗄《か》らして躊躇う兵を励ます。武器も持たず、抵抗もせず、ひたすら恐怖に駆られて樹間を逃げ惑う僧や女に、兵は戸惑っていた。隊長の叱咤《しった》に、弾かれたように彼らを追って行く。兵はなにかに酔ったかのように、無抵抗な敵を斬り伏せる快感に身を任せて行くのだった。

「降伏した者は、如何《いかが》いたしますか」

と彌平次が馬を寄せて訊く。

返り血を浴びた顔は暗い。勝利の喜びは表情のどこにもない。火の粉が二人に振り掛かる。

「殿の御前へ引き連れて行け」

「行けば、首を刎ねられましょう」

「構わぬ」

と光秀は言った。

堂塔、霊社、僧坊、霊仏、経巻ことごとくが灰燼《かいじん》に帰し、ここに、山門は壊滅した。首を刎ねられた者は、僧兵、僧、小坊主、女、僧俗老若男女合わせて、その数三千とも四千とも言われた。

㈣

琵琶湖の岸に馬の足を止めて、

「ここだ」

と光秀は彌平次を振り返る。

十騎の警護の者は下馬して、少し離れた松林の中に固まって一息入れていた。

「はっ？」

と彌平次が問い返す。

「ここに湖城を築く」

北国街道沿いの下坂本の地で、宇佐山城の北東四町半（約四九〇メートル）の湖畔である。風が冷たい。松の緑も冬のくすみを帯びている。夕陽を浴びた湖水は、深い色彩の中に白波を煌《きら》めかせていた。

「おれは明智城を再建出来なんだ。代わりに、この地におれの城を持って、宇佐山城から移り住む」

「それが出来るなら――」

と彌平次は絶句する。

「湖上に本丸を置く。これを二の丸、三の丸が半円状に取り囲む。曲輪《くるわ》の間は堀を走らせ、琵琶湖に繋ぐ。本丸には天守も築く。堅牢《けんろう》で美しい城になろう」

光秀の脳裏には、すでに、城の全容がくっきりと描かれていた。重臣や家人の屋敷の縄張りも出来上がり、堀に架けられる橋、橋を渡った先に設ける門の形も決めてある。堀を忙しげに行き交う数知れぬ舟も目に浮かぶ。

この豪壮華麗な坂本城は、これからの近江支配の拠点となる。いまだ見ぬこの城を想うたびに、光秀の心は奇妙なざわめきに満たされる。これから先、この坂本城を、天下に平穏をもたらす難しい仕事の第一歩、その足掛かりにしなければならない。

「凞子も子らも京から呼び寄せて、ともに住む。どうだ、彌平次、お前も、そろそろ、妻《めと》を娶らねばなるまい」

彌平次も三十七歳になる。

「それがしには妻など要りませぬ」

ふっくらした彌平次の顔に、ふと、赤みが差す。表情豊かな彌平次は、感情を隠すことが出来ない。

「なぜだ。彌平次は女子《おなご》嫌いか」

「そうではありませぬが、まだまだ、妻など娶っている暇など、それがしにはござらぬ」

「なにを言うか。われら、大事をなすため、日々、寝る間も惜しんで働いておる。だからこそ、われらには愛しい妻と可愛い子が必要なのだ。妻を慈しみ、子を育てられぬような者に、天下の大事がなされようか」

彌平次は軽く笑って、

「よう分かりましたゆえ、この話はこれまでにして下され」

「いや――」

「それより、築城のこと、信長様はお許しになりましょうや」

「それは心配あるまい」

「なんとしても、明智城以上の名城を持ちとうござる」

「うむ」

信長は、比叡山焼き討ちの第一の功労者として、光秀の名を上げた。その恩賞として、光秀に志賀郡の支配を任せた。

光秀は一国一城の主となったのである。志賀郡は五万石に相当し、直臣も千二百五十名を数える。光秀は、一躍、織田家の筆頭出頭人となった。織田家の宿老である柴田勝家、佐久間信盛、丹羽長秀ですら、いまだ、城将に過ぎない。秀吉も然りである。

とはいえ、志賀郡は織田家の支配が行き渡っているわけではない。この地の大部分は山門荘園領で、光秀はこれを一つ々々接収して行かねばならない。北部には、いまだに浅井に与力する敵方の城もある。

志賀郡を安定させるためには、これから精力的に働かなければならない。今日は下調べのつもりで、自ら領内の見回りに出掛け、その戻りであった。仕事は山ほどある。義昭にも仕えているし、京奉行も兼ねている。さらに、志賀郡支配に乗り出し、その上、築城ともなれば、体が幾つあっても足りるものではない。

「それにしましても、殿はお元気でございますな」

と彌平次が感に堪えぬかのように言う。

「そうかな」

と光秀は笑った。

そうかも知れぬ、とふと思う。どれほど忙しくても、仕事が苦にならないのだった。己の国を己が信ずるままに治める。そして、その政を民百姓の大半が、是《ぜ》、としてくれるとすれば、これほど楽しいことはない。だから、元気でいられるのだ。戦に出て手柄を立てるより、治世の仕事の方が、よほど性に合っているようだった。

光秀が坂本城築城の許しを願い出たとき、信長は他にはなにも言わずに、

「よかろう」

と無表情に頷いただけだった。

着工は年が明けた元亀三年（一五七二）の正月から始まった。しかし、信長は光秀の忙しさなど斟酌《しんしゃく》しない。矢継ぎ早に従軍の命を下した。

三月、信長に従って、志賀郡北部の木戸、田中の両城を下す。湖西に南下して来た長政を牽制するためだった。

四月、勝家らと摂津河内に転戦する。

七月、小谷城攻めに従軍。

このとき、秀吉は陸上から、光秀は湖上から浅井軍を追い詰めた。

湖西の堅田《かたた》には、堅田湖賊、と呼ばれている堅田衆が、琵琶湖を縦横に往来する水軍を有していた。光秀はこの堅田衆を味方につけ、囲舟《かこいぶね》を編成して湖北の浅井方の浦々、入海《いりうみ》を湖上から攻撃した。軍船から火矢《ひや》を放ち、大筒を撃ち、鉄砲を撃って、敵地を焼き払う。

だが、小谷城は落ちない。義景が、急遽、長政を救援すべく、小谷城に入った。これが七月三十日。

〈天下布武〉にとって、いまや、近江は最重要地となった。岐阜に隣接し、かつ京への道筋に当たる近江を平定出来ない限り、戦線の翼を広げることは叶わない。信長はそれに手間取っている。

北に浅井がおり、南に六角がいる。そして、浅井は朝倉と同盟関係にある。さらに、琵琶湖が大きく中央に控えている。この湖が大きな軍事力の移動を困難にしていた。

その上、近江の民百姓は、古来、団結が固く、郷村が連携して〈惣《そう》〉を組織している。〈惣〉は自治の意識が強く、内では情報の伝達が正確かつ迅速であり、その情報に基づいて商品が自在に流通する。そのようにして、近江の民は乱世をしたたかに生き抜いて来たのだった。

この〈惣〉を確実に支配しない限り、近江の平定はならない。そこに信長の行手を阻む困難があった。織田の力が弱まったと知れば、いつ、郷村は敵に回るか知れたものではない。光秀はそのことを考慮して、いちはやく、〈惣〉に類した堅田衆を支配下に収めたのだった。これは近江平定にとって大きな進歩であった。

信長包囲網を陰で操っているのは、間違いなく義昭だった。先に信長との間で交した五ヶ条の条書《じょうしょ》を無視して、義昭は相変わらず方々へ御内書《ごないしょ》を発している。顕如を通じて武田信玄や上杉謙信を動かそうと企む。毛利輝元や小早川隆景《こばやかわたかかげ》にも御内書を送りつけていた。

そのことは光秀には分かっているし、信長も承知している。

九月、信長は新たに十七ヶ条からなる意見の事書《ことがき》を義昭に出して、義昭を恫喝《どうかつ》した。内裏を蔑《ないがし》ろにすることを非難し、具体的な事例を挙げ、貪欲であると義昭を罵り、〈悪しき御所〉と呼ばれよう、と書いた。

そんなおり、光秀は下腹部に差し込むような痛みを覚えた。築城中の坂本城を見回りに出たときだった。あまりの苦痛に膝をつき、体を二つに折って、工事中の堀端にしゃがみ込んでしまった。近侍の者が驚いて駆け寄って来たが、立ち上がれない。脂汗が背筋を流れ、視界がぼやけ、吐気がする。

「城へ戻る」

辛うじて言った。しゃがんでいることも出来ない。地面に倒れた。薄れて行く視界の先に、闇が下りて来るようだった。

直ちに戸板が用意され、人足の手で宇佐山城へ運ばれた。激しい下痢と嘔吐が続き、高熱を発した。京から濦子が呼ばれた。

医師は、食中《しよくあた》りではないか、と言った。そんなはずはない。日頃から、光秀は家人と同じ物を食している。他に食中りに罹《かか》った者はいない。

光秀は若い頃から腸に病《やまい》を抱えていた。年に一度か二年に一度、似た症状を呈して寝込むことがあった。それも決まって秋の初めだった。しかし、五日も寝ていれば、下痢も止まり、熱も下がって痛みが嘘のように引く。

信長に仕えてからは、そういうこともなくなった。忙し過ぎて、病も避けて通ってくれたらしい。いつしか、腸のことは忘れてしまった。その病が久し振りに返って来たのだ、と光秀は己に診断をつけた。

「お疲れなのですわ」

と枕元の凞子が言う。

「疲れてはおらぬ。そなたこそ――」

「私は大丈夫でございます。自分で自分を気遣っておりますもの」

と凞子は笑う。

そうではないことを光秀は知っている。凞子はわが身を捨てて京の屋敷を切り盛りし、光秀や子ら、増え続ける家人の家族に気を配り続けていた。

燭台の明りを横から受けた凞子の笑顔は柔らかく、心に沁み入るほどに美しい。痘痕《あばた》の跡など、光秀には何物でもない。が、目の下に出来た隈《くま》はさらに濃くなったようだ。体も痩せ、抱けば、骨が軋《きし》むかと思われる。

光秀は夜具から手を伸ばして、凞子の細い手を握り、

「坂本城が落成すれば、そなたも少しは楽になろう」

「なにを仰せです。いまは、私のことをお話しているのではありませぬ。あなたのお体のことです」

「おれの体のことは心配ない」

「いいえ、心配です。これまでも、あなたは疲れが溜まると、お腹を毀《こわ》されました」

「――」

「なにゆえ、ご無理をなさるのです」

必ずしも、信長の命によって、仕方なく東奔西走して来たのではなさそうだった。三日間、病床にあって、とりとめもなく己の来し方を顧みて、ふと、そのことに気がついた。秀吉という格好の競争相手がいたせいでもない。なにかに急かされるように、自ら仕事を求めて来たようなところがあった。

「信長様とて、あなたがお体を二つもお持ちでないことは、ようご存じでしょうに」

光秀は身を起こして、

「心配は要らぬ。明日は床を上げよう」

こうしている間にも、信長は横山城に入って、浅井、朝倉に対している。秀吉も虎御前山《とらごぜやま》の前線を守備していた。

一方で、武田信玄が、いよいよ、西上の途につこうとしている。いつ、信長から出陣の命が下るか分からない。病に伏せっている場合ではないのだった。

「いいえ、それだけはお聞き出来ませぬ」

と凞子は首を横に振る。

「もう、痛みも熱もない。下痢も止まった」

凞子は光秀を軽く睨む。

「では、後一日だけ、お待ち下さい。これだけはお聞き願います」

「分かった。凞子のたっての願いなら、聞かずばなるまい」

凞子の手がそっと光秀の手を取った。

十月三日、武田信玄が三万の軍勢を率いて甲斐を発した。遠江の家康が危ない。信長は援軍を送ったが、自身は近江に釘づけになって動けなかった。

十二月二十二日、三方ケ原《みかたがはら》において、徳川軍が武田軍と激突した。徳川軍及び織田の援軍はともに完敗、家康は浜松城へ逃げ帰る。そして、武田軍は浜松城を無視して刑部《おさかべ》で年を越す。

年が明けた二月、光秀は今堅田城攻めを命じられた。今堅田城には本願寺勢が立て籠っている。二十九日、光秀は軍船を指揮してこれを湖上から攻撃、落とすことに成功する。こうして、志賀郡の制圧はほぼ完了した。

ある晴れた朝、光秀は僅かな暇を見つけて、宇佐山城を出た。騎馬の光秀に彌平次が騎馬で供につき、十名の警護の者が徒《かち》で後に続く。風のない穏やかな日和《ひより》で、ちらほらと桜が花をつけ始めている。

「坂本城の工事を見回ってから、代官所を回りますか」

と彌平次が背後から声を掛ける。

「そうだな」

と光秀は曖昧に答える。

光秀は領内の治安を維持するために、要所々々に代官を置いた。代官に抜擢された者は、光秀の意を受けて懸命に働いた。そのため、領内の治安は見事に保たれている。

とはいえ、荘園の所有関係には複雑なところがあって、代官の裁量では処理出来ない事案が多々あった。接収段階で、しばしば、朝廷から苦情が出て、その都度、光秀自身が朝廷と折衝するため、京へ出向かなければならなかった。その問題もほぼ片がついた。

「代官所は、よかろう」

「では、どちらへ向かわれますか」

今堅田城攻めで、十八名の家人が戦死した。彼らの遺族に相応の金子を贈り、また、彼らを懇《ねんご》ろに弔うため、坂本の西教寺《さいきょうじ》に供養米を寄進した。しかし、それだけでは、光秀の気が済まない。

「残された者を見舞い、暮らしに困っていないか、おれの目で確かめたいと思うておるのだが――」

「また、殿の病が出ましたな」

と彌平次は笑う。

「そういうことが出来るようになったということは、有難いことではないか」

「まことに」

ややあって、

「これは気がつきませなんだ。引き返して彼らの住《すま》いを調べて参りましょう」

と彌平次が言う。

「その必要はない。おおよその場所の見当はついておる」

「驚きましたな」

彌平次は呆れたように光秀を見返す。

坂本の築城工事は順調に捗《はかど》り、間もなく城は完成する。光秀は満足して城を後にした。

一行は湖に沿ってゆっくりと進む。湖面が春の陽をいっぱいに浴びて、小波を煌めかせながらゆったりとたゆたっている。

「彌平次」

「はっ」

光秀は湖面に目を遊ばせている彌平次に声を掛けた。

「宇佐山を出たときから、ずっとおれたちの後を付けて来る子供がいる」

「まことで？」

と振り返ろうとする彌平次を、

「見るな。脅かすことはない」

十二、三歳の男児で、髪は伸び放題、裾短《すそみじか》の粗末な筒袖を荒縄で締めている。短い竹の棒を振り回しながら、付かず離れずに一行の後をついて来る。

「少し休むか」

光秀は湖畔の松林の中へ馬を進ませて下馬し、松の根方に腰を下ろす。供の者もてんでに近くに座り込む。予想した通り、子供がそろそろと近づいて来る。光秀も彌平次も素知らぬ顔で、子供に視線を向けない。

子供が立ち止まる。じっと光秀の方に目を向けている。気後れするのか、それ以上は寄って来ない。

やがて、意を決したのか、子供が足早に光秀に近づいて来た。供の者が気づいて、止めようと腰を上げる。

「構うな」

と光秀はそれを制する。

子供は光秀の前に膝をついて頭を下げた。竹の棒を太刀のように脇に置き、顔を上げて、

「大場荘右衛門が一子、荘太郎です」

とはっきりした声で名乗る。

大場荘右衛門は、この度の戦で討死した足軽の一人だった。

顔は土と垢に塗《まみ》れているが、目鼻が整い、澄んだ目に利発な輝きがある。

「おれになにか用か」

「明智の殿様でしょう?」

「そうだ」

「お願いがあります」

「聞こう」

「おれは武士になりたいのです。おれを武士にして下さい」

「荘太郎は幾つになる」

「十二歳です。でも、必ず、殿様のお役に立ちます」

「大場荘右衛門は勇気ある立派な武士だった。大事な父を奪うてしもうて、おれは申し訳ないと思うておる。許せよ」

荘太郎は項垂《うなだ》れ、亡き父を思い出したのか、汚れた袖口で目を拭う。

「これから、その方の家へ参ろう」

「おれを武士にして下さるのですか」

「荘太郎の母御の考えも聞かねばなるまい」

「母はおりません」

「そうか」

「お婆《ばば》がいるだけです。おれは父のような立派な武士になりたいのです」

光秀は腰を上げ、

「とにかく、婆様に会うてみよう。話はそれからだ」

光秀は馬上に身を置き、手を伸ばして荘太郎を背後に引き上げる。

「馬に乗るのは初めてか」

こくり、と荘太郎が頷く。

「しっかりと摑まっておれよ」

荘太郎は無言で光秀の腰に両手でしがみつく。供の者が笑声を上げた。

「坊主、死んでも殿の腰から離れるでないぞ」

湖岸を離れ、道を左にとって間もなく、大場荘右衛門の家の前に出る。荒れたままのちっぽけな百姓家で、庭も狭い。襤褸《ぼろ》を纏った老婆が筵《むしろ》の上に背を屈めている。粟《あわ》を広げて、虫を捕っていた。

荘太郎は機敏に馬から飛び降りると、

「お婆！　殿様だ！　殿様が来てくれたぞ」

と叫びながら、お婆に走り寄る。

光秀と彌平次は馬の手綱《たづな》を供の者に持たせて、二人に近づいた。

お婆は立ち上がって、ぽかん、と口を開けて光秀と彌平次を眺めている。腰が曲って、両手を膝について体を支えていた。事態が、まだ、呑み込めないようだった。

「お婆、殿様がおれを武士にしてくれるんだ」

荘太郎が事情を話して聞かせるのだが、お婆の落ち窪んだ目に表情らしきものはない。

「おれは明智光秀だ」

「――」

「こ度は、大場荘右衛門を死なせてしもうて、申し訳ないことだった」

「へへぇ」

とお婆がその場に這いつくばる。

「仏前に手を合わせたくて立ち寄ったのだ。さあ、顔を上げてくれ」

「勿体《もったい》ないことでござります」

彌平次がお婆を助け起こして、

「仏前へ案内してくれるか」

「へえ」

「こっちです」

と荘太郎が家の中へ走り込む。

戸口を入ると、広い土間があって、囲炉裏《いろり》を切った板敷きの間が続く。隣接してもう一間《ひとま》あり、その板壁の前に粗末な経机が据えられ、白木の位牌《いはい》が無雑作に置かれていた。蠟燭もなく、焚く香もない。

光秀と彌平次は位牌に両手を合わせた。お婆に向き直り、

「なにか困ったことはないか。あれば、なんなりと言うがよい」

お婆は乱れた白髪頭を横に振り、

「いいえ、恙《つつが》のう過ごさせてもろうております」

としっかりした声で答える。

見た目とは違って、お婆は耄碌《もうろく》はしていないようだった。

「大枚《たいまい》の金子もいただきました。ありがとうございます」

それにしても、貧しげな暮らし振りには驚かされる。きれいに掃除はされているものの、家の中に暮らしに必要とする物が見当たらない。蒲団《ふとん》は部屋の隅に畳まれてあるが、綿が食《は》み出している。見て取れるのは大小の木箱が二つだけで、葛籠《つづら》も衣類らしきものもない。

「金子が足りなかったか」

と光秀は訊く。

「とんでもありません。十分にいただきました。金子は、この荘太郎のために、大事に仕舞うてあります」

「そうか」

荘太郎が落ち着かない様子で、光秀の顔をちらちらと見上げる。

「ところで、この荘太郎が武士になりたいと言うておる。お婆に異存はないか」

「へえ。それが叶いますことなら、よろしゅうお願いします」

「荘太郎がいなくなれば、お婆も困るであろう」

「困るのは、いまに限ったことではございません。荘右衛門が戦に出たときから、困っております」

「やはりのう」

「じゃが、わしらは小作で、耕す田畑など知れたもの。荘右衛門が戦に出たがった気持も分からぬではありませんか」

「だが、お婆」と彌平次が言う。「戦に出れば、いつ、命を失うか知れたものではない。どんなに狭くとも、田畑を耕しておれば――」

「いいえ。いまの世の中、百姓だとても、いつ、戦に巻き込まれて命を落とすか分かりません。荘太郎がそうしたいと言うのなら、そうさせてやりたい、思うております」

光秀は頷き、荘太郎に視線をやって、

「武士になろうがなるまいが、これからはお婆に孝養を尽すのだぞ。分かったか」

「分かりました」

「お婆、いずれ、この世から戦はなくなる。それまで、荘太郎はおれが大事に預かる。よいな」

「へえ」

「荘太郎のことは心配ない。だから、仕舞うてある金子があるのなら、遣うがよい」

お婆は頭を下げ、鼻水を啜《すす》り上げ、袖で目を拭う。

「この坊主は、それがしが預かりましょう」

と彌平次が言った。


光秀が義昭ときっぱり縁を切ることを決意したのは、大場荘右衛門の家を出たときだった。今堅田城には義昭の命を受けた側近の者が多く入っていた。義昭は、誰憚《はばか》ることなく、信長打倒の意を明確にしているのだった。この乱世に平穏をもたらすために、義昭は害にこそなれ、もはや、なんの役にも立たない存在だった。

光秀は、直接、義昭に書状を送りつけて禄を返上した。信長自身は義昭と手を切ることが出来なかった。信玄が西上の途上にあるからだった。

二月十日、信玄は三河の野田城を落とした。ところが、なぜか、武田軍は長篠へ引き返し、そこで動かなくなった。信長の許に届いた物見の報せでは、信玄は鳳来寺《ほうらいじ》に身を置いている、という。

信長と義昭の対立は次第に激化して来た。そんな中、今度は、藤孝が義昭を見限って信長の許に走った。藤孝は足利氏との関係を絶つため、細川の姓を捨て、以後、長岡を名乗ることになる。

七月三日、義昭は二条の御所を出て、宇治の北方に位置する槇島城に拠って、信長打倒の兵を挙げた。兵力三千七百。信玄、長政、義景の力を頼んでのことである。信長は直ちにこれを包囲、光秀も参陣を命じられた。

しかし、信玄は、すでに四月十二日、信濃伊那の駒場で没していた。信玄の死は秘されていたゆえ、義昭は知らなかった。長政は小谷を動けず、義景は雪を恐れて、年の暮に越前へ引き上げたままだった。

勝敗は明らかである。十八日、義昭は降伏して、槇島城を出た。

ここに、室町幕府は滅亡し、年号も信長の奏請によって、天正元年（一五七三）と改められた。

ほぼ時を同じくして、坂本城が落成、利三《としみつ》が祝いに駆けつけた。

「なんと見事な！」

と利三は言葉を失った。

天守の光沢ある黒瓦が、真上から射す夏の陽の光を、ぴしっ、と撥ね返している。利三は目を細めて天守を仰ぎ、額の汗を手の甲で拭う。

天守は大天守と小天守が対面する形に建てられていた。いわば、連立式の天守で、間の道を抜けると、すぐに琵琶湖の湖畔に出る。美しい曲線を描く石垣に波が打ち寄せている。

本丸は湖面に突き出し、北側の停泊所には幾隻もの軍船が碇《いかり》を下ろし、小舟が波間を行き交っていた。

「なんと壮麗な城でござろうか。明智城が姿を変えて甦った思いでござる」

「うむ」

光秀にとっても、年甲斐もなく、この城は胸膨らむものをもたらしてくれる。

「それがしも、出来ることなら――」

「出来ぬ」

と光秀は利三の言葉を遮った。

利三の望みは分かっている。

「いまや、稲葉家の斎藤利三と言えば、戦上手の部将として、織田家中では知らぬ者がない。稲葉殿が手放すはずがない」

「やはり、待たねばなりませぬか」

光秀が無理をすれば、驕《おご》り高ぶった振舞、と織田家の諸将の目に映る。それは構わないが、時機はまだ来ていない。〈天下布武〉はようやく危機を脱した。そのときに、諸将との間に亀裂を生じさせてはならない。

「時機さえ来れば、必ず、その方を稲葉殿からもらい受ける」

「それを楽しみにしており申す」

「信玄は運に見放されたが、殿は運を引き寄せられた。間違いなく、殿の手によって天下は平定される。おれはその手助けをする。それには、ぜひともお前の力が必要なのだ」

「嬉しいお言葉です」

「さあ、他を案内しよう」

「はっ」

利三の逞《たくま》しい顔が明るく綻《ほころ》ぶ。

五章　髑髏《どくろ》の酒

(一)

北近江の山中は秋の気配が濃い。すでに、蟬の声はなく、楓の葉が赤く色づいている。楢《なら》や山毛欅《ぶな》の落葉が光秀主従の眼前に舞い下りた。

光秀は十名の騎馬の供とともに、山頂の小谷城《おだに》を目指して、曲りくねった山道を辿って行く。辺りに戦の痕跡はない。秀吉は手早く後片づけをさせたものと見える。

「馬でよかったのでしょうか」

と近侍《きんじ》の一人が訊く。

光秀は笑いを洩らして、

「よいのだ、馬で。今更、なにを思い惑うことがある」

秀吉への祝いの品である。なにがよいか、側近たちが考えあぐねていると聞いて、光秀は馬にしろと命じた。

馬はありふれているし、秀吉は浅井家で飼われていた良馬の幾頭かを己のものにしていた。その秀吉へ、越前から馬を曳いて行くのは馬鹿げている。側近の者たちはそう言ったが、光秀は取り合わなかった。

信長は、贈物として、多くの名馬を贈られて来た。それは必ずしも軍事力になるものではなかったが、馬好きの信長はそれをよしとした。だから、秀吉も馬を贈られることを喜ぶに違いないのだ。

馬上から振り返り、

「それに、珍しい月毛ではないか」

祝いの品の月毛は真新しい和鞍で飾り立てられていた。鞍は磨き上げられて黒光りし、障泥《あおり》には真っ赤な毛氈《もうせん》が使われている。胸懸《むながい》と鞦《しりがい》の厚総《あつふさ》も、轡《くつわ》から伸びた手綱も真紅である。最後尾を悠然と進んで来る。葦毛のやや赤みのある毛並み、細い足首、四肢の見事な張り、精悍な面構え、見事な馬であった。

小谷城は小谷山(標高四九五メートル)の峰に、南北五町余(約六〇〇メートル)にわたって七つの曲輪《くるわ》が築かれた難攻不落の山城である。すなわち、北から山王丸、小丸、京極丸、中丸、本丸、大広間、そして少し離れて金吾丸。

光秀が到着したことを知って、秀吉が自ら山王丸の木戸まで出迎えに出て来た。

「これは、一体、どうしたことだ」

「一言、お祝いの言葉を申し上げたく、一乗谷《いちじょうだに》よりやって来たわ」

「お祝い?」

と秀吉は惚《とぼ》ける。

「こ度は、これなる小谷城の主《あるじ》となられた。まことにめでたいことだ」

「おお、そのことか。挨拶などどうでもよいわ。珍客だ。さあさあ、こちらへ」

秀吉は先に立って、光秀を本丸の客殿へ案内する。

先鋒となって、この小谷城を攻め滅ぼしたのは秀吉であった。長政のいた本丸はもちろん、各曲輪は織田軍の仮借ない猛攻を受けて、それぞれ半焼していた。

その修復は迅速に進んでいるようだった。

「この忙しい最中《さなか》に、よう来てくれた」

「今朝、夜明け前に一乗谷を発った。明日、早朝にはお暇しなければならぬ」

「それは気忙しいことだ。が、今宵は、寝かせぬぞ。ゆるりと話そうではないか」

「世話になる」

信長が浅井朝倉討伐の兵を起こしたのは、将軍義昭《よしあき》を追放した翌月のことであった。八月八日、織田軍は五万の兵力をもって北近江へ進撃した。浅井危うしの報を得た義景が、二万の兵を率いて救援に駆けつける。

しかし、すでに、朝倉の重臣が次々と織田方に寝返っていた。士気上がらず、前線の大嶽《おおだけ》城があっけなく落ちるや、義景は軍を撤収して退却を開始した。

信長は虎御前山《とらごぜやま》に嫡男の信忠を置き、小谷城の長政を牽制させて、義景追撃に移った。羽柴と改姓した秀吉、柴田勝家らが、勇躍、越前に攻め入った。義景は一乗谷に逃げ帰ったが、朝倉軍は反撃する力を失っていた。

一乗谷から敗走した義景は大野の賢松寺《けんしょうじ》に籠ったが、一族の朝倉景鏡《かげあきら》に背かれて自刃に追い込まれた。享年、四十一歳、八月二十日のことである。ここに、越前に入国以来十一代、二百三十年余続いた朝倉氏もついに滅亡した。

近江に戻った信長は、二十七日、小谷攻めを秀吉に命ずる。浅井軍の兵力は四千、必死の抵抗を見せたが、朝倉の援軍もなく、勝敗の帰趨《きすう》は明らかであった。

秀吉は、まず、内応者の出た京極丸を攻め、長政の父久政を自刃させて、本丸の長政との連携を絶った。次いで、本丸に総攻撃を掛ける。その直前に、秀吉はお市の方と三人の娘を長政の手から引き取っている。長政にその意思があってのことだったが、これは秀吉の大きな手柄となった。

翌二十八日、本丸が落ち、長政も自害して果てる。浅井家は滅亡し、信長の版《はん》図《と》は近江と越前にまで拡大した。そして、九月、秀吉は浅井の領土であった北近江の三郡を与えられ、晴れて一国一城の主となった。

同じ頃、光秀は越前の治安維持等の戦後処理の命を受けて、一乗谷に入った。五年振りであった。一乗谷は異様なまでに変わり果てていた。

一乗谷川に沿って整然と区画されていた美しい城域は、ことごとく灰燼《かいじん》に帰している。朝倉館《やかた》はむろんのこと、義景が好んだ南陽寺の庭園も跡形もない。武家屋敷、寺院と町家が固まっていた一郭、そして山城、すべてが焼け焦げの残骸、黒い灰と化していた。

焼跡を掘り起こす人の姿もなければ、鳥の鳴声も聞こえない。聞こえるのは、一乗谷川の流れの音だけである。川は人の世の移り変わりなどに関わりなく、悠久の時の間をただ流れているだけであった。

身じろぎもせず佇《たたず》む光秀の眼前に、荒涼とした景色が広がっている。それは人と家の栄枯盛衰を絵に描いたようなものだった。そして、栄枯盛衰は、光秀自身がわが身で味わって来たものでもあった。

運不運、そして時の流れの定まった道筋が、それを決めてしまうのだろうか、とふと思う。もし、そうなら、人のすべての行いは虚しい、ということになる。信長に仕えて五年、懸命に働いて来たが、それは一体なんのためであったのか。

名を上げ、権力を持ち、財宝を貯える。それを思ったことはない。明智の家の再興を望み、天下の平穏を願って来た。光秀のために命を賭して働いてくれる家人に、報いてやりたいと思った。凞子《ひろこ》や子らに、静かな日々を与えてやりたいという思いもあった。

一方で、なぜか、それだけではなにかが欠けている、と感じられた。そのなにかとは、一体、なにか。光秀にもよく分からない。強いて答を求めれば、それは光秀がなさねばならぬ、あるいは、なすと定められた、明智光秀を明智光秀たらしめる途方もない大仕事、ということになりそうだった。

しかし、そうしたすべての願いも思いも、ときとして、一瞬の内に潰《つい》え去ってしまうものではないのか。そして、それは人の意思など斟酌《しんしゃく》することなく起きることのようであった。

ふと、彌兵《やへい》のことが思われた。彌兵は主を持たず、人の世のしがらみを捨て、世俗を離れて好きな鉄砲一挺を抱えて山に入った。自然を友とし、鳥獣相手に暮らしている。

おれには出来ぬ。

光秀には、まだまだ、俗気がたっぷりとある。その俗気が名馬の贈物を曳いて、越前から秀吉を訪ねさせたのだった。

秀吉は名ある一族郎党を挙げて、光秀歓迎の宴を設けた。宴が果て、光秀は寝所に当てられた一室に案内される。腰を下ろす間もなく、秀吉が入って来た。右手に瓶子《へいし》を、左手に大振りの杯を持っている。

「さあ、二人切りでやろう」

と向かい合って胡座《あぐら》を組む。

「もう、飲めぬよ」

「馬鹿なことを言うな。飲めなくとも、飲む振りをしていればよいのだ」

「そうか。では、注ごう」

秀吉の手から瓶子を取って注いでやる。光秀も杯を手にして、

「改めて、おめでとうござる」

「おれもやっと一国一城の主というわけだ」

これで、織田家中における城持ちは、光秀と秀吉の二人になった。柴田勝家も佐久間信盛《のぶもり》も丹羽長秀も、いまだに、城を預けられているだけだった。

「お主に二年の後れを取ったが、三郡合わせて十二万石の主となったわ」

と秀吉は殺《そ》げた頰を緩ませる。

光秀の五万石を遥かに上回った、と秀吉は言いたいらしい。

「さすが、殿は人を見ておられる。これからも、どんどん出世してくれ」

信長による天下平定がなし遂げられたときの、天下の政《まつりごと》の仕組について、光秀は考え始めていた。信長が仕組の頂点に座って、最重要案件を決定する権限を持つことには、なんの異論もない。その下に、数名の織田家の重臣による合議の場を設ける。

何事も信長の決済を仰ぐというのでは、日々の政が停滞する。信長の目が天下の隅々にまで行き届くはずもない。なによりも大切なことは、信長個人の好みなり考えなりが、多岐多様にわたる政の各局面に反映することを避けることである。信長は一個の天才ではあろうが、日々の地味な政に天才は必要ない。むしろ、政の場が広がれば広がるほど、天才は邪魔な存在となる。天下万民が必要とするのは、良識と優しさと過《あやま》つことのない判断力である。

場合によっては、合議の場の顔触れに、有力大名を二、三名加えてもよい。が、欠かせないのは、光秀と秀吉である。それだけの自負と自信を光秀は持っている。百姓出身の秀吉は貴重な存在だと言える。それだけではない。いまの織田家の中で、視野の広さ、考えの柔軟さを備えているのは、秀吉以外にはない。そういう考えがあるからこそ、光秀は秀吉との関係をよいものに保って行きたい、と願っている。坂本城落成のおり、秀吉は誰よりも早く祝いに駆けつけてくれた。小谷へやって来たのは、そのお返しの意味ばかりではないのだった。

「ああ、働くとも。お主もおれに引き離されるなよ」

光秀は笑っている。

「だが、この小谷は北近江の政には向かぬ」

「ほう」

「山高く、霧も深い。とにかく、不便でかなわぬ。こう不便では、民を治めることは無理だ。難攻不落との評判だったが、おれが落とした。浅井がこうも易々と滅んだのは、この城のせいではないか、とおれは思うておる」

「なるほど」

さすがに、秀吉の目のつけどころは違う。

「おれは山を下りる。今浜（後に長浜と改める）に城を築くつもりだ。お主はどう思う」

と秀吉の窪んだ目が光秀を窺う。

「今浜か。よく選んだものだ」

「そう思うか。坂本城ほどの城は無理だが、琵琶湖を挟んだ今浜と坂本で、近江は完璧に支配出来よう」

光秀は頷いた。その通りだ、と思う。秀吉を買っていたのは、買い被りではなかった。

「よし。では、今浜の城に祝杯だ」

光秀は己の杯になみなみと酒を注いだ。

㈡

天正二年（一五七四）の年賀の宴は、例年通り、岐阜城において開かれた。千畳敷きと呼ばれる金華山の麓に築かれた天守の一階にある大広間に、宴席が設けられた。

例年になく多くの者が参集したのは、積年の宿敵浅井朝倉を、ようやく滅ぼした直後ゆえであった。一族の者、織田家の錚々《そうそう》たる部将、信長直属の馬廻りの者、そして、家康などの同盟者、信長に降伏した者も数多く顔を見せた。

華やかな宴は賑やかに進み、無礼講の喧噪を極める。光秀は、織田家の重臣の仲間入りを果たしたいまも、宴席の中に溶け込むことが出来なかった。酒を好まないし、群れて楽しむことが苦手なせいもある。光秀は、独り、喧噪の外にあって、重臣たちが喋り、飲み、笑っているのを眺めやっている。

いずれ、彼らにも、政とはどうあるべきものか、それを理解してもらわねばならぬ、と思う。それは難しいことだが、やらねばならぬことだった。

それだけではない。万一、信長が方向を誤るようなことがあれば、それを正す必要もある。信長を諫《いさ》めることなど、誰にでも出来ることではない。こちらの方が遙かに難しい。

信長は上座にゆったりと座り、ほとんど口を利くこともなく、一座の騒ぎを無表情に眺めている。ときどき、杯を口へ運んで、舐めるようにして少しずつ飲む。信長も、光秀同様、酒は強くない。

午《ひる》から始まった宴は、庭に篝火《かがりび》が焚かれ、大広間に燭台が運び込まれても、まだ、終る気配がない。とはいえ、席を立つ者も半数に上り、残っている者は重臣と馬廻りの者だった。家康も辛抱強く居残っている。

突然、信長が、

「珍奇なる酒の肴《さかな》を見せてやる」

と高い声を発して、小姓の一人に目で合図を送った。

三宝に載せて大広間に運び込まれた物を見て、光秀は目を瞠《みは》った。それは髑髏《どくろ》の薄濃《はくだみ》だった。髑髏に漆を塗った上に金泥《きんでい》を施したものである。

座の騒ぎが一瞬にして静まった。重い沈黙が座を領する。

「分かるか。義景、久政、長政の首よ」

朝倉義景、浅井久政、浅井長政三名の首は京に送られて、獄門に掛けられた。それを髑髏にして細工させたものである。

座の沈黙を破ったのは秀吉だった。

「これはこれは、お懐かしい」

秀吉は剽《ひょう》げた身振りで信長の傍らに据え置かれた三個の薄濃の前に進み、手の杯を掲げて酒を喉に流し込む。

「これは、まことによき御酒《ごしゅ》の肴でござるわ」

座の中から声が上がって、酒席は再び元の賑やかさを取り戻す。

殿は、一体、なんのつもりか、と光秀は信長の真意を訝《いぶか》った。薄濃にして晒さねばならぬほど、信長の三名に対する恨みは深かったのか。それとも、生来、信長は残忍な性《しょう》に生まれついたのか。

二年余前の比叡山焼き討ちが思い起こされる。近くでは、杉谷善住坊《すぎたにぜんじゅうぼう》のことがある。三年半前、千草峠で信長は何者かに狙撃された。その犯人が甲賀の杉谷善住坊だった。善住坊は厳しい探索の目を逃れ切れず、昨年の九月に捕縛された。

善住坊は立ったまま土中に埋められ、首を竹鋸《たけのこぎり》で引かれるという残酷な方法で処刑された。それも、息を引き取るまで七日の日数を掛けている。

これなども、信長の常人とは思えぬ残忍さを証するものではないのか。

あるいは、信長は、死、というものに特別の思いを抱いているのか。死は分け隔てなく万人に訪れる。いつやって来るかも分からない。いまかも知れないし、二十年、三十年先であるかも知れない。武人たる者、そのことを忘れて、一時《いっとき》の勝利の美酒に酔っていては大事はなせぬ。信長はそう言いたいのか。

光秀には信長の心の裡《うち》は計り難い。が、死がなんであれ、死者を冒瀆することは許されない。

「光秀」

信長の呼ぶ声を聞いた。

「はっ」

「これへ」

前に出ると、

「浮かぬ顔をしておるのう」

「いささか疲れ申した」

「そうか。お互い、下戸《げこ》には辛い宴だ」

「恐れ入ります」

宴の喧噪の中でも、信長と光秀の話には、誰もが聞き耳を立てている。

「これなる薄濃で、その方、酒が飲めるか」

信長は光秀の心底を試そうとしている。

「どうだ、飲めるか」

一呼吸置いて、

「飲めませぬ」

と光秀はきっぱりと言った。

「ほう。飲めぬ、とな」

「はっ」

「おれの命であっても、飲めぬか」

「殿はそのようなことを、お命じにはなりますまい」

「答になっておらぬ」

「〈天下布武《てんかふぶ》〉のため、殿のためには、光秀、身命を賭して働きます。しかし、このような戯《ざ》れ事には、否、と申し上げとうござる」

「小賢《こざか》しいことを」

「申し訳ありませぬ」

「これなる三個の首は、われらにとっては、不倶戴天《ふぐたいてん》の敵であるぞ」

「いいえ、彼らはすでに死したる者たちでござる。死者は、もはや、敵ではありませぬ。その内の一個は、それがしの旧主のものでござれば、なおさらのこと、出来ませぬ」

柴田勝家も藤孝《ふじたか》も家康も、じっと事の成り行きを見守っている。

そのとき、秀吉がふらふらと近づいて来て、

「この猿めが頂戴仕《つかまつ》ろう。なんで飲もうが、酒に変わりはござらぬわ。明智殿には、これ以上の酒は無理々々」

秀吉は薄濃の前に膝をつく。

「下がれ、猿」

と信長が一喝する。

「ははっ。また、お叱りを受けてしもうたわ」

秀吉が頭を抱え、一座に笑声が上がる。

信長は光秀に視線を戻し、

「猿なら、この薄濃になみなみと酒を注いで飲むだろう。その方にはそれは出来ぬ。出来ぬだろう、とおれも思うておった」

「恐れ入ります」

「そのような柔《やわ》な心では、この先、思いやられる」

殿は無理を承知で難題を吹き掛けたのか。そのことで、なにを知りたかったのか。

「まあ、よい。だが、これは聞いてもらうぞ」

「はっ」

「順慶《じゆんけい》」

と一座の中から筒井順慶を呼び寄せる。

筒井順慶、当年、二十六歳ながら、大和の筒井城の主である。二歳で家督を継いだが、松永久秀との抗争に敗れて、二度、城を捨てている。三年前、ようやく筒井城を回復し、光秀を介して信長に帰服することになった。

「順慶、その方の継嗣《けいし》として、これなる光秀の息、十二郎定頼《じゆうじろうさだより》を迎え入れよ」

「ははっ。有難き思《おぼ》し召しでござりまする」

と順慶が頰を紅潮させて平伏する。

「光秀、異存はあるまいのう」

「筒井殿さえご承知下されば、喜んでもろうていただきまする」

十二郎はまだ十歳にもならないし、嫡男でもない。信長の頭にはその名が入っているのだった。

「よし」

さらに、信長は藤孝を呼びつけ、

「その方の嫡男忠興《ただおき》に、光秀の娘玉子《たまこ》を嫁さしめる」

と命じた。

「それは、まことのことでございますか」

と藤孝は驚く。

このことは、すでに、藤孝と光秀の間で話し合われていた。二人は折を見て、信長の許しを得るつもりだった。

「承知か」

「有難く頂戴仕ります」

続けて、光秀も、

「藤孝殿と縁を結べますなら、この上ない喜びでございます」

藤孝が光秀と目を合わせて微かに頷く。よかった、とその目は言っている。光秀も頷き返す。息と娘の婚姻のことではない。薄濃の件で信長はそれほど激昂していないらしい。そのことに藤孝は安堵《あんど》したのだった。

「殿、それは不公平と申すもの」

秀吉がよろけるようにして信長の前に出た。

「光秀殿や藤孝殿ばかりによい思いをさせて、この猿めにはどのような縁組をさせて下さるのでござるか」

「煩《うるさ》い！」

「いいえ、ここは引き下がりませぬぞ」

座に明るい笑声が上がる。

「お怒りになっても、恐ろしゅうはござらぬ。なんとしても、猿めにもよい縁を持たせてもらわねば――」

「分かった。猿には子がない。いずれ、わしの子をやろう」

「えっ！」

「楽しみに待っておれ」

秀吉はやにわに立ち上がって、

「皆の衆、聞いたか。殿はこの秀吉にお子を下さるという。これで、おれにも息子が出来る。あな嬉しや」

「騒々しい奴だ」

と信長が吐き捨てるように言った。

顔が笑っていた。

(三)

この日、光秀は、いつも通り、卯の中刻(午前六時)に起床した。大和多聞山《たもんやま》城本丸にある城主の寝所である。

この城に入ったのは、岐阜から戻って間もない正月十一日であった。坂本で体を休める暇もなかった。

多聞山城は松永久秀の城であった。一旦は信長に帰服した久秀は、義昭や三好義継と結んで信長に叛いた。義昭が追放され、三好義継が滅びると、再度、信長に下って、居城の多聞山城を差し出したのだった。今度も信長は久秀を許し、光秀がその城を預った。

それにしても、二度、信長に叛逆した久秀を、信長は二度とも許している。ときとして、天に憚《はばか》ることもなく残忍な振舞を見せる信長が、なぜ、久秀にはそれほど寛大なのか。信長でも手玉に取ることが出来るほど、久秀という男は老獪《ろうかい》な人間なのか。

城を預かってから二十日ばかりになる。光秀の日々は判で捺《お》したように変わりがない。

口を漱《すす》いで、城内の見回りに出る。近侍の者が二名、供につく。多聞山城は佐保丘陵の上に築かれ、塁上に長屋造りの多聞櫓《やぐら》を持つ美しい城である。久秀によれば、多聞と名づけた謂《いわれ》は、信貴山《しぎさん》寺の毘沙門天《びしゃもんてん》に因《ちな》んだものだ、という。

北風がまだ頬に冷たい。城内には、坂本から連れて来た千名からの兵が駐屯している。彼らはすでに起き出して、小隊ごとに明日の出陣の準備に追われていた。所々で、暖を取るための火を焚いている。

「火の用心は怠るな」

と光秀は声を掛ける。

預かっている城から火を出しては、腹を斬るだけでは済まない。

「ご心配、ご無用」

と兵は笑い返す。

別の兵が、

「それより、殿こそ、お風邪など召されますな」

「なにか問題はないか」

「お蔭様で、たっぷりと食べ、たっぷりと飲んでおり申す」

周りで、どっ、と笑声が上がる。

「よし」

見回りに半刻（一時間）は要する。それから、広間で朝餉《あさげ》をとる。主立った者たちが集まって来る。

この席で、様々なことが報告される。病に罹《かか》った兵のこと、兵同士の喧嘩口論、果ては、不吉な夢に魘《うな》された話まで持ち出される。光秀はどんな話も疎かにせずに聞き、指示することがあれば、その場で伝える。

これは大事なことだった。とりとめもない話の中に、思い掛けない情報が含まれていることがある。武器の過不足、兵の士気、隊長の能力、兵同士の人間関係、こうしたことが戦闘の勝敗に大きく影響するのだった。

朝餉にはたっぷりと時を掛ける。それが終ると、光秀は居室に引き上げ、改めて主立った者たちから報告を受ける。城の周辺を警戒している物見の報せも直接聞く。

忙しい。次々と家人が入って来る。上げられて来る書類も多くある。それらに決済を与える。書状が届いている。返事を認《したた》める。こちらから出さねばならぬ書状もある。

坂本城は千名の兵とともに、彌平次《やへいじ》ら重臣たちが守っている。その坂本から指示を仰ぐ使いの者がやって来る。これに会って話を聞き、指示を与える。

京の村井貞勝から早馬で書状が届く。村井貞勝は、昨年七月以来、京都所司代を勤めている。しかし、信長は光秀が京から手を引くことを許さなかった。当面、京都所司代の補佐役として、光秀は貞勝とともに京の庶政に関わることになっている。

書状には、寂光院《じゃっこういん》及び三千院《さんぜんいん》の知行に関わる問題が記されていて、貞勝は光秀の意見を求めていた。その件は昨年末に決着がつき、貞勝と光秀の連署による文書を発給してある。

寂光院と三千院がなにを言って来ても、取り合う必要はない。いや、取り上げてはならないのだ。光秀はその旨を書状にして、使いの者に持たせて帰す。

時を忘れて、仕事に打ち込んでいるうちに、はや陽は傾き掛けていた。まだ、なすべきことは残っている。しかし、光秀は家人に入室を禁じて、書見台を火桶の側に置いた。

余程のことがない限り、日に半刻は書見に当てることにしている。古今の名著を繙《ひもと》くときほど、気持が安らぎ、心が躍動するときはない。ときには、写本に現《うつつ》を抜かすこともある。軍学、伝記、戦記、歌、物語、類を問わずになんでも読む。

このところ、ふっ、と思うことがある。日々、様々な書物を読んで静かに暮らせるなら、どれほどよいか、と。溌子の微かな匂いが漂い、子らの騒がしい声が遠くから聞こえる。目を上げれば、庭木の緑が風に揺れる。なぜ、そういう暮らしを手に入れてはならないのか。

が、今更、それは望むべくもない。

それにしても、なにゆえ、日毎にこれほどの人が死んで行かねばならぬのか。天下に平穏をもたらすためには、数え切れないほどの人が死なねばならぬものなのか。

もしかすると、信長に仕えたことが間違いだったのではないか。

天下に平穏をもたらすことが出来るのは、信長をおいて他にはない、と光秀は見た。その己の目には確信がある。しかし、信長は性急に過ぎるのではないか。そのために、死ななくてもよい人間まで、死んで行くことになるのではないか。

光秀は書物から目を上げた。目は文字を追いながら、まるで頭に入っていなかった。知らず知らずの内に、物思いに沈んでいた。

床の間の壺に投げ入れられた、一枝《ひとえだ》の万両の実へ目をやる。室内は冷えが厳しくなっていた。蘇芳《すおう》色の実は寒気に超然と耐えている。

城内から馬の嘶《いなな》きが聞こえた。気がつくと、もう日暮に近い。藤孝の軍勢が到着したのだ。光秀は腰を上げた。

藤孝は光秀と多聞山城の守備を交替するため、千名の兵を引き連れて来た。兵は城外で夜営し、明朝、光秀の兵と入れ替わる。

東美濃に亡き信玄の嫡子勝頼が侵入し、急遽《きゆうきよ》、信長は出陣した。それが二月一日、光秀にも出陣の命が下った。光秀が東美濃の地理に詳しく、土豪とも面識があるゆえの出陣命令だった。

同日、筒井順慶が訪ねて来た。順慶も、光秀の組下として東美濃へ出陣する命を受け、その打ち合わせのための来訪だった。そして今日三日、待っていた藤孝がやって来た。

居室での引き継ぎを終えたとき、近侍の者から吉田兼見《かねみ》の来訪が告げられた。

「それは珍客」

と藤孝は吉田兼見の来訪を喜んだ。

「すぐに、これへお通しいたせ」

と光秀は近侍の者に命ずる。

兼見がにこにこして入って来た。

「おお、藤孝殿もおいでか。これは嬉しや」

「よう参られた」

「なんとか間に合うた。光秀殿の出陣を見送りたくて馳せ参じたわ」

兼見は京吉田神社の神主であり、五摂家《せっけ》筆頭の近衛《このえ》家の家令を勤める公家である。

「それにしても、外は寒い」

「さっそく、酒肴《しゅこう》の支度をさせよう」

藤孝も兼見も酒には目がない。

「二人にとっては、寒さ凌ぎには酒がなによりだろうが、おれは吉田家の石風呂を、ゆるり、と楽しみたくなる」

石を熱く焼き、湯を掛けて湯気を上げさせる。もうもうと立ち籠める湯気に裸の体が包まれる心地よさはこたえられない。光秀は幾度も兼見宅を訪れて、この石風呂を楽しんだ。

「それそれ」と藤孝も相好《そうごう》を崩す。「いずれ近いうちに、光秀殿と吉田へ行こうぞ」

「この城では石風呂は無理だが、せっかくこうして三人が顔を揃えたのだ。どうだろうか。一夜、連歌を楽しまぬか」

と光秀は言った。

「それはよいことに気がついた」

と兼見が賛同する。

フフフ、と藤孝が笑う。

「どうされた」

と兼見が問う。

「ほれ、光秀殿の顔をごろうじろ。まるで、童子のように嬉しげで晴れやかではないか」

「ほんに」

「織田家中での宴席にいる光秀殿とは別人のようだ」

「戯《たわ》けたことを」

と光秀は苦笑する。

酒と肴が運ばれて来た。

その夜、光秀はすべてを忘れて、夜更けまで歌詠みに没頭した。年賀の宴のおりの信長と秀吉のこと、髑髏の薄濃のこと、明日から始まる東美濃での戦《いくさ》のこと、藤孝と兼見がそれらすべてを光秀の頭から追い払ってくれた。

(四)

天正三年（一五七五）八月十五日、光秀は安宅《あたけ》船の舳先《へさき》に立っている。雨風が強く、蓑笠も役に立たない。膚《はだ》が汗と雨でじっとり濡れている。四十八歳になる光秀には、いささか堪える天候である。

船隊が目指しているのは越前の浦々だった。諸方の浜に上陸し、越前を掌握してしまった一向衆を叩き潰すためである。三日前に信長は三万の兵を起こして岐阜を進発していた。

「こう雨風が強くては危のうござる。矢倉の中へお入り下さい」

と近侍の者が言う。

これで三度目である。

「構うな」

光秀は頑固に動かない。

光秀と秀吉が中心となった水軍は数百艘、この視界の悪さでは、味方同士が衝突する危険がある。秀吉との先陣争いに後れを取るわけにも行かない。光秀が舳先を動かないのは、そうした危惧があるゆえだった。

しかし、思うさま雨風に顔を嬲《なぶ》らせていることが奇妙に快い。その快さの中には、己自身に戦いを挑み掛かるような気持もあった。

昨年二月、光秀は多聞山城から東美濃へ出陣したが、そのときの勝頼との戦いは、勝頼が軍を帰して決着がつかなかった。

いまや、〈天下布武〉にとって、最大の敵は勝頼と、石山本願寺に繋《つな》がる伊勢、越前、加賀の一向一揆勢と言える。信長はこれと徹底的に対決する覚悟を決めた。

まず、最初に信長が標的としたのは、伊勢長島の一向衆である。七月十二日、信長は伊勢に向けて進発した。光秀も鳥羽まで出陣したが、戦闘に加わることはなかった。

これに先立って、光秀は摂津の一向一揆勢を押さえるために摂津へ派遣された。そして、大坂表から信長に克明な報告書を送っている。それに対して、信長から、まるで実況を見る心地がする書状である、との返書が届いた。その返書の中に、伊勢長島の戦況が報じられてあった。

長島の戦いは、一向衆にとっては悲惨を極めた。三万の軍勢と六百艘の軍船に包囲されて、彼らは長島を始め五か所の砦《とりで》に囲い込まれた。兵糧攻めと、鉄砲、弓矢の攻撃の前に、砦の彼らは次々と降伏を申し出たが、信長はこれを許さない。

食料が尽き、過半数が餓死し、戦意が萎える。ついに九月二十九日、長島の一向衆が和を請うた。信長は許し、投降者は砦を出て川舟で退却した。これを織田軍が狙い撃ちにしたのだった。欺いたのである。川は血の海と化した。

一方、中江と屋長島《おくながしま》の砦の男女二万の一向衆は、柵に閉じ込められたまま焼き殺された。こうして、長島の一向一揆は完膚無《かんぷな》きまでに一掃された。

信長の残忍さが遺憾なく発揮された戦いだった。これまでに、信長は彼らに許し難い苦汁を呑まされて来た。名ある部将を討たれ、傷つけられ、兄、弟、叔父も失った。その恨みは深かった。それにしても、ここまで徹底して敵を葬り去ることが出来るのは、信長以外にはない。やはり、仮借《かしゃく》なき残忍さにおいても、信長は戦の天才であった。

この伊勢長島の戦いの詳細を知ったとき、人と人が殺し合う戦というものに、己がまるで向いていない人間であることを、光秀ははっきりと知った。が、もう遅い。信長は、光秀を政に優れた才を持つだけではなく、戦上手の部将として認識してしまった。

続いて、信長の天才振りが発揮されたのは、勝頼を相手にした長篠の戦いだった。今年五月二十一日、織田・徳川の連合軍三万八千は、長篠設楽ヶ原《したらがはら》において、連吾川《れんごがわ》を挟んで武田軍一万五千と対峙した。

戦端が開かれたのは卯の中刻（午前六時）、正午頃には勝敗の帰趨は明らかになった。勝頼は壊滅的な打撃を受けて敗走する。主立った部将の大半を失い、数千の兵が屍《しかばね》を野に晒した。以後、武田の勢力は衰退の一途を辿る。

この戦で、信長はこれまでの合戦にはなかった理に適《かな》った戦術を採った。すなわち、戦国最強と謳われた武田騎馬隊の突撃を阻止するため、馬防柵《ばぼうさく》なるものを連吾川の手前に構築させた。その長さは全線にわたって二十七町（約三キロ）。

この馬防柵に敵を引き寄せ、柵の内側から鉄砲で狙い撃ちするという作戦だった。鉄砲は三千挺、鉄砲隊を三隊に分け、一隊は射撃し、一隊は点火態勢をとり、一隊は弾込めをする。これによって、鉄砲隊は攻め寄せる敵を間断なく撃つことが出来る。

この新しい戦法の前に、武田騎馬隊は十九回の突撃を敢行したが、織田・徳川軍を崩すことが出来なかった。

「それで、信長公から、なにかお言葉がありましたかな」

と吉田兼見が笑いながら言った。

長篠の勝利から四日後の坂本城である。光秀は摂津河内から戻ったばかりだった。

「なんのことかな」

問い返すと、兼見はこんなことを言った。いつだったか、光秀の京屋敷に信長が泊まった日、兼見は挨拶に出向いたことがある。その夜、徒然《つれづれ》なるままに光秀の若い頃の話が出た。信長は光秀の明智城からの脱出行に興味を示した。鉄砲の三段撃ちによって、斎藤義龍《よしたつ》の追っ手を撃退した件《くだり》に信長は感心したのではないか。この度の長篠における三段撃ちは、その応用だったように思われる。つまりは、光秀の手柄、と言える。

「信長公からそのあたりのお言葉が、なにかあったのではないか、と思うてな」

光秀は声を上げて笑った。

「あれはおれの独創でもなんでもない。鉄砲による二段撃ち、三段撃ちを考えつかれ、それを実際に戦で使われたのは、おれの主筋に当たる斎藤道三殿よ」

「それはまことか」

「本当のことだ。道三殿の婿殿であられる信長様が知っていて、なんの不思議もない」

「しかし、それは古い話であろう。光秀殿の話で信長公は新しい戦法を思いつかれたに違いない」

「仮にそうだとしても、殿の偉さは三段撃ちを馬防柵なるものと結びつけ、大規模な鉄砲隊で見事に敵を葬られたところにある。おれの手柄などでは決してない」

兼見は不満顔だった。

「それにしても、なにか一言あってもよいのではないか」

「埒《らち》もないことを」

光秀は兼見の言葉を友の身贔屓《みびいき》の言葉として聞き流した。

そのことがあってのことではないだろうが、七月三日、突如、光秀は惟任《これとう》日向守《ひゅうがのかみ》に任ぜられた。信長の奏請によるものだった。このとき、秀吉にも筑前守が許された。ただし、光秀には姓と官が与えられたが、秀吉は官のみであった。再び、光秀が秀吉より一歩先んじたことになる。

そして、この度の越前攻めである。

朝倉家滅亡後、越前は信長の領国に加えられた。ところが、昨年来、加賀の一向一揆勢が越前に入り込み、越前はいわゆる一揆持ちの国となってしまった。信長はこの越前に手をつけられなかった。長島一向一揆勢の積極的な動きと、美濃、遠江に侵入する勝頼に制されていたからである。

いまや、その憂いはない。信長の命を受けた光秀と秀吉は、敦賀《つるが》から越前の浦々を目指したのだった。

その夜、篠つく雨の中を、明智軍は杉津浦に、羽柴軍は河野《こうの》浦に上陸する。一向勢の拠点を難なく落とし、両軍は一挙に府中へ攻め入り、龍門寺城を攻撃した。その夜の内に、二千の敵を討ち取って城を落とす。

翌十六日、木ノ目《きのめ》峠から進撃して来た信長は、敵の小城を蹴散らして府中に到着する。降伏を願い出た部将が何人かいたが、ことごとく首を刎《は》ねた。一向勢には百姓も多くいる。信長は斟酌することなく徹底的な掃討を命じた。

光秀隊は城下町の家々を隈なく探索し、寺社に火を放つ。老いも若きも、男も女も追い詰められた獣《けもの》のように逃げ惑う。

「撃て！」

と光秀は声を嗄《か》らした。

彼らの背に容赦なく弾丸が浴びせられる。両手を上げて仰《の》け反《ぞ》る子供、血の海を這って逃げようとする老婆、子を抱いて蹲《うずくま》る女。光秀は彼らから目を逸《そ》らさなかった。

死体が町中にごろごろと転がっている。足の踏み場もない有様だった。それでもなお、多くの敵が山谷へ逃げ込んでいる。明智隊はこれを追った。一人たりとも生きて逃すでない、というのが信長の命だった。

「いたぞ！」

味方の兵が樹間に潜んでいた敗残兵を見つけた。銃弾が撃ち込まれ、敵も応戦して来る。細い山道に差し掛かった馬上の光秀の身の回りを、銃弾が飛び交う。

と、突如、二名の敵が灌木の繁みから現れて、斜面を駆け上がって来た。屈強な百姓の若者と思われる。髪は乱れ、顔は血に塗《まみ》れ、目ばかり異様に光らせて、刀を振り上げていた。胴丸も陣笠も着けていない。

〈進むは極楽往生、退《ひ》くは無間地獄〉

という旗印を信じて、一向衆は死を恐れない。

それだけに勇敢であり、また、虚しく死んで行く。そういう仏の嘘によって、多くの無知な老若男女を死へ追いやる顕如《けんにょ》という坊主に、光秀は激しい嫌悪を抱いていた。

二人の若者は、馬上の光秀を敵の大将と見て取った。死を免れる術はない。どうせ死ぬのなら、敵の大将を道連れにしてやる。二人はそう思い定めて、身を潜めていた。

「うおっ」

叫びを上げて、二人は光秀に突進して来る。光秀は彼らをじっと見下ろしていた。護衛の兵が数人、彼らに気づいて、光秀の馬を取り囲む。一人が光秀の馬の轡《くつわ》を取った。

二人の若者は刀を振り回して、護衛の兵を斬り払おうとする。その狂気に取り憑かれたような働きに、護衛の兵は、一瞬、怯《ひる》むかに見えた。

「邪魔だ、どけ！」

二人が目指す敵は光秀一人、槍を払い、太刀を受け、悪鬼の形相で光秀に迫って来る。大小の傷を多く受けながらも、彼らの足は止まらない。

「危のうございます。お退き下され」

と近侍の者が光秀に叫んだ。

光秀は動かない。

もう、刀の切っ先が馬上の光秀の足に届きそうな地点まで、敵は迫っている。

光秀は身じろぎもせず、彼らを見ていた。

そのとき、数発の銃声が間近に轟《とどろ》いて、二人の若者の足が止まった。二人とも刀を大上段に振り翳《かざ》している。光秀を睨み、棒立ちとなり、ぐらっ、とよろける。銃弾が一人の胸板と腹と脚を、もう一人の胸と肩と顔面を射ていた。

槍が数本、二人の体を刺し貫く。二人は、どうっ、と仰向けに倒れた。ほう、と警護の兵の口から安堵の吐息が洩れる。

「なにをしておる。追え、敵を追うのだ」

と光秀は叱咤《しった》の声を上げた。

六章　丹波への道

(一)

「それはまことのことか」

臥所《ふしど》の上に身を起こした光秀は、彌平次《やへいじ》の緊張した顔を見返す。

天正四年（一五七六）正月十五日、丹波《たんば》氷上《ひかみ》郡、朝日城の城中である。朝日城は、荻野直正《なおまさ》が拠る黒井城攻めのために、光秀が短期間に築いた陣城《じんじろ》だった。

「まことでござる」

甲冑《かっちゅう》を脱ぎ、白絹の夜着に着替えて、疲れ切った体を横たえたばかりだった。

彌平次の報せは驚くべきものであった。光秀に味方して黒井城攻めに加わっていた波多野秀治《ひではる》が、突如、背いて八上城《やかみ》へ引き上げてしまった、という。

「ご免」

溝尾庄兵衛《みぞおしょうべえ》が燭台の火を明るくする。溝尾庄兵衛は、光秀が朝倉家に召し抱えられたとき、美濃から駆けつけて来た譜代《ふだい》の直臣の一人である。

「波多野秀治、なかなかの曲者でござる」

と庄兵衛が言う。

慌てた風はない。光秀より五歳年下だが、どのような場合にも冷静沈着に事を処する。何事にも全身の血を滾《たぎ》らせてぶつかって行く彌平次とは、好対照をなしていた。

「兵力は二千ほどか」

と光秀は庄兵衛に問うた。

「はっ。しかし、背後を衝かれましては、いささか厄介でござる」

彌平次が勢い込んで、

「なあに、波多野秀治など恐るるに足らぬわ。わが軍は五千、国人衆《こくじん》を合わせれば、八千にはなろう。よい機会だ、荻野直正ともども、一挙に葬り去ってくれるわ」

　光秀は立ち上がって、夜着のまま寝所にしているさして広くもない居室の中を歩き始める。

「それでは、お寒うござる」

　と庄兵衛が光秀の肩に綿入れを差し掛けた。

　戦えぬことはないが、こちらもかなりの犠牲を覚悟しなければならない。波多野勢が背後を衝いて来れば、荻野勢も城から討って出るだろう。挟撃されては、兵力を分断されるばかりではなく、兵は心に大きな打撃を受ける。

「よし」

　光秀は足を止めて、二人を振り返る。

「退こう」

「なんと！」と彌平次が声を上げた。

「わが明智軍が尻尾を巻いたことなど、これまで一度もござらなんだ。それに、黒井城は間もなく落ちましょう」

「それはどうかな」

八千の兵力で黒井城を包囲して、すでに、二か月になる。十二か所に相陣を築き、黒井城を北東半里（約二キロ）に望む斜面に、帯曲輪《くるわ》の朝日城を急造した。敵に威圧を与える工夫を凝らした陣城である。が、要害堅固な山城はいまだに持ち堪えている。

「焦りは禁物だ。おれは、出来得る限り、犠牲を少なくして勝ちたい。黒井城は、いずれ落とす。それはいまでなくてもよい。ときには、攻めるより退く勇気も必要なのだ」

「――」

「いま一つ、われらに味方して来た国人、土豪衆の寝返りも考えておかねばならぬ」

織田政権はこのように掌を返すがごとく簡単に背かれる。

「波多野、荻野という有力国人衆の力を小さく見てはならぬ。寝返りを防ぐには、一旦、丹波を退却した上で出直すことだ。無理をせずに済むものなら、無理な戦《いくさ》はしたくない」

「分かりました。しかし、信長様がどう思われるか、それが気懸かりでござる」

「それがしも、信長様のご気性を考えますと、その点はいささか心配でござる」

と庄兵衛も言う。

「殿がなんと思われようとよいではないか。丹波攻略はおれに任された仕事だ。おれはおれのやり方で戦をする」

光秀が丹波攻略を命じられたのは、昨年の六月のことであった。が、越前攻めが優先され、光秀は秀吉とともに海上から越前に上陸した。越前を制圧すると、休む間もなく、八月二十三日、秀吉と連携作戦を採りつつ、先鋒となって加賀へ攻め入り、二郡の占領に成功した。

光秀が坂本に戻って来たのは九月二十三日である。加賀で手間取ったのは、加賀代官職を命じられたからだった。待ち構えていたように、改めて丹波攻略を命じられた。

織田政権にとって、これからの最大の敵は、石山本願寺と結びついた西国の毛利家である。毛利攻めを念頭に置くと、丹波は軍事上の重要な拠点と言える。

丹波の国から、大坂へ四本、京、丹後《たんご》へ各三本、但馬《たじま》、播磨《はりま》へ各二本、そして若狭《わかさ》へ一本の主要な街道が通っている。これらの街道を制すれば、大軍と軍事物資を容易に輸送出来る。中でも、山陰道を押さえることによって、いまだ向背定《こうはい》かでない国人、土豪衆を圧迫し、屈服させることが可能となる。丹波の国人、土豪衆は戦国大名の支配を嫌う気風が強い。彼らを押さえ込む強い勢力がなかったからだった。彼らは信長が入京を果たしたときには、こぞって信長に服属した。

ところが、信長が義昭《よしあき》を追放した頃より、彼らの織田政権からの離脱が目立ち始めた。彼らにとって、織田政権は従来の利権は認めてくれるが、織田家のための戦に多大の負担を強いる政権と見えて来た。そして、彼らの大半が石山本願寺、毛利家と結びついて、信長に反旗を翻した。そのもっとも大きな勢力が、黒井城を本拠とする荻野直正であった。

光秀が丹波に入ると、過半の国人、土豪衆が光秀に味方してくれた。その中で最大の軍事力を有しているのが、波多野秀治だった。

秀治の八上城は山陰道を扼《やく》している。山陰道を退却することは出来ない。

「摂津へ出る」と光秀は決断した。「相陣すべてに命を伝え、今宵の内に包囲を解いて摂津へ向かう。敵に気取《けど》られるな」

「はっ」

と彌平次が室を出て行く。

庄兵衛が近侍《きんじ》の者を呼んで、

「殿のお支度を」

と命じた。


光秀が病で倒れたのは、石山本願寺攻めの最中のことだった。五月十一日、天王寺の陣所において、藤孝《ふじたか》と打ち合わせを終え、床几《しょうぎ》を立ったときだった。息が詰まり、目の前が暗くなった。気がついたときには、藤孝に抱きかかえられていた。

「光秀殿、光秀殿」

藤孝が懸命に耳許で呼んでいる。

「大事ない」

答えたつもりだが、口から出たのは呻きだった。息苦しく不快で、手足から血が抜け去ってしまったようで、全身に悪寒が走る。

「これはいかん。熱が高い」

藤孝の声を光秀はぼんやりと聞いた。数日前から、熱が出て激しく咳き込むようになった。胸が苦しく、ときおり、ふっ、と意識を失い掛ける。風邪でも引いたのだろう、と思った。が、体を休める暇などない。誰にも体の不調を知らせずにおいた。

光秀はなんとか己の足で立ち上がろうとした。そのとたん、吐気が込み上げて来て、藤孝の胸に褐色の液を吐いてしまった。

「無理をするな。このまま、このまま」

翌日、光秀は坂本へ送り返された。半ば意識を失い、藤孝のなすがままに己を委ねていた。意思もあり思いもあったが、己の力ではどうすることも出来ない。

明智軍の指揮は彌平次が取ることになった。輿《こし》が用意され、十名ほどの屈強な兵が交替で光秀を運ぶ。庄兵衛がつき添った。他に、警護の兵が五十名ついた。

坂本城に戻って、熈子《ひろこ》の看病を受けたが、熱は下がらず、咳も治まらない。息苦しく、日毎に体が衰えて行くようだった。

熈子の願いを受けて兼見《かねみ》が奔走し、著名な医師曲直瀬道三《まなせどうさん》が京から坂本へやって来た。道三は風痢《ふうり》と診断した。風邪を悪化させて肺の臓を痛めた。それに長年の疲れと、四十九歳という年齢が重なって肝の臓を弱め、回復を遅らせているのだ、という見立《みたて》だった。道三は高価な漢方薬を調合し、安静にして辛抱強く回復を待つことだ、と言った。

信長から見舞の使者が送られて来た。

道三はおおむね坂本城に滞在して治療に当たった。光秀の回復ははかばかしくない。梅雨が明けても、熱も咳も続き、胸の痛みも取れなかった。体は日毎に衰弱して行く。

兼見が見舞に訪れ、京では光秀死去の噂まで流れている、と笑った。信長は幾度も光秀の病状を問う使者を兼見に送って来た。大和の国一国を与えられた筒井順慶《じゅんけい》も兼見自身も、病平癒《やまいへいゆ》の祈禱《きとう》を名ある僧に依頼した、という。

「これまで、働きづめに働かれたのだ。まあ、のんびりと体を休めることだ」

と兼見は言った。

一月二十一日、黒井城を包囲していた明智軍は、八上城の波多野秀治の攻撃を躱《かわ》し、無事、摂津を抜けて坂本に帰り着いた。兵の損害は皆無だった。

光秀はこの間の事情を克明に書面にして信長に報告した。幸い、信長は光秀の処置を是《ぜ》とし、むしろ、冷静な采配を賞賛したほどだった。

二月、三月は、光秀に味方してくれた国人、土豪衆の身の安全を図るため、しばしば、兵を丹波に送った。彼らの寝返りを防ぐためにもそれは必要だった。その仕事に忙殺された。

四月、藤孝とともに、石山本願寺攻めの作戦策定を命じられる。そして、直ちに出陣したのだった。

確かに、光秀は心身を休める間なく働いて来た。乱世に生まれ育った部将として、戦に次ぐ戦の中で生きて行くことは当然のことであった。

が、いま、病に倒れ、思い掛けず、ゆったりと流れる時の中に身を置くことになった。眠られぬ昼夜、じっと高い天井板の木目を眺めていたりする。と、天下に平穏をもたらしたいという願いも、〈天下布武《てんかふぶ》〉も、目下の天下の情勢も、明智の家の行く末も、どこか遠い世の出来事のように感じられる。

ある朝、仰臥した光秀に、木匙《きさじ》に掬《すく》った薄い粥《かゆ》を食べさせようとする凞子に、

「どこか静かな山里に入って、四季折々の花でも愛でて暮らそうか」

と光秀は言った。

「さあ、一口、召し上がれ」

煕子は木匙を口許に差し出す。

食欲はないが、無理に粥を口に含む。

「たんと召し上がらなければ、体に力がつきませぬ」

「どうだ、こんな城は捨てるか」

煕子が小さく笑う。

「なぜ、笑う」

「あなたが、これからの生涯を、草花とともに過ごすことなど、出来るはずがありませぬ」

「そんなことはない。そなたが側にいてくれるなら、草花も心楽しいではないか」

煕子は答えない。

「彌兵《やへい》は武士を捨てて、山に入った。彌兵に出来ることが、おれに出来ぬわけがない」

「彌兵も、いつまで、山の暮らしに耐えられますことか」

光秀は久し振りに多くの言葉を口にした。それだけで、息が切れ、胸が苦しい。

「さあ、もう一口、召し上がれ」

食事が済むと、凞子は光秀の痩せ衰えた顔を、絞った手拭で丹念に拭いた。そうした身の回りの細々した病人の世話を、凞子は決して余人に任せない。絶えず光秀の傍らに身を置いて、光秀の容態に気を配っている。そのため、凞子は疲れ果て、憔悴しているかに見える。

「そなたは夜もよく眠っておらぬのではないか」

「いいえ。ご心配なさらずとも、十分に寝《やす》ませていただいております」

琵琶湖の湖面が真夏の輝きを失い、初秋の柔らかい波立ちを見せ始めた頃、光秀はようやく起き上がって室内を歩けるようになった。熱も下がり、咳も止まり、胸の痛みも取れた。後は、体力の回復を待つばかりである。

光秀が病床にある間、石山本願寺攻めは遅々として進捗しなかった。七月十三日には、織田の水軍が、摂津木津川の河口において、毛利の水軍に敗れた。毛利軍は堂々と本願寺へ兵糧を送り込んだ。

光秀は無理をしない。体が次第に力を取り戻すのを確かめる気持で、一歩々々、足を踏み締めて城内を歩き回る。日々、回復して行く感覚が手に取るごとく味わえる。それが生まれ変わったように新鮮で快い。

体が回復するにつれて、光秀の脳裏を去来するのは、やはり、〈天下布武〉のための戦のことであった。

なぜ、織田政権は易々と裏切られ、頑強に敵対されるのか。許す、ということを信長が知らないゆえではないか。いや、知らぬのではない。信長は己の行く道に立ち塞がる敵に、渾身の憎しみを抱いてぶつかって行く。

戦略上、同盟や和議を余儀なくされても、機会さえ来れば、その相手を徹底的に滅ぼす。滅ぼさねば、将来に禍根を残す、と信長は信じている。

その根底にあるのは、もしかすると、恐怖ではないか。その恐怖が反信長勢力の恐怖を呼び起こし、裏切りや抗戦に結びつく。

天下の平定は、武に頼るばかりではなく、治によっても可能となるはずである。新しい世を作るには、旧《ふる》い世を毀《こわ》さなければならない、と信長は考えている。その考えに誤りはない。が、旧い世のよき面を取り入れることを、なぜ、拒まねばならぬのか。

信長を頂点とする天下の政の仕組について、光秀の考えが少し変わって来た。天下の有力な諸侯を結集して、一つの政権を樹立するのだ。例えば、東北の伊達、関東の北条、西国の毛利、四国の長宗我部《ちようそかべ》、九州の島津、そして石山本願寺。そこに織田家の重臣が一人か二人入る。

その仕組の中では、信長に一任される事項を除いて、すべての案件は合議によって決定されねばならない。彼らすべてが我欲を捨て、他に対する恐怖から解き放されさえすれば、それは決して不可能ではない。

いずれ、そのことを秀吉や藤孝と話し合ってみる必要がある。これは、いまの織田家中にあっては、危険な考えである。まだ、誰にも気取られてはならないものだった。

やがて、光秀は全快したが、今度は凞子が倒れた。看病に精根を使い果たし、光秀の本復《ほんぷく》で気持の張りが切れてしまったのだ。

凞子は、光秀と同じように、高熱を発し、咳き込み、胸の痛みを訴えた。再び、京の曲直瀬道三を呼んだ。肺の臓を煩っている、という診断だった。その上、もともと欠陥を抱えていた心の臓が弱り切っていた。

病勢は急速に悪化し、伊吹颪《おろし》が湖水を渡って来る頃になると、回復は望めなくなった。道三は黙って首を横に振った。

ある夜、光秀は煕子の枕頭《ちんとう》にあった。燭台の炎の揺らめきが、煕子の痩せ衰えた顔に大小の影を刷いている。不思議なことに、煕子を生涯苦しめた左頬の痘痕《あばた》が薄れ、消え掛かっていた。

煕子は目を閉じ、眉間に皺を刻んで、短く浅い呼吸を苦しげに繋《つな》いでいる。が、光秀の目には、これほど美しい顔はない、と見える。東美濃随一の美形と呼ばれた煕子の美しさは、いまもなんの変化も受けてはいない。

ふっ、と煕子が目を開ける。

「嫌でございますわ。そのように見つめられていますと、恥しゅうございます」

「あまりの美しさゆえ、見蕩《みと》れていたのよ」

「まあ」

「早くよくなってくれねば、おれは身の置所もない」

濃子がゆっくりと頭《かぶり》を振る。

「こ度は、申し訳ありませぬが、お先に逝くことになりましょう」

「なにを馬鹿なことを――」

「あなた様にも、それはお分かりのはず」

「そのような気の弱いことでどうする。道三殿も、必ず治る、と申しておる」

濃子は黙って笑顔を見せる。

「私はあなた様に大切にされて、幸せでございました。改めて、お礼を申し上げます」

「おれの方こそ、なにからなにまで、そなたに世話を掛け通して来た。髪まで売らせるような苦労も掛けた。礼を言うのはちと早いが、よい機会だ。有難く思うておるぞ」

「あなた様に尽せることが、私の喜びでございました。でも、もう、それも叶いませぬ」

「もうよい。少し眠るがよい」

「一言だけ、よろしいですか」

　凞子は黒目勝ちの大きな瞳をいっぱいに見開く。

「あなた様はご自分に満足されておられるのですか。私は思い残すことはなにもありませぬ」

　凞子の目は、光秀ではなく、どこか遠くを見ているかのようだった。

「二人で静かな山里に入って、草花でも愛でて暮らそうか、といつか申されましたね。そのとき、あなた様はご自分を殺されて、じっと耐えておられるのではないか、と私は思いました」

「――」

「でも、正しいと信ずることをなされる強さを、あなた様はお持ちでございます」

　光秀には不思議な凞子の言葉だった。凞子がそのように光秀を見て、そのように考えていたことが、光秀には驚きだった。

「あら」

　凞子は病人とは思えぬ鋭い声を発した。

「私、なにを言っているのかしら。お許し下さいませ、生意気なことを申しました」

「よいよい」

「お忘れ下さいませな」

「さあ、心静かに眠るがよい」

凞子は幼女のように、こくり、と頷いた。

その夜、光秀は誰も部屋に近づけず、凞子と二人切りの夜を過ごした。

凞子が息を引き取ったのは十一月七日であった。享年、四十二歳。

後年、凞子を偲んで、松尾芭蕉が一句を詠んでいる。

〈月さびよ明智が妻の咄《はな》しせむ〉

(二)

壮麗、豪壮な安土城が着工されたのは、昨年、天正四年(一五七六)の正月であった。たちまち、信長の居館たる本丸が完成し、二月二十三日、信長は岐阜から移り住んだ。

十一月、天守の輪郭が完成する。

十二月、信長は、一年前に大納言兼右大将に任ぜられたのに続いて、内大臣に昇進する。

明けて天正五年の正月、光秀は安土へ年賀に赴いた。信長から懇《ねんご》ろな弔意の言葉を賜る。その席で紀州雑賀《さいが》攻めを命じられた。

「承知仕《つかまつ》りました」

光秀は丹波攻略の責任者である。それに専念することを許さぬ情勢が、次々と襲って来る。

光秀はなにも思わない、なにも考えない。己に課された仕事にひたすら専念する。凞子のことが、ふと、脳裏を掠めることはあったが、その都度、光秀は凞子のしっとりした笑顔を心の外へ追いやった。

紀州雑賀攻めは、根来《ねごろ》の杉之坊《すぎのぼう》の道案内もあって、一か月半で片がついた。続いて、石山本願寺攻めに転戦する。

その最中に、突如、松永久秀が背いた。またもや、寝返りである。織田の主力が能登に集結して、上杉謙信と戦っている隙を狙っての謀反《むほん》だった。八月十七日のことである。

久秀は本願寺攻めの拠点となる天王寺砦《とりで》を放棄して、大和信貴山《しぎさん》城に立て籠った。光秀は藤孝とともに信貴山城攻めを命じられた。

藤孝、順慶らと久秀の属城を落として後、十月三日、信貴山城の攻撃に加わる。総大将は信長の嫡男信忠である。

信貴山城は、大和と河内の国境《くにざかい》をなす生駒山地、その南にある信貴山（標高四三七メートル）に築かれた山城である。東に平群《へぐり》谷、南に大和川、北に生駒山を望む戦略的な位置にある。

城域は東西五町（五四五メートル）、南北六町半（七一〇メートル）にわたり、堀と土塁で囲われた曲輪が渦巻状に配されている。山頂には高櫓《たかやぐら》が建ち、その北側に松永屋敷がある。

織田軍は四方から城を囲み、圧倒する兵力でじわじわと攻撃の輪を縮めて行った。曲輪は次々と炎に包まれ、大軍の前に敵の抵抗はほとんど無力だった。

久秀は、一体、なにを誤算したのだろうか。久秀の眼光鋭い切れ長の目が思い出される。頰痩《こ》け、鼻高く、無数の皺を刻んだ柿渋色の顔の中で、その目だけは常に生き生きと動いていた。

　久秀には人間としてどこか歪《いびつ》なところがある。勝てると思えば易々と背き、負けると見れば、あらゆる手立《てだて》を講じて降伏する。その久秀が敢然と信長に背いた。

　現今の畿内の情勢が、久秀の目には、信長不利と映じたのか。あるいは、謙信と呼応してのことか。義昭の御内書《ごないしょ》が久秀の許に送られて来たとも考えられる。

　久秀は茶器、刀剣の名器の蒐集に異様なほどの執着を持っていた。中でも〈平《ひら》蜘蛛《ぐも》〉の茶釜は自慢の一品だった。茶器集めに執心している信長の、垂涎《すいぜん》の的となっている。それを重々承知していながら、久秀は決して〈平蜘蛛〉を信長に贈ろうとしなかった。

　どこか信じ切れぬところが信長にはある、と久秀は直感的に感じ取っていたのか。それとも、心の底から信長に嫌悪を抱いてしまったのか。それにしても、久秀ほど自由奔放な生き様を貫いて来た戦国武将を、光秀は他に知らない。

　十月十日、松永屋敷に火の手が上がった。松永勢が放ったものだった。今回は、降伏しても助からぬ、と久秀は判断したようだった。織田勢は攻撃の手を緩めて、炎上する屋敷を見上げた。

高櫓からも火が出た。明智勢はその高櫓に迫っていた。

「あれは?」

と兵の一人が高櫓の最上階を指差す。

人影が見える。

「久秀ではないか」

間違いない。視線の先に、痩身長軀、首が異様に長い久秀の小さい影があった。久秀がなにか叫んだが、聞こえない。

続いて、なにやら、物が落下する。それは〈平蜘蛛〉の茶釜であった。〈平蜘蛛〉は地上に激突して微塵に砕け散った。その直後、

「うわっはっはっ!」

久秀の人とは思えぬ哄笑が降って来た。奇妙に明るい笑声だった。その瞬間、高櫓に爆裂音が轟《とどろ》き、火炎が四方へ飛んだ。その炎の中で、久秀は自刃して果てた。六十八歳、見事な最期であった。

光秀は直ちに丹波へ引き返し、同月十六日には亀山城攻めに掛かる。藤孝、忠《ただ》興《おき》父子が与力として光秀に従った。

光秀は無血開城を望んだ。降伏工作を策したが成功せず、激しい戦いが三日三晩続いた。大手口を光秀が攻め、搦手《からめて》口は忠興が攻める。城を守っていたのは、幼い城主に代わって、家老の安村次郎右衛門だった。安村次郎右衛門はよく戦ったが、ついに開城を決意、その旨を光秀に申し出た。

これで、双方の犠牲を食い止めることが出来る。光秀はすぐさま攻撃中止の命を発した。が、忠興が聞かない。忠興は十五歳、来年、同年の玉子《たまこ》を嫁がせることになっている。

忠興の言い分は、落城寸前の降伏を認める部将などいない。それが戦国の常識である、というものだった。

光秀は搦手口に馬を走らせた。

「忠興殿、そなたの言い分はもっともだが、これ以上、敵を討ち取ってなんとする。部将は、ときには、許すことを知らねば、人として大きくはならぬ。殿にはそれがしから報告しておくゆえ、その点の斟酌《しんしゃく》は無用のことだ。よいな」

忠興は唇を噛んで光秀の言葉を聞いた。総大将たる光秀の命には従わぬわけには行かなかった。

光秀のこの措置について、信長は別段の苦情は述べなかった。亀山城の扱いは光秀に一任され、光秀は亀山城の生き残りを傘下に加えた。こうして、明智の家臣団は一族譜代衆、旧幕府衆、近江衆、丹波衆で構成されることになった。

彌兵が坂本城に光秀を訪ねて行ったのは、年が明けた天正六年（一五七八）正月の八日であった。後で知ったことだが、光秀は元旦に安土城に出仕し、信長から茶を賜った。七日と八日には、坂本城で自らが茶会を開いた。その茶会が撥ねた夜遅くのことだった。

彌兵は雉《きじ》を二羽ぶら下げて、高麗門の警備の者に名乗った。近侍の者が駆けつけ、彌兵を小天守下の光秀の居室へ案内した。

「よう来た」

と光秀は顔を綻《ほころ》ばせる。

窶《やつ》れた、と彌兵の目には見える。端整な面長の顔に崩れはない。が、切れ長の目、優しげな口許に深い疲れの影が差している。

　彌兵は深々と頭《こうべ》を垂れて、

「奥方様のこと、口惜しゅうござる」

「うむ」

　それ切り、二人は口を利かない。

　彌兵が凞子の死を知ったのは、伊吹山中であった。猟師仲間の一人が、明智家の菩提寺である坂本の西教寺《さいきようじ》で営まれた、凞子の盛大な葬儀の模様を、ふと、口にした。五人で焚火を囲んで暖を取りながら、とりとめもない話に興じているときだった。彌兵は、ふらっ、と立ち上がると、焚火を離れて、山中の闇の中へ歩いて行った。

「お願いがござる」

　と彌兵は言った。

「聞こう」

「それがしをお側に置いて下され」

「ほう」

光秀が目を細める。その目は笑っていた。

「やっとその気になってくれたか」

「では、お許し下さいますか」

「彌兵が側にいてくれれば、これほど心強いことはない」

「有難きお言葉でござる」

「なぜ、山を下りる気になった」

答えられない。

凞子の乳兄妹《ちきょうだい》である彌兵は、付け人として明智家に仕えることになった。その明智家が美濃を追われ、彌兵は武士を捨てて猟師となった。気楽にそう出来たのは、光秀が凞子を託するに値する人物であったからだった。

その凞子が死んだ。死なれてみると、不思議なことにこれまで以上に凞子は彌兵にとって身近な女《ひと》となった。その女は、彌兵の秘かな思慕に気づくことなく、逝ってしまった。

なぜ、いま一度、会っておかなかったのか、と悔やまれる。

彌兵は道なき山中の闇の中を歩き続けた。疲れも寒さも感じなかった。

ふと、足を止める。いつしか夜が明け、朝の光が山中に降り注いでいた。光秀がどれほど嘆いているか、そのことに気がついた。光秀と溌子、あれほどお互いを労《いたわ》り合い、愛しいと思い合った夫婦を、彌兵は他に知らない。光秀がこの乱世を生きる武将であることを思えば、希有《けう》のことだと言える。

光秀の悲嘆、絶望はいかばかりか、と思う。それは己のそれよりも深く、辛いものであるに違いない。

光秀に会いたい、と彌兵は思った。すると、これから先の己の道がはっきりと見えて来た。山を下りて光秀に仕える。

いつだったか、凞子がふと洩らしたことがある。

「旦那様は優れたお方です。いつの日にか、大事をなされるお方だと信じています。でも、あのような無垢なお心で、政《まつりごと》という泥沼の中を泳いで行けるものでしょうか」

凞子はその不安を心の底に秘めて、光秀を支えて来たのだった。その凞子は、もういない。

己にどれほどのことが出来るか分からなかった。が、光秀の傍らにあれば、なんらかの助けにならないものでもない。漑子もそれを望んでいる。彌兵はそう思った。

「話したくなければ、それはよい」

と光秀が言う。

「それがしは、猟師として好き勝手に生きて来ました。もう十分です。残る一生を光秀様に委ねとうござる」

光秀に己のこれからの一生を託することに、なんの不安も抱いていない。光秀以上の主《あるじ》など、彌兵には考えられなかった。

「この命、存分にお使い下さい」

「分かった。存分に使わせてもらうぞ」

彌兵は窪んだ鋭い目を和らげて、深く頷いた。

㈢

光秀が、丹波攻略の拠点とすべく、亀山城の修復に着手したのは、二月のことである。惣曲輪を築いて、城そのものを拡大する大掛かりな改築になった。

翌月の三月十三日、上杉謙信が病没する。享年、四十九歳。これで、織田政権に敵対する大名勢力は、東の北条、西の毛利、そして石山本願寺と限られて来た。

しかし、光秀の丹波攻略は思うに任せなかった。最大の目標は黒井城だが、その前に、寝返った波多野秀治の八上城を落とさなければならない。

四月、石山本願寺へ転戦を命じられ、五月には毛利軍と戦っている秀吉を助けるため、播磨へ駆り出された。ようやく、七月に坂本へ帰陣したが、丹波に力を注ぐことは出来なかった。

十月に入って、今度は、信長麾下《きか》の荒木村重《むらしげ》が、突如、信長に背いたのだった。荒木村重は摂津の有岡城（元の伊丹《いたみ》城）の城主で、光秀の長女倫子《りんこ》が村重の息村次《むらつぐ》に嫁いでいる。

村重が信長に服属したのは、天正元年（一五七三）二月である。以後、摂津の平定、石山本願寺攻め、播磨討伐等に戦功を立て、摂津で大きな力を持つに至った。

信長には信じられない出来事だった。事態を重く見た信長は、光秀らに理由を質《ただ》し、慰留《いりゅう》することを命じた。

光秀は、直ちに、伊丹へ向かった。側近の供は彌兵一人、途中の警護に二十名の兵がついた。しかし、有岡城に入るのは己と彌兵の二人、と決めている。

有岡城は東西七町余（約八〇〇メートル）、南北十四町余（約一六〇〇メートル）の段丘の上に築かれていた。四囲に石垣を巡らせて総構えとし、西、南、北にそれぞれ砦が設けられてある。天然の要害を擁した堅固な城として知られていた。

光秀は彌兵と二人で大手門の前に馬を進めた。警護の兵は後方に待たせてある。

「彌兵、覚悟はよいな」

と振り返る。

「ご念には及びませぬ」

彌兵は歯を見せて笑った。

村重がどういう態度に出るか予断を許さない。本気で信長打倒を考えているなら、問答無用で光秀の首を刎《は》ねないものでもない。それで、旗幟《きし》が鮮明になる。

城は大手門が閉ざされ、すでに戦闘態勢に入っていた。光秀と彌兵が近づくと、たちまち大勢の兵が二人を取り囲む。

「無礼は許さぬ。これなるは、惟任日向守光秀様なるぞ」

と彌兵が馬上から大音声《だいおんじょう》を上げる。

一瞬、詰め寄った兵たちがたじろぐ。

「光秀である。村重殿にお会いしたい。案内いたせ」

と光秀は言った。

兵の間にざわめきが起こり、数名の者が城内へ走り込む。すぐに大手門が左右に開かれた。

光秀と彌兵は丁重に本丸の大広間に通された。まだ陽は高いが、晩秋の空は鈍《にび》色《いろ》の雲に覆われ、大広間の中は暗い。

村重が足音高く入って来て、二間の間を置いて光秀と向かい合う。彌兵は光秀のずっと後方に控えた。

「わざわざ、坂本よりなにをしに来られた」

大きな声である。太い眉を怒らせ、目を剝いて光秀を睨みつける。村重は体も大きければ胸も厚い。ひげに覆われた顔は、戦場往来の古強者《ふるつわもの》のそれだった。それでいて、茶人としても名が知られている。

「倫子がどうしているかと思うてな」

倫子は尼ヶ崎城にいる。

「元気に暮らしておるかな」

「ああ、元気じゃ」

「それはなにより」

村重は、ふと、締め切った外廊側の板戸へ目をやり、

「暗いな」

と呟く。

廊下へ立って行って、

「明りを持て」

と大声を上げる。

燭台が運び込まれた。

「昨日、松井有閑らがやって来たわ」

と村重が言う。

松井有閑は堺の代官を勤めている。

「左様か」

「おれは信長様に背きとうはない。そのことを有閑にも言うたが、誰がそれを信じようか」

「おれは信じるが──」

村重が小馬鹿にしたように鼻を鳴らす。

「一体、なにがあったのだ。それを聞かせてくれぬか」

しばらく、村重は口を利かない。

「馬鹿げたことよ」

石山本願寺攻めのおり、村重の従兄弟《いとこ》に当たる茨木城主の中川清秀の家人の中に、小舟で城中へ密かに米を送る者があった。城内では兵糧が欠乏し、どんな高値でも米を買った。これに目をつけて一儲け企んだのだった。このことが味方に知られ、村重の利敵行為だと言い出す者があった。

「むろん、おれが知っていたわけがない。清秀も知らなかったことだ」

光秀は笑った。

「埒《らち》もない。そんなことで籠城してなんとする」

「しかし、信長様がおれの言を信じなさるか」

「信じていただくしかあるまい」

「――」

「殿は、これはなにかの行き違いだ、と思うておられる。だからこそ、松井殿やおれにお主を説得せよ、と命じられたのだ」

村重は目を閉じ腕を組んで沈思する。いかつい風貌の中に、意外な小心さが潜んでいるのだった。

村重の叛意の底には信長への恐怖がある。これからも信長に仕えるなら、その恐怖を取り除いてやらねばならない。もう、裏切りは十分である。それを防ぐには、織田の陣営から、信長への恐怖を一掃することが必要だった。そのためにも、村重は信長に許されねばならない。

村重は光秀に視線を注いで、

「どうすれば、信じていただけようか」

「この際、お主が安土へ赴いて殿に直々に陳謝し、合わせて人質を出すことだ」

その条件は信長が望んでいるものだった。

村重は、再び、考え込んでしまった。

「考えているときではない。村重殿、決断されよ」

「光秀殿が口添えしてくれるか」

「喜んで同席しよう」

「それなら——」

「では、決まりだな」

「うむ」

「よし。では、さっそくその旨を殿にお知らせしよう。殿も喜ばれる」

光秀は腰を上げて彌兵を促した。頬の痩けた浅黒い彌兵の顔に、安堵の表情があった。

「尼ヶ崎に立ち寄って、倫子に会うて行かれるか」

と村重が光秀の背に言った。

「いや、元気ならそれでよい」

光秀は廊下に出た。振り返ったが、村重は大広間に座り込んだままだった。その顔に晴れやかさは見られなかった。

村重が光秀を大手門まで送って出なかったことが、光秀の心に引っ掛かりを残した。嫌な予感がする。その勘が当たった。

安土に赴くべく伊丹を出た村重は、中川清秀の茨木城に立ち寄った後、そのまま、引き返してしまったのだ。人質も出さない。謀反の意思が明らかになった。

十一月三日、信長は入京して、秀吉と藤孝に村重の説得を命じた。松井有閑と光秀にも村重を慰撫《いぶ》することを求める。

秀吉は、村重と旧知の黒田官兵衛孝高《よしたか》（後の如水《じょすい》）を選んで、使者として有岡城へ送った。官兵衛は竹中半兵衛重治とともに、秀吉の郎党の中では、二兵衛の軍師として名が高い。光秀に出来なかった村重説得を成功させることに、秀吉は意欲的だった。官兵衛なら間違いないと信じた。

ところが、官兵衛は城に入ったまま出て来ない。信長は官兵衛まで村重に荷担したのではないか、と疑った。官兵衛は捕らえられ、地下牢に幽閉されたのだという噂も流れた。

そんな中、再度、光秀は坂本から有岡城へ向かった。夜になった。篝火《かがりび》が明々と焚かれ、兵が大手門を盛んに出入りしている。兵は殺気立っていた。

「止まれ！　何者か！」

たちまち、光秀と彌兵は槍衾《やりぶすま》で行く手を遮られる。

「おれは惟任日向守だ。光秀が参ったと村重殿に取り次げ」

と光秀は馬上から言った。

槍衾の中から組頭と思しき者が前に出て、

「わが殿は織田家中の者に用はござらぬ」

「無礼者！」

と彌兵が一喝する。

組頭にたじろぐ風はない。

「なにとぞ、お引き取り願いたい。無用の血は流しとうござらぬ」

光秀は馬を一足進ませて、

「よく聞け。おれはなんとしても村重殿に会わねばならぬ。無用の血を流さぬためにな」

「――」

「このまま通るぞ。おれの首を討ちたければ、槍を繰り出せ」

光秀は彌兵を振り返り、

「行くぞ」

大手門に向かって、ゆっくり馬を前へ歩ませる。さっ、と槍衾が左右に開く。

「手出しするな！」

と組頭が叫んだ。

村重は先日と同じ大広間の上座に腰を下ろして、光秀を待っていた。数名の重臣たちが左右に控えている。

光秀は村重と間近に向き合うと、いきなり、

「なにゆえ、おれとの約束を破った」

と挨拶抜きで言った。

「おれはなにも約束などしておらぬわ」

村重は憮然たる表情を晒している。

「そういう手もあるか、と思うただけよ」

「では、なにゆえ、心変わりをしたのか」

村重はしばらく黙っていたが、

「光秀殿は信長様が信じられるか」

と問い返す。

「どういうことだ」

「どれほどの功があろうと、ひとたび、気に染まぬことがあれば、必ず殺さずにはおかぬお人だ」

「――」

「おれがどれほど陳謝しようとも、結局は無駄であろう」

「それはお主の考えか」

「皆もそう言うし、おれもそう思う」

「皆とは？」

「ここにおる者たちだ」

光秀は一同の顔を眺め渡し、

「お主は家臣の言に惑わされて、己の道を誤るのか」

重臣たち一同の顔が、俄《にわか》に険しいものになる。彼らは、場合によっては、光秀を生きて城から出さぬ覚悟のようだ。

「信長様が、再度、おれを遣わされたのはなんのためだ。お主を欺いて成敗するためか。そのような手間暇を、なぜ、掛ける必要がある。この城を攻め滅ぼすことなど、容易《たやす》いことだ」

重臣の一人が堪《たま》らず、

「ならば、攻めてみよ」

と叫ぶように言った。

村重の一族の者である。

「黙れ！」

村重はその者に叱声を浴びせ、

「茨木の清秀がこう申した。安土で腹を斬るなら、摂津で一戦に及ぶべし、と。おれも同心よ」

「――」

「それにしても、よう来てくれた。有難く思うておる。が、おれの決心は変わらぬ。すでに、毛利、石山本願寺とも盟約を交した」

「そのようなことなど、どうということはない」

「もはや、おれに迷いはない。黙って帰ってくれ」

これ以上の説得は無駄なようだった。

「相分かった。残念だ。最後に一つだけ訊く。黒田官兵衛は生きておるのだろうな」

村重は答えない。

「黒田官兵衛を、決して殺してはならぬ。官兵衛がお主に会いに来たのは、心底、お主を気遣ってのことだ」

光秀と彌兵は腰を上げた。誰も座を立たない。二人に危害を加える気配はなかった。

数日後、倫子が光秀の許へ戻された。それは村重の光秀への精一杯の配慮であった。倫子が荒木方にあっては、信長の手前、城を攻める光秀の立場が難しいものになる。村重はそのことを考慮して、説得に努めてくれた光秀への感謝の気持を、そういう形で示したのだった。

信長は激怒し、十一月九日、山崎に陣を置いた。有岡城攻めが始まったのは十四日である。光秀は茨木城攻めを命じられた。城主の清秀は簡単に降伏したが、有岡城は頑強に抵抗を続ける。さすがに、一族の者が豪語しただけあって、城は段丘を要塞として堅固、城兵もよく戦った。

そして、十二月十一日、光秀は摂津を引き上げ、有岡城攻めも八上城攻めも戦線が膠着《こうちゃく》したまま、天正六年が暮れた。

㈣

天正七年（一五七九）二月二十八日、光秀は改築中の亀山城に入った。八上城攻めを再開するためである。春は近くまで来ているが、いまだに有岡城は持ち堪えている。

光秀は、八上城攻略の初期段階から、包囲作戦を採った。城の四方三里（一二キロ）を包囲し、堀を掘り、塀、柵を巡らせて、外からの救援を絶った。だが、波多野秀治、弟秀尚は容易には屈しなかった。

これ以上、丹波攻略に手間取っているわけには行かない。光秀は包囲網を縮めて城方に圧力を掛けるとともに、降伏を呼び掛ける二面作戦に切り替えることにした。攻める側と守る側、両方の犠牲を最小限に食い止めたい思いもあった。

その旨を主立った者たちに伝えて軍議を終えたとき、待っていたように、近侍の磯谷《いそがや》信介が姿を見せた。

「ただいま、戻りました」

「ご苦労だった。で、首尾は？」

「捕らえ申した」

「そうか。それはよかった」

「殿にも会うていただきたくて、亀山まで連れて参りました」

磯谷信介は頬を紅潮させている。

「一体、どういうことだ」

十日ほど前、突然、兼見が坂本に光秀を訪ねて来た。亀山城に入る準備に追わ

れているときだった。二の丸の馬場まで迎えに出た光秀に、兼見は、

「このような忙しい時分に、申し訳ない。どうしても頼みたいことがあってな」

思い立つと我慢ならなくなって、坂本まで駆けつけて来たらしい。

「まあ、一息入れるがよい」

光秀は城中に招じ入れようとしたが、

「ここでよい」

と兼見は話し出した。

たわいもない話だった。兼見の使っていた與次《よじ》という小姓が、大事な使いに出たまま、行方を晦《くら》ましてしまった。特別、與次に重大な落度があったわけではなく、盗まれた物もない、という。

しかし、家人が逃亡するのは重罪である。こうした逐電を見逃せば、他の家人への示しがつかなくなる。與次を捕らえて成敗したい、と兼見は言った。

もっともな言い分ではあった。が、いまの世、家人が逃亡するのは珍しいことではない。落度を咎められるのを恐れてのこともあるし、家人の方で主に愛想を尽かす場合もある。

「騒ぎ立てるほどのことでもあるまいに」

　と光秀は笑った。

「いいや、與次は許すことが出来ぬ。吉田神道《しんとう》の総本山、吉田神社の神主にして、殿上人《てんじようびと》たるこの吉田兼見に恥を掻かせたのだ。なんとしても、捕らえたい」

　與次は雄琴《おごと》の生まれゆえ、恐らく雄琴に逃げ帰っているのではないか。雄琴は光秀の領内にある。光秀の力で探し出して欲しい、と兼見は頭を下げた。

　光秀は苦笑するしかない。兼見は教養豊かな人物であり、物事の判断にもまず狂いはない。だが、こと家人に関する限り、その扱いには厳し過ぎるところがあるようだった。光秀には理解出来ない兼見の一面と言える。

「お主がそうまでしたいのなら、手を貸そう。なあに、雄琴には代官がいるゆえ、簡単に探し出せるだろう」

「よろしく頼む」

　翌日、光秀は信介を雄琴の代官の許へやった。兼見の家人が一緒だった。信介は若いが、思慮分別のある武士である。

　與次は簡単に見つかった。兼見の予想通り、親の許に逃げ帰っていた。與次の父親は漁師だったが、五年前、戦に巻き込まれて命を落とした。その上、母親は病身、当時、十六歳だった一人息子の與次は、己の力で暮らしを維持しなければならなくなった。そこで、病身の母親を雄琴に残して、伝手《つて》を頼りに京へ働きに出たのだった。

信介と代官が湖岸の掘っ建て小屋のような住《す》まいを探し当てたとき、與次は床に伏している母親の枕元にいた。悪びれる風もなく、

「申し訳ありませんでした。覚悟は出来ております」

と兼見の家人の前に頭を下げた。

家人は與次を引っ立てようとしたが、信介がそれを止めた。見たところ、母親は痩せ衰え、意識も混濁し、余命幾許《いくばく》もないように思われる。

「医者に診せたのか」

と訊くと、

「診せました」

「それで？」

與次は黙って首を左右に振る。

信介は兼見の家人を外へ連れ出して、母親が臨終を迎えるまで、待ってもらえまいか。必ず京へ連れ戻すゆえ、先に帰っていてもらいたい、と頼んだ。

「責めがあれば、それがしが負う」

三日後に、母親は死んだ。

「しかし、そちは與次を兼見殿の許へ引き立てなかった。なぜだ」

與次が逐電したのは、死の床にある母親を看取るためであることは明らかである。雄琴では、幼い頃から親孝行な子として人の口の端《は》に上っていた。ところが、なぜ、京を逃げ出したのかと問うても、與次は口を閉ざして答えない。

「このような戦の最中に、殿を煩わせてよいものかどうか、それがしには分かりませぬ。しかし、與次はわれらの領民の一人です。事情も明らかにせずに、処罰を受けさせたくありませぬ。お叱りを覚悟で、連れて参りました」

兼見がどのような成敗を考えているか、光秀には分からない。まさか、腹立ちのあまり、死罪に処するとは思えないが、ないとは言い切れない。

「よう言うた。戦の最中であろうがなんであろうが、民の生死に関わる話なら等《なお》閑《ざり》には出来ぬ。よし、與次に会うてみよう」

「ははっ」

信介はすぐに與次を連れて来た。光秀は大広間の縁先に出て腰を下ろす。與次は白砂利《じゃり》の上に平伏している。

「おれは光秀だ。顔を見せてみよ。兼見殿の宅で会うたことがあるかな」

與次は頭を振る。

「これなる信介がその方の身を案じておってな。死の床にある親を看取るための逐電と分かれば、兼見殿も成敗を斟酌してくれよう。だが、その方はそうだとは言わぬそうだな。では、なぜ、無断で逃亡したのだ」

「――」

「このおれにも、それは言えぬことか。言わずに、成敗を受けるつもりか」

與次は項垂《うなだ》れたまま口を開かない。

「その方がどのような罪を犯そうとも、おれの領民であることに変わりはない。出来ることなら、わが領民には辛い思いはさせたくないのだ」

そうは思うが、いまだに領民の大半は貧しく辛い暮らしの中にいる。與次の所業も貧しさから出たものであるに違いないのだった。

おれには、なすべきことがまだまだ多くある、と光秀は改めて思う。そのなすべきことを、誰からも掣肘《せいちゅう》を受けることなく、おれの思うがままになせるようになるのは、一体、いつのことか。

信介が堪《たま》りかねて、

「殿があ仰《おつしや》っておられるのだ。それなのに、なぜ、お前は頑固に黙っている」

「なにを申しても、無駄でございましょう」

と與次が言った。

長年、虐げられて来た者の不貞腐《ふてくさ》れた口振りである。

「なんということを言うか。お前には殿のお心が分からぬのか」

「よいよい」

と光秀は信介を止める。

與次に向かい、

「思うことがあれば、・なんなりと言うてみよ」

與次は半ば自棄《やけ》になったごとく、

「では、言わせてもらいます。私にどのような事情がありましても、ご主人にとっては、逐電は許し難い重罪でしょう。そんなことはもとより覚悟の上でしたことです」

「たとえ、罰せられようとも、母親の看病をしてやりたかった、ということだな」

きっ、と光秀を睨み上げていた與次の目に、不意に涙が溢れ出る。與次は涙を払おうともせず、こくり、と頷く。

「馬鹿な奴だ。なぜ、事情を話して、許しを得なかった。そうすれば、怒りを買うこともなかったであろうに」

與次は答えない。その顔は、それこそ、無駄というものだ、と言っている。

「では、どのような成敗を受けても、異存はないのだな」

「お蔭様で、母を送ってやることが出来ました。思い残すことはありません」

「よし」

なにか言いたげな信介に、

「連れて行け」

と光秀は命じた。

信介は小走りに引き返して来る。

「與次は雄琴からこちらへ来る間、一度たりとも、それがしを出し抜こうとはしませんでした。逃げようと思えば、逃げられたのです」

「信介のことだ。わざと隙を見せて、逃がしてやろうとしたのであろう」

と光秀は笑う。

「いいえ、そのようなことは決して——」

信介は目を伏せる。

「兼見殿に書状を書く。その書状を持って、雄琴の代官と二人で與次を京へ連れて行け。兼見殿に赦免を願うのだ。おれの厳命だ、と伝えよ。兼見殿は聞き届けてくれるだろう。それから、再び、與次を亀山へ連れ帰れ」

「ははっ」

「いまは大事な戦のときだ。急いで片をつけて、直ちに戻って来い」

「承知」

兼見は、不承々々、光秀の意向を受け入れた。その後、光秀は兼見に相応の礼をし、以後、與次は小者として溝尾庄兵衛に仕えることになる。

八上城攻めの作戦が功を奏し始めたのは、五月に入ってからだった。兵糧を絶たれて、城方は草木の葉を食し、牛馬を殺して食べ、ついに餓死が近づいて来た。しかし、降伏はしない。

光秀は二つの条件を提示して、降伏を勧めた。一つは、秀治、秀尚兄弟の命を助ける。いま一つは、それを保証するため、光秀の伯母を人質として出すこと。

波多野兄弟はこの条件を受け入れて、降伏を申し出た。

六月二日の夕暮、光秀は大手門に兄弟を迎えた。痩せ衰えた秀治は、光秀の手を握り、

「それがしは惟任殿の温かいお心を信ずる。ゆえに、人質のこと、無用でござる」

と涙を流した。

「ご信頼、痛み入る」

光秀はぞろぞろと集まって来た波多野家の兵に向かい、

「方々も心配無用。この光秀が方々の助命を固くお約束いたす」

と声を張り上げる。

城兵の嗚咽《おえつ》と泣声が波多野兄弟の背後で広がった。彼らは飢えに責められ、目ばかりを光らせて、辛うじて自らの体を支えている。

「これより直ちに、米、塩、古漬け、水などを運び入れる」

と光秀は言った。

声にならない喜びのどよめきが起きる。

事件が起きたのは、その二日後だった。光秀は波多野兄弟を安土へ送った。信長から直々に助命の沙汰を得るためである。ところが、信長は光秀の措置を是認しなかった。安土慈恩寺町の外れで、光秀に一言の断りもなく、兄弟を磔《はりつけ》の刑に処してしまった。

この報せが城に届くと、

「謀《たばか》ったな！」

「裏切り者！」

城中に光秀を怨嗟《えんさ》する怒号、罵声が満ち、波多野の城兵は、なけなしの武器を取って各所で明智の兵に襲い掛かった。これを言葉で鎮《しず》めることは、もはや光秀には出来ない。

どう弁明しようと、城兵を欺いたことに変わりはない。事態の推移を諦める城兵もいたが、大半が死力を振り絞って最後の抵抗を試みた。そして、敵味方に多大な犠牲が出てしまった。

光秀は、波多野兄弟の処刑に関して、沈黙を守り通した。信長に対しても、信頼する己の重臣にも、なにも言わない。彌平次が物問いたげな素振りを見せたが、引き続いて丹波攻略を命じただけだった。自ら汚名を着るしかない。

念願の黒井城攻めに掛かったのは、八月に入ってからだった。城主荻野直正は昨年死亡し、その子直義が城を守っていた。要害堅固な黒井城も、丹波のほとんどが光秀の手中にあるいまとなっては、猛攻を支え切れない。八月九日、城はあっけないほど簡単に落ちた。こ度は、光秀は降伏の勧告はしなかった。

ここに、四年にわたった丹波攻略がなった。朝廷から祝いの引出物が届き、信長から感状を賜った。

ある夜遅く、亀山城本丸の小書院で庄兵衛と向かい合っていたとき、

「まだ、お寝みにならないのですか」

と彌平次が顔を覗かせた。

「うむ」

丹波攻めの戦は終ったが、戦後処理のため、光秀にはゆっくりと体を休める暇が出来ない。なによりも急がれるのは、戦で荒れた丹波の地を復興することだった。そのためにしなければならないことはなにか。ともに考え、論を戦わせる相手は庄兵衛だった。二人は夜遅くまで、時のたつのも忘れて話し合った。

「いやあ、これはいけませぬ」

庄兵衛が苦笑して筆を置く。

「遅くなり申した。お疲れでございましょう。今宵は、これまでにいたします」

「いや、まだまだ」

庄兵衛は文箱に蓋をし、

「それがしが彌平次殿に叱られます」

と笑う。

「そろそろ、切り上げなされ。また、殿に倒れられては、困り申す」

と彌平次が、にこり、ともせずに言う。

「おれの体のことは、もう、心配ない」

庄兵衛は書類を纏めて、

「では、ご免」

と小書院を出て行く。

それを見送って、

「ちと、お話が」

彌平次が書机の前に胡座《あぐら》を組んだ。

このところ、お互いに忙しくて、ゆっくりと顔を合わせている間もなかった。

「酒でも用意させるか」

「いいえ」

いつになく表情を崩さない。

秋はまだ浅いが、火のない部屋にじっとしていると、ふと、膚寒《はだ》さを覚える。

「で、話とは？」

彌平次は切り出さない。これも珍しいことだった。光秀は笑声を上げた。

「どうした。遠慮せずに申してみよ」

それでも、彌平次は顔を伏せて黙っている。蠟燭《ろうそく》の炎の揺らめきが彌平次の顔の皺を濃く刻む。いつの間にか、彌平次も老けた。光秀の九歳下だから、今年、四十三歳になる。

ともに老いたか。そう思うと、共感とも感謝ともつかぬものが、光秀を暖かく包む。

おれを慕い、信じ、これまでついて来てくれた者が数多くいる。これからのおれの一生が、その者たちに報いるために費やされたとしても、それはそれで美しく見事なことではないのか。


「殿」

と彌平次が顔を上げる。

「うむ」

「それがしは、これまで、妻を娶《めと》ったことはありませぬ」

「彌平次ほどの男が、妻ももらわず、子もなさぬとは、奇怪なことよ」

「が、ここへ来て、ぜひ、妻が欲しゅうなり申した」

「それはよいことを聞く。彌平次は余程の女子嫌《おなご》いかと思うていたが、そうか、妻を娶るか。よし、さっそくおれがよき女子を見つけてやる」

「心に決めた者がおりますれば、それは無用に願います」

「それはめでたい」

「なにとぞ、お許しをいただきとう存じます」

「なにを、今更、改まって」

「それがしの妻になるべきお人は、倫子様にございます」

彌平次はじっと光秀を見返している。このことについては一歩も譲らぬ。そんな強い決意が、彌平次の顔面に血を注いでいた。

倫子は村次の許から帰されて、坂本で身を潜めて暮らしている。

「倫子はこのことを承知しておるのか」

「いいえ。それがし独りの思いでござる」

「いま一つ訊く。倫子を哀れ、と思うてのことか」

それなら、彌平次にとっても倫子にとっても、よいことだとは言い切れない。

「二十三年前、明智城を脱出したおり、それがしは三つになる倫子様を背負うて走り申した。そのときの倫子様の温もりが、なぜか、いまになってしきりに思われるのでござる。年甲斐もなく、と笑われますな。倫子様をそれがしに下さりませ」

「そうか。いや、久し振りに嬉しいことを聞かせてくれた。倫子に否やのあろうはずがない。凞子も喜んでくれよう。おれからも頼む。倫子を可愛がってやってくれ」

「ははっ」

彌平次は額を床につけて、

「このように冷や汗を掻いております」

と額の汗を手の甲で拭った。

村重は、十か月間、抵抗し続けたが、迫り来る飢餓《きが》には勝てなかった。九月二日、突如、数騎の供を連れたのみで、有岡城を脱出して尼ヶ崎城へ逃れた。有岡城には、村重の妻子、一族郎党とその妻子すべてが残されて、城は落ちた。

黒田官兵衛は、無事、救出された。しかし、陽の射さぬ地下牢に幽閉されていたため、生涯、片足を引き摺って歩かねばならない不自由な身になっていた。

捕らえられた村重の一族郎党とその妻子が、信長の厳命によって処刑されたのは、十二月に入ってからだった。

十三日、尼ヶ崎近くの七松で、百二十二人の上級武士の妻子が磔にされる。幼児は母親に抱かれたまま殺された。

同じ日、五百二十二人の下級武士の妻子とその付き人、若党が刑に処される。彼らは四軒の家に閉じ籠められて焼き殺された。

十六日、村重の妻、一族の者、下女、召使いなど四十名ほどが、京市中引き回しの上、六条河原で首を刎ねられた。

光秀は一人でも救えないかと奔走したが、無駄であった。信長の決意は固く、光秀は尼ヶ崎城の開城等の条件を整えようとしたが、うまく行かなかった。

翌天正八年（一五八〇）八月、光秀は、丹波攻略の恩賞として、丹波の国を与えられた。丹波の石高は二十九万石、近江志賀郡の五万石を加えると、光秀は三十四万石の領主に出頭したのだった。

その上、織田家にとってもっとも重要な近畿の管領を命じられた。これで、各部将の担当地域が明確になった。すなわち、勝家は北陸、信盛は大坂、そして、秀吉は中国ということになる。

長かった、とつくづく思う。光秀も五十三歳になった。この丹波攻めの最中に大病を患い、凞子を喪《うしな》った。

で、これから、おれはなにをすればよいのか。

これまで通り、信長に命じられるがままに東奔西走し、戦に命を削る日々を送ることになりそうだった。その先に、一体、なにがあるのか、とふと思う。天下は平定され、戦がなくなり、民百姓は平穏な暮らしを楽しむことが出来るようになるのだろうか。

もし、そうなら、それでよいではないか。それこそ、おれが求めていたものだ。

が、果たして、そのような日々がやって来るのか。光秀の言葉を信じて、磔にされた波多野兄弟のことが苦々しく思い出される。この乱世にあり勝ちなことだが、光秀には認めることの出来ない出来事だった。あくまで、信義は重んじられなければならない。信義なきところに、心安らかな暮らしのあろうはずがない。信長が、〈天下布武〉の後、なにを求めているのか、それが光秀には見えて来ない。見えていないがゆえに、なにやら重苦しいものが胸につかえる。

しかし、おれはおれの出来ることをなすだけだ。

天下がどうあろうとも、三十四万石の領民は光秀の治世を待っている。これからも、光秀はますます忙しくなりそうだった。

七章　本能寺の夢

(一)

「なにゆえ、斎藤利三《としみつ》を一鉄から奪った」

信長の高い声が頭上に落ちる。いきなりだった。参上の挨拶も終らぬ先に、信長は座を立って光秀に怒声を浴びせた。

「はっ?」

光秀は信長の顔を正面に捉えて、不審の表情を作る。それくらいの芸当は光秀にも出来る。信長は、かっ、と見開いた目で光秀を睨みつけている。これほどの怒りを露わにすることは珍しい。

「斎藤利三は一鉄の婿だ、返してやれ」

「これは異なことを承ります」

「なに!」

「利三は稲葉殿の婿ではありませぬ。稲葉殿の兄上の婿でございます。それを、婿、と仰せなら、利三はそれがしの大事な甥でござる」

「黙れ。つべこべと理屈を言わず、黙って一鉄に返せ」

安土城の本丸、執務の間である。光秀は亀山城から呼びつけられたのだった。開け放した縁側から、秋の夕暮の陽差しが射し込んで、信長の足下を明るく照らし出している。信長の足の親指が力強く床を摑んでいるのが、光秀の目に映ずる。執務の間には、数名の近侍《きんじ》の者が書机《しょづくえ》に向かって筆を動かしている。彼らは誰もが信長の激昂に肝を冷やしていた。

天正四年(一五七六)に着工された安土城は、昨年の同七年五月に天守が竣工したものの、いまだに工事が続いていた。工事には膨大な数の大石が運び込まれて、

〈昼夜、山も谷も動くばかり〉

と噂された。

信長が心血を注いだのは天守の建築であった。地下一階、地上六階、石垣の高さ六間（約一〇・九メートル）、石垣から最上階の屋根までの高さは十六間半（約三〇メートル）ある。

屋根は五重で、瓦は唐人の一観に焼かせた黒瓦、軒先には金箔が張られている。最上階は三間四方の望楼、六階は八角堂、外柱は金箔が施されたり、朱漆《あかうるし》で塗られている。一階から七階までの内部の壁、襖には、狩野永徳一門の手によって、花鳥、中国の故事、仏画がきらびやかに描かれていた。

この天守が光秀は気に入らない。安土城、中でも天守は、信長の独創的な頭脳が作り上げたものである。その独創の行き着く先に、狂的な独善があるように、光秀には思われる。

最上階の天井には天人影向《ようごう》が、座敷には三皇五帝、孔門十哲、商山四皓《しょうざんしこう》、七賢が描かれている。天守が〈天下布武《てんかふぶ》〉の願いを表現していることは明らかである。が、この最上階に身を置くと、信長がそれ以上のものを求めていることを、光秀ははっきりと感じ取ることが出来る。

信長は、もしかすると、天下を手中にした暁には、己を神や仏以上の存在としたいのではないか。朝廷から任じられるどのような高い官位よりも、そして将軍よりも上の存在たらん、と念じているのではないか。

信長が己を何者と考えようと、それは一向に構わない。天下が平穏になり、万民が静かな暮らしを楽しめるのなら、それでよい。しかし、神仏以上の存在になるということは、すべてを己の恣意《しい》によって決定出来るということを意味する。

そうなれば、信長は己の考え、目指すところを絶対とし、それに反する者を蛆《うじ》虫《むし》のごとく踏み潰さずにはおかない。そして、民百姓は恐怖によって治められることになる。恐怖が支配する世で、万民が静かな暮らしを楽しめるはずがない。

政《まつりごと》の根本は、あくまで、民百姓に平穏な日々を約束するところにある。それは、治世を預かる者が己を犠牲にしなければ、決して達成することの出来ない、辛く困難な仕事ではないのか。

このままでは、天下は間違った道へ突き進むことになる。その流れをなんとか正さなければならない。

それがおれに出来るか。

「返せませぬ」

光秀はきっぱりと答えた。

「うぬは！」

「殿、まずはお座り下さいませ。これでは、お話も叶いませぬ」

信長は、しばらく、無言で光秀を見下ろしていたが、どっかと腰を下ろして、

「その方、おれの命が聞けぬ、と申すのか」

「情けなきお言葉でござる。殿の命とあれば、この光秀、一命を賭して従うこと、殿にはお分かりのはず」

「ならば――」

「お待ち下さい。斎藤利三がいかなる人物か、恐れながら、殿も稲葉殿もご存じありませぬ。くだくだとは申しませぬが、織田家中にあって、またとない人物でござる。その利三も四十六歳、このまま腐らせてしまうわけには参りませぬ」

利三が悲痛な決意を固めて、稲葉一鉄の許を致仕したのは、今年の正月であった。一鉄との間になにがあったのか、利三は一言も口にしなかったが、

「これ以上、待て、と仰せなら、それがし、諸国を流浪する覚悟でござる」

と言った。

利三は口に出したことは、必ず、実行する男である。光秀は腹を決め、利三を己の家人とする旨を一鉄に報じて、了解を得ようとした。一鉄は激怒し、直ちに利三を返却すべし、と使者を寄越す。その後も、再三、一鉄から強い言葉で光秀の翻意を促す書状が届いた。これをいちいち退けて来た結果、業を煮やした一鉄は信長に縋《すが》った。

「一鉄の許にいては、斎藤利三は腐り果てる、と言うか」

「どのような逸材も、使い方を誤れば、腐り果てます。稲葉殿は文武に優れたるお方でござる。が、兄上の婿ということで、こと利三に関する限り、人物を生かして使うてはおられぬかに見受けられます」

「小賢《こざか》しいことを」

「それがしが拾い上げねば、利三は織田家を離れましょう。それは織田家にとっての損、ひいては殿のご損でござる」

「――」

「利三は、いま、黒井城にあって、彼の地を治めております。殿のためによく働くためにも、それがしにとって、利三は欠かせぬ逸材でござる。そこのところをお分かり下され」

信長は、さっ、と腰を上げ、

「ならば、好きにいたせ」

「ははっ」

と光秀は平伏する。

「が、うぬはおれの命を拒んだ。それだけは覚えておけ」

言い捨てて、信長は執務の間を後にする。

とりあえず、利三の件は片がついた。信長を怒らせてしまったが、それはいまに限ったことではない。

光秀が城郭内の明智館《やかた》に戻ると、彌平次《やへいじ》が待っていた。彌平次はこの九月に倫《りん》子《こ》を妻とし、三宅彌平次を改名して、明智彌平次秀満《ひでみつ》と名乗ることになった。

「どうしたのだ」

彌平次は福知山城を預かっている。

「どうもこうもありませぬ。殿が信長様に呼び出されたと聞いたゆえ、駆けつけ申した」

「大仰《おおぎよう》な」

と光秀は笑う。

「倫子は謀反人の妻でござった。そのことで、殿にご迷惑を掛けたのではないか、と急ぎ馬に鞭打って――」

「彌平次も取り越し苦労をする歳になったか」

「冗談ごとではござらぬ」

「信長様は、倫子のことは、なにも言われなかった」

彌平次は安堵の吐息を洩らして、

「では、利三殿のことでござるな」

「うむ」

「やはり」

「心配は要らぬ。殿も分かって下さった」

「ということは、信長様はお気に召さぬ、ということでござるか」

「このことは、もう済んだことだ。決して利三の耳に入れてはならぬ」

「分かっており申す。しかし、信長様のご気性を考えると——」

「彌平次がこれほどの心配性であったとは、いままで、知らなんだぞ」

と光秀は笑声を上げた。

「たんとお笑いなされ」

「明朝、亀山へ戻る。手配をいたせ」

「はっ」

「よいか、おれたちには下らぬことを気に病んでいる暇はないのだ。ちょうど、お前を福知山から呼び寄せようとしていたところだった。明日は亀山に泊まれ。利三も呼んである。いろいろと話し合わねばならぬことがあるのだ」

「分かりました。もうなにも申しませぬ」

彌平次は豊かな頬を緩めた。

翌日の夜、亀山城の小書院に彌平次、利三、庄兵衛《しょうべえ》が顔を揃える。

「まず、庄兵衛の話を聞いてもらう」と光秀が口火を切る。「庄兵衛、始めてくれ」

「はっ」

庄兵衛は立って行って、廊下に待たせてあった配下の者を呼び入れた。

「この者たちから、直接、お話させていただきます」

丹波の治世において、なによりも大切なことは、戦《いくさ》を恐れて逃亡した百姓を、丹波に呼び戻すことであった。彼らが安心して田畑で働けない限り、どのような施策も意味はない。そのためには、徳政令を出して、戻って来た百姓に、未進になっている年貢米を免除してやる必要があった。難しいのは、その徳政令を、離散した百姓に、いかに周知徹底させかつ信じさせるかということだった。

光秀は丹波攻略に乗り出した五年前から、織田領となった地域ごとに、そのような徳政令を出して来た。庄兵衛が専らその仕事に当たって来たのだった。

配下の者が次々と報告する。報告は要領よく纏められていて、地域ごとにどの程度の百姓が戻って来たか、聞く者の頭にはっきりと入る。

「ご苦労だった」

と庄兵衛が配下の者を引き取らせた。

「庄兵衛の働きによって、離散した百姓もほとんどが戻って来てくれたようだ」

光秀は一同の顔を眺めやって、

「そこで、おれは次の手を打ちたい、と考えておる」

「と、仰《おつしや》ると？」

と彌平次が問う。

「一つは、検地を実施したい。この丹波の地が、実収、如何ほどのものか、それを正確に把握しておかなければ、次のことが考えられぬからだ。が、このことは肝に銘じておいてもらいたい」

検地を実施するのは、可能な限り百姓から年貢を搾り取るためではない。光秀の狙いは、領主と百姓の間に介在して年貢を掠め取る中間の収奪者を、排除することにある。昔から各地域で勢力を振るっていた国人《こくじん》、土豪、大百姓の力を削ぎ、百姓を領主に直接結びつける仕組を、光秀は考えていた。

「なるほど」と利三が頷く。「足下を固めるということですな」

「そうだ。織田領は、まだまだ、各地でそれぞれに問題を内に抱えておる。言い換えれば、反乱の芽を摘まずに、次々と領土を拡大しているようなものだ。それでは、いつ、足下を掬《すく》われてもおかしくはない。近江と丹波では、そうした芽は根こそぎにしておきたい」

そして、それは戦によって制圧したいまが、大小の旧勢力を一掃するよい機会となる。

「それは、同時に、民百姓の負担を軽くすることにも繋《つな》がりますな」

「むろん、そうでなければならぬ。それを可能にするために、千石を一区切りとして村となし、村ごとに一人の名主を定める。そして、万石ごとに一人の代官を置く」

代官が民百姓のために役立つことは、近江で証明されている。

「その上で、改めて年貢や課役《かやく》を決めねばならぬが、それは誰にでも分かりやすいものでなければならぬ」

「仰せの通りでございます」

と庄兵衛が賛意を示す。

「百姓には、様々な課役やその他の負担は掛けぬことにしたい。その代わり、年貢はきちんと納めてもらう」

「百姓は喜びましょう」

庄兵衛はわがことのように喜ぶ。

「このことについては異存はないな」

光秀は三人の顔を眺めやる。

「殿が考えられることに、われら、なんの異存がありましょう」

と彌平次が満足気に答える。

「よし。では、次だ」

「お待ち下さい。今宵は、もう、遅うござる。お疲れでございましょう。また、明日ということにしては如何《いかが》ですか」

いつの間にか、夜も更けている。

「おれのことは心配ない」

「殿のお元気なことには驚かされます。申し訳ござらぬが、それがし、心底、疲れました」

「若い者がなにを言うか」

「若いと申されましても、たったの九つではありませぬか」

利三も庄兵衛も、光秀と彌平次のやり取りに微笑を浮かべている。

「分かった、分かった。では、一息入れよう。おれも腹が減った。湯漬けでも食べたいものだ」

「では、用意させましょう」

と庄兵衛が立って行く。

湯漬けと古漬けが運ばれて来る。

光秀は箸を使いながら、

「おれはこの丹波を商《あきな》いの盛んな国にしたいのだ」

それも、人が集まり、町々が賑わい、銭が落ち、それだけ領民の暮らしがよくなる。そういう商いを盛んにしたい、と光秀は願っている。商人《あきんど》だけが潤い、その商人から税を取り立てて領主もまた潤う、そういう商いであってはならない。

「そのためには、なにをなすべきか、よくよく考えねばならぬ。一つの城下町を選んで、いろんなことを試してみる必要もある」

彌平次に目をやり、

「いま、おれの頭にあるのは、福知山だ。彌平次にはずいぶんと働いてもらわねばならぬことになる」

かつての横山城を福知山城と改名し、大幅に改築して天守閣を築き、その地を福知山と命名したのは光秀であった。

彌平次が箸を置いて、深く頷く。

「まず、福知山を京、近江に負けぬ商都としたい。それに成功すれば、自ずから丹波が商いの盛んな地になろう」

「それには、まず、なによりも町を作り直さなければなりませぬな」

「その通りだ。急がれるのは治水だ。明日、おれは彌平次と福知山へ行く」

「承知。これでは、疲れたなどと言うてはおれませぬな」

利三と庄兵衛が笑声を上げる。

「この亀山を、丹波における治世の諸々を実現させる拠点となす。検地、年貢、課役等については、引き続き亀山にあって庄兵衛に働いてもらう。利三は黒井城を中心に周辺に睨みを利かせよ。彌平次は福知山に専念してもらう。皆、よろしく頼むぞ」

「難しいのはどこから商人を集め、どう育てるかでございますな。果たして、いまの福知山にどれだけの商人が集まってくれるか」

と彌平次が鋭いところを衝く。

「その通りだ。そこで、京の〈おうみや〉に助けを求めた。すでに福知山に呼んである。明日、会えるだろう」

「どのような人物ですか」

「おれの口から話すことは控えよう。彌平次が自ら会うて、己の目で確かめてみよ。彌平次が信じられぬと思うのなら、また、別の商人を探すことにしよう」

「分かり申した」

「では、今宵は、これくらいにしておくか」

「はっ」

「確かに、少々、疲れたな」

光秀は両手を背後について欠伸《あくび》を洩らす。心地よい欠伸だった。

翌日の朝、光秀は彌平次と〈おうみや〉の主《あるじ》三左右衛門《さんざえもん》を連れて、福知山の城下をゆっくり歩いた。城下はいまだ戦火の跡が生々しい。焼けた町家は焼け崩れたまま放置され、入り組んだ道には、折れた矢が落ちていたりする。防柵《ぼうさく》に使われた丸太や毀《こわ》れた荷車も、乱雑に脇に寄せられたままだった。

大半の町家は焼かれずに済んだものの、家々は固く戸を閉ざして、人の気配を消している。朝の物売りの姿も見掛けない。たまに行き会う者があっても、彼らは顔を伏せたまま頭を一つ下げると、大急ぎで通り過ぎる。

光秀らは長屋が向かい合った小路に入り込んだ。汚水溝の両脇に泥のようなものが堆積したままになっている。汚泥は井戸の周りにも積まれていた。臭気が鼻を打つ。市中を流れる由良《ゆら》川が、たびたび、氾濫《はんらん》を繰り返して町を水浸しにし、長屋の人々は後始末をする気もなくしているようだった。

この町は、光秀が福知山城に入るずっと以前から、戦火を浴び、治水の不備から被害を受け続けて来たのだった。

光秀が、ふと、足を止めた。老人が一人、膝の上に幼女を抱いて、軒下に座り込んでいる。薄い髪は伸び放題、着ている物は継《つ》ぎ接《は》ぎだらけの単衣のようだ。幼女の身なりも似たようなものだった。

「そんな所に座り込んで、どうかしたのか」

と彌平次が声を掛ける。

老人は顔を上げたが、目にはまるで力がない。幼女が怯えて老人の胸に縋りつく。井戸端で洗い物をしていた女が急いで姿を消した。

「どうもせんよ。孫のお守りをしているだけだ」

意外に若々しい声が、しっかりした返事を寄越す。

「お城のお武家かい」

「そうだ。なにか願い事でもあるか」

老人は孫を片膝の上に移して、着物の裾を捲り上げた。そこには、あるべき足がない。

「わしは戦に駆り出されてこの様だ。孫の手を引いて野原で遊ばせてやることも出来ん」

「――」

「願い事だと？　願い事なら幾らもあるわ。わしは腕のよい大工じゃった。いまでも、腕に衰えはない。じゃが、大工仕事など、城下には一つもないわ。――止めておこう。お武家になにを言うても詮《せん》ないことだ」

「それは違うぞ。ここにおられるのは――」

光秀は手を上げて彌平次を制した。

「この老人の言う通りであろう。参るぞ」

彌平次は傍らの三左右衛門から幾許《いくばく》かの銭を借り受けて、

「いまは、これしか持っておらぬ。孫になにか買うてやれ」

と老人に差し出した。

「よしてくれ」

老人が、突如、声を荒らげる。

「そんなものは犬にでもくれてやれ。わしは物乞いではないわい」

彌平次は言葉に詰まる。

「腹が立ったか。腹が立つなら、わしを斬れ。もう、この世に未練などないわ」

光秀は踵《きびす》を返して、老人の前に立った。

「これはわれらが迂闊であった。許せよ」

と頭を下げる。

その間、三左右衛門は一言も口を利かなかった。

四半刻（三十分）後、三人は由良川の岸辺に立っていた。どんより曇った日で、川の水は岸の雑草まで洗っている。

「われらには、なさねばならぬことが幾らもあるようだな」

と光秀は彌平次に言った。

「まことに」

急がれるのは、堤防を築き、川の流れを変えて、町を氾濫から守ることである。同時に、町作りを進めなければならない。

「早急に築堤工事に入ります」

三左右衛門は相変わらず黙って川の流れを眺めやっている。

「三左右衛門の考えを聞こうか」

と光秀は三左右衛門の商人らしからぬ整った横顔に目をやる。

「昨夜、明智様は、暴利を貪るような商いは許さぬ、と仰せでした」

「うむ」

「大きな利が見込めなければ、商人は動きませぬ」

「そうであろうな」

「では、どうして、商人をこの福知山に呼び寄せればよいのでございましょう」

三左右衛門は光秀の依頼に応えて、京、近江、伊勢から商人を呼び寄せるべく、それらの地を巡り歩いて、福知山にやって来たのだった。

「おれには分からぬ。だからこそ、その方を頼りにしているのではないか」

三左右衛門は坂本の生まれであった。十五の年に京へ出て小間物の店に奉公し、三十で河原町二条に小さい店を構えた。それから十数年になるが、いままでは、町人、武家だけではなく、朝廷にも出入りを許されている。しかし、店の構えは決して大きなものではない。

三左右衛門を光秀に引き合わせたのは兼見《かねみ》である。初対面のときの印象が、光秀の心に残った。三左右衛門は光秀を恐れることなく、かといって賤《いや》しく擦り寄るような態度も見せなかった。

「その方の商いの根本はなにか」

と光秀は問うてみた。

また、難しいことを、と傍らで兼見が笑っていた。三左右衛門は困った風もなく、

「お客様は、こういうものがあれば手に入れたいものだ、と思うておられます。

一方で、職人が精魂籠めて品物を作っています。私どもはお客様と職人の間に入って、品物をお届けするのです。決してこちらから押しつけるような真似はいたしません。お客様に喜んでいただけなければ、商いは失敗でございます。喜んでいただければ、多少のお駄賃をいただきます」

と淀みなく答えたものだった。

川辺に立ち尽して口を閉ざした切りの三左右衛門に痺れを切らせて、彌平次が、

「力ある商人を福知山に呼ぶことは無理だ、と言うのか」

と問う。

「無理とは申しませんが、難しいでしょう。しかし、お引き受けした限り、全力を尽します。丹波の物産について、いま少し調べたいと思います」

三左右衛門は、にこり、ともしない。

光秀は大きく頷き、

「それは当方でやろう。いま一つ、町には地子《ちし》銭免除の特権を与え、新しい商いについては運上金も求めぬと約束しよう」

「それは助かります」

「これは釈迦に説法だが、利というのは目先の利だけを意味しているのではなかろう。長い目で見た利というものも大切ではないのか」

そのためには、丹波がこれからも光秀の治世下にあって発展して行かなければならない。すべては、三左右衛門がそれを信じるか否かに掛かっている。

「仰せの通りでございます」

三左右衛門は光秀の目をしっかりと捉えて、

「よく分かりました。いま一度、京、近江、伊勢を巡って参ります」

「よろしく頼むぞ」

後年、福知山の町民が連署を集め、時の領主に光秀顕彰の請願をした。福知山が水害から救われ、このように豊かな城下町になったのは、すべて、光秀公のお蔭である。よって、御霊《みたま》を祀り、感謝の祭を行いたい、というものだった。

これによって、城下の榎《えのき》の森に御霊《ごりよう》神社が出来、光秀の御霊は宇気母智神《うけもちのかみ》と合祀《ごうし》されることになる。享保年間（一七一六～一七三六）のことである。そのとき始まった三丹（丹波、丹後、但馬）一の秋祭と言われる〈御霊祭〉は、現在も続いている。

㈡

天正十年（一五八二）五月十七日、光秀は安土から急ぎ坂本に帰城した。軍勢を整えて直ちに出雲《いずも》、石見《いわみ》へ出陣せよ、と信長から唐突な命を受けたのだった。

備中に攻め入った秀吉は、目下、高松城を囲んでいる。五月八日、足守川《あしもりがわ》の水を堰《せ》き入れて高松城の水攻めに掛かる。これを救援すべく、毛利の大軍が出て来ることになった。

秀吉が率いている兵は一万七千。毛利の大軍を破るのは難しい。秀吉は信長に出馬を求めた。信長はこれを好機として、自ら出陣することを決め、光秀、忠興《ただおき》らに先陣を命じたのだった。

ところが、後を追うように信長の使者が坂本へやって来た。出雲、石見を平定した暁には、その両国を与え、近江志賀郡と丹波は召し上げる。心して掛かれ、と使者は信長の口上を光秀に伝えた。

信じられないことだった。使者の言には曖昧な点がある。近江志賀郡、丹波を召し上げ、出雲、石見を与えるというのは、すでに決定したことなのか。あるいは、そういう可能性もあるというのか。光秀の問に、使者は明確に答えられなかった。

一体、殿はなにを考えておられるのか。

丹波の治世は、万事、うまく運んでいる。中でも、この二年足らずの間に、福知山の町は見違えるように変わった。彌平次の懸命な働きによって、由良川は流れを変え、町は水害の心配から解放された。そして、家を失った領民のために、光秀は新しい家を多く建てさせた。

一方、三左右衛門の奔走によって、数名の商人が利を先の楽しみとして、町に店を開いた。築堤と家の建築によって、様々な仕事が増え、人が集まり、商いが活気を帯び始めた。それに刺激されて、意欲を失っていた地元の商人も、再び、商いに本腰を入れるようになった。

福知山の町は、これから先、光秀が想い描いている商都として発展して行くに違いない、と思われる。その矢先の使者の言である。

なにゆえ、殿はおれから丹波を取り上げようとなさるのか。

使者を送り出した後、光秀は居室に一人閉じ籠って、誰も側に寄せつけなかった。一度、庄兵衛が襖の外から、

「なにか、ご用はありませぬか」

と声を掛けた。

「少々疲れたようだ。熱い茶を運ばせてくれ。湖水の波の音でも聞いて、少しぼんやりしていよう」

「承知仕《つかまつ》った。ごゆるりとなさりませ」

光秀はゆったりと胡座《あぐら》を組み、脇息《きょうそく》に体を預けて目を瞑る。燭台の蠟燭の炎が、風もないのに揺れている。その揺らめきが閉じた瞼に感じ取られる。

ふと、華やかな光景が脳裏に甦る。光秀の頬に微かな笑みが浮かぶ。それは心楽しい思い出の一齣《ひとこま》であった。

昨年二月二十八日、京において御馬揃《おうまぞろえ》の行事が挙行された。この年、安土は、畿内、北国、中国、山陰の戦果を祝う喜びで明けた。一昨年の閏《うるう》三月五日、十年

にわたって抗争に明け暮れた石山本願寺との講和がなり、顕如《けんにょ》は大坂を退去した。抵抗を続ける加賀一揆も、十一月には勝家によって平定された。

信長は戦勝気分で、天下の駿馬《しゅんめ》を集めた華やかな御馬揃を計画し、その準備を光秀に命じ、光秀を総括責任者に任じた。名誉な役目であった。

内裏の東側に、幅東西一町（約一〇九メートル）、長さ南北八町の馬場を急造し、周りに柳を植え、正親町《おおぎまち》天皇を始め公家、女官たちの見物桟敷を設けた。

馬場入りの次第は、一番から十番までの騎馬隊を編成し、一番隊は丹羽隊、明智隊は三番目で、信長隊を殿《しんがり》とする。その後に弓衆を配し、全国から集めた名馬がそれに続く。中国攻めに従事している秀吉隊を除いて、織田軍団のほとんどがその威容を披露し、武者の総勢は六万に上った。

この日、信長は能の高砂太夫《たかさごだゆう》の出《い》で立《た》ちで現れた。絢爛豪華な衣装を着け、唐冠を被り、眉を描き、金紗の頬当てをして梅花の枝を頸筋に差していた。

行列は、晴れ渡った空の下、下京本能寺を出発、室町通りを上がり、一条通りを東に折れて馬場に入る。集まった見物人は二十万を下らなかった。

御馬揃は大成功であった。信長は満足し、光秀はお褒めの言葉を頂戴した。

この御馬揃の狙いは明らかであった。織田軍団の威勢を、天皇を始め天下に知らしめることにある。その点でも成功したと言える。いまや、天下に織田の軍勢に対抗出来る勢力はない。

それを証するかのように、今年の三月、武田家が滅亡した。勝頼は長篠の戦いの後も抵抗を続けて来た。が、武田家の力は衰え、家中に寝返る者が多く出た。ついに、三月十一日、織田軍の攻撃を受けて、勝頼は天目山《てんもくざん》において自刃して果てる。

信長が安土を出陣し甲斐に向かったのは三月五日だった。これに光秀は従軍する。信長は関東見物の気分で出馬した。そして、武田軍と直接戦うこともなく、四月二十一日、安土に戻る。この従軍中に、信長との間で不快な言葉のやり取りのあったことが、光秀の記憶の中に残っている。

昨年の六月二日、光秀は十八ヶ条に及ぶ〈明智光秀家中軍法〉を制定した。自ら筆を取り、考えを巡らせて書いたものだった。

一条から七条までは、軍団の秩序と規律について記し、職掌の明文化を図り、陣夫の運搬食料の重量までも決めた。八条から十八条までは、百石単位の禄高に応じた軍役の基準を明確にした。秩序、規律、軍役を同時に定めることに、光秀は大きな意味を見ていた。なぜなら、領国の禄高を正確に把握して初めて、可能となる掟であるからだった。

〈明智光秀家中軍法〉は先に発布した〈定《さだめ》家中法度《はっと》〉と一体となって、機能する仕組になっている。法度では、武具の置場所など、必要と思われる具体的な詳細をきちんと決めておいた。また、織田家中の他の部将への挨拶の仕方まで教えてある。

それまで、織田家中にはこのような整然とした軍法は存在していなかった。そこで、他の部将も喜んで〈明智光秀家中軍法〉を参考にしたり、これに準じてそれぞれの家中軍法を作ったりするようになった。光秀には嬉しいことであった。

ところが、甲斐へ向かう行軍中に問題が起きた。明智軍の一隊の中で、軍法に違反する者が出たのだ。

軍法の四条には、

〈行軍の時、騎馬武者が後になってしまっては、突然の戦になったとしても、差し当たっての役には立たない。考えのないことである。そのような場合には、早々に領地を没収し、時によっては成敗することとする〉

と記されてある。

四名の若い騎馬の者が隊列から大きく遅れた。彼らは声高に卑猥な言葉を交し合い、大声で笑い崩れていた。中の一人はふざけて落馬する始末だった。それが組頭の目に入った。

組頭は実直な中年の武士だった。彼らの軍法違反を隠し通すことが出来なかった。彼らを引き立てて来て、光秀に報告する。

「許し難き所業である」

と光秀は声を高めた。

四名の若者は光秀の前に座り、項垂《うなだ》れて神妙に控えている。光秀は思わず笑いを洩らした。光秀の目には、彼らが心根の賤しい者たちとは決して見えない。織田軍全体が関東を見物するような気分の中にいた。そのため、軍団には張りつめた気配は微塵もない。それが彼ら四名の気持に緩みをもたらしてしまったものと思われる。

「ちょっとした油断が大事をもたらすものだ。それゆえ、軍法がある。違反者は軍法に照らして厳格に処断する」

「申し訳ありませぬ。われら、謹んでご処分を受けまする」

　と彼らの一人が言う。

「だが、その方らはまだ若い。これから、ますます、働いてもらわねばならぬ。よって、きっと叱りおくゆえ、向後《こうご》、決してこのような不埒《ふらち》な振舞のないように心せよ」

「ははっ」

　彼らは身分の低い者だった。禄も少ない。その禄を取り上げては、働く意欲を削ぐことになる。そのことは組頭にも分かっていた。

「有難きお言葉でござる。それがし、向後、この者たちをしかとお預かりし、この失態を取り戻させるべく、大いに働かせ申す」

「頼むぞ」

　このことが、なぜか、信長の耳に入った。信長はすぐさま光秀を呼びつけて、

「その者どもを斬れ」

と命じた。

「なにを仰せです」

光秀は片膝ついた姿勢で床几《しょうぎ》の信長の目を見上げる。

「その者どもは軍法を犯したのであろう。ならば、なぜ、軍法通りに処断せぬ」

「軍法は家中を律する基でございます。時と場合に応じてうまく遣うてこそ、生きた軍法となると心得ます」

「馬鹿なことを申すな。それなら、そのようなものは軍法とは言わぬ」

「お言葉を返すようですが、あの者たちは、これから、大きな働きをしようと心に決しております。その心を殺してしもうては――」

「黙れ！」

信長が、いきなり、床几を倒して立ち上がる。このところ、信長は堪え性がなくなっているようだった。しばらく、なにも言わない。瞬きしない目が細くなって、光秀をじっと見下ろしている。

「つべこべとご託を並べおって。一度《ひとたび》、軍法を定めたからには、軍法通りに処断しなければ、軍紀は乱れるばかりじゃ」

「――」

「織田の家中には、その方の軍法を有難がって重宝しておる者もいる、と聞く。が、その方の軍法は、ただ、言葉を形よく並べ立てただけのものか」

「決してそのようなものではありませぬ」

「ならば、すぐさま、その者どもを成敗せよ」

「仰せの趣《おもむき》、肝に銘じて分かりました。なれど、こ度だけは、なにとぞ、彼《か》の者たちをお助け下さいませ」

「まだ、言うか」

「ははっ」

　と光秀は平伏する。

「下がれ！　うぬの顔など見とうもないわ」

「ご免」

　光秀は後退りして信長の前を離れた。利三の件に続けて、再び、信長を怒らせてしまった。しかし、前途ある四名の若武者の命は助けることが出来た。光秀にはそれで十分だった。

家康が安土にやって来たのは、五月十五日である。家康は、長年、武田と抗争し、これをよく押さえて来た。こ度の甲斐攻めにも働き抜群で、恩賞として、信長は家康に駿府を与えた。そのお礼言上《ごんじょう》のための訪問だった。

その頃、光秀は、在荘《ざいしょう》を命じられていた。つまり、軍務から離れてのんびり休暇を楽しめ、という有難いお許しである。ところが、在荘ゆえのことか、家康の御馳走役を命じられた。

直ちに準備に取り掛かる。家康の宿所は城内の明智館とし、城での饗応のために、京、堺から珍しい食べ物を数々取り寄せた。

この接待は、決して不満の残るものではなかった。料理は豪華に仕上がり、信長も満足し、家康は、

「万々、ご苦労を掛け、忝《かたじけ》のうござる」

と光秀に丁重な挨拶を述べた。

城でのもてなしを終え、家康を案内して明智館に戻って来たときである。

家康、四十一歳、ひたすら同盟者として信長に従って来た。三年前、信長の命

によって、平然と正妻の築山殿《つきやまどの》の命を絶ち、さらに嫡男信康《のぶやす》を切腹させている。信長から謀反の疑いを掛けられてのことだった。

だが、家康はただ従順なだけの人物とは思えない。どのような危機に際しても辛抱強く耐え忍び、じっとなにかを待っている。どことなく、腹の底が読めない不気味なところを持った人物だった。

「信長様の許での御馳走役、さぞ、気骨が折れましたろう」

家康は目を細めて光秀を窺うように見た。下膨れした顔には、光秀を揶揄《やゆ》するような、それでいて、どこか冷たく突き放すような表情がある。光秀は取り合わなかった。

「お疲れでござったろう。ゆるりとお休み下され」

ところが、十七日になって、突然、光秀は出陣を命じられたのだった。御馳走役も宿所も、急遽、変更された。大切な客である家康に対して、これほど礼を失したことはない。

光秀は運ばれて来た熱い茶をゆっくりと味わった。居室の中は蒸し暑い。立って行って、湖に面した障子窓を開ける。凪《なぎ》のせいか、そよとも風が入らない。元の座に戻って、脇息を引き寄せる。

これはどういうことなのか、と考えは再び家康の接待役を外されたことに戻る。光秀には信長の真意が読めなかった。

家康の接待中で時期は悪いが、急を要する出陣なら止むを得ないことなのだ、と考えられなくもない。それなら、なぜ、直接、備中へ救援に向かわせないのか。なにゆえ、光秀だけが毛利の後方を突いて、出雲、石見へ出陣しなければならぬのか。

はっ、と光秀は気がついた。

秀吉は備中攻めに見通しが立ったのではないか。だからこそ、信長の出馬を願うて来た。最後の花を信長自身の手に握らせるためである。

秀吉なら、それくらいの追従《ついしょう》は平気でする。秀吉ほどの男が、敵に恐れをなして、信長に助けを求めるようなことをするはずがないのだ。

ということは、信長にとって、光秀はもはや用のない人間になってしまった、ということを意味する。

光秀は立ち上がると廊下へ出て、

「庄兵衛」

と呼んだ。

「はっ」

すぐさま庄兵衛が入って来る。

「いまより出陣の準備に掛かる」

「心得ました」

「黒井、福知山両城にも使者を遣わし、利三と彌平次にその旨を伝えよ。明智軍は、すべて亀山城に集結する。日は追って知らせる」

「承知」

「それから、彌兵《やへい》を呼んでくれ」

「はっ」

庄兵衛は足早に去り、入れ替わるように彌兵が顔を出す。

「手の者を十名ほど連れて、安土へ行ってくれ」

彌兵は手練《てだれ》の物見の者二十名の物頭も勤めている。

「安土でなにをすればよろしいか」

「彌兵も承知のように、おれは家康の接待役を免じられ、出雲、石見への出陣を命じられた。そのことについて、人々がどのようなことを話しているか、それを知りたい」

「なるほど」

「武家に限らぬ。百姓、町人、僧侶、出来るだけ多くの噂を耳に入れて来るのだ」

「分かりました」

「決して明智の者だと気取《けど》られるな」

「心得ております」

「すぐに出掛けてくれ」

「はっ」

彌兵は、余計なことを問い返すこともなく、一礼して室を出て行った。

彌兵が戻って来たのは、三日目の夜遅くだった。その三日の間にも、坂本城における出陣の準備は着々と進んでいた。

「ただいま戻りました」

と彌兵が廊下から声を掛ける。

「入れ」

光秀はまだ床についていなかった。

「ご苦労だった」

さすがに、彌兵は疲れた顔をしていた。窪んだ目が、一層、落ち込んでいる。

光秀に向き合うと、

「安土では、光秀様が家康の御馳走役を解任されたのは、光秀様に大きな落度があってのことだ、ともっぱらの噂でございます」

と彌兵は無表情に言った。

「うむ」

「家康が信長様になにかを囁いたのだ、と言う者もおります。信長様が、長年にわたって耐え忍んで来られたものが、ついに爆発したのだ、と言う者もあります」

「いろいろと言うものだな」

と光秀は笑いを洩らす。

しかし、口さがない噂のほとんどが、不思議と真実の一端を衝いているものなのだ。

「光秀様のご出世もこれまで。用済みになられたのだとも囁かれております」

「そうか」

「いま一つ」と彌兵は続ける。「殿による丹波の治世の見事さは、世情にも高く聞こえております。また、殿がお作りになった〈明智光秀家中軍法〉は、織田家中の部将も見倣《みなろ》うほどの優れたものでござる」

「――」

「信長様は光秀様の優れた治世を嫉妬されたのではないか、と面白げに話す者もおりました。領民や兵に慕われれば、それだけ、光秀様に力がつく。力がつけば、いつか、背かれる。猜疑心の強い信長様なら、そう考えてもなんの不思議もない、と」

それは十分にあり得ることだった。もし、そうなら、いまや、光秀は信長の将来の敵になってしまったということになる。

信長の癇癖《かんぺき》、猜疑心の強さ、恨みを養う執念深さ、報復の残忍さは異様としか言いようがない。また、このところの言動の横暴さは、目を覆うばかりである。

二年前、石山本願寺と和議がなった後、織田家重臣の林秀貞と佐久間信盛《のぶもり》が、突如、信長の勘気を受けて追放された。

林秀貞は一長《いちのおとな》と呼ばれた宿老の筆頭であった。若き日の信長の目に余る所業に失望して、信長の弟信行《のぶゆき》を擁立しようとした。が、信長に大敗し、許されて、織田家の政務に携わって来た。その二十四年前の叛逆の罪を問われての追放だった。

信盛は勝家と並ぶ織田家の宿老の一人で、信長が力を伸ばすのに数え切れないほどの功があった。その信盛が、五年にわたる大坂攻めの無能と怠慢を責められて、その子信栄とともに高野山へ追放された。翌年、信盛は大和十津《とつ》川で生涯を終えた。

昨年八月には、信長は畿内近隣の高野聖《ひじり》を捕らえて、安土、京七条河原、伊勢雲出《くもず》河原で処刑している。その数、千三百八十三名、阿鼻叫喚《あびきようかん》の地獄を民に見せた。荒木村重《むらしげ》の反乱に際して、牢人どもを高野山に匿《かくま》った、というのがその理由であった。

さらに、武田家の菩提寺である恵林《えりん》寺の悲惨な焼き討ちがある。恵林寺が勝頼の遺体を引き取って追善供養をしたことへの報復だった。信長は、快川長老を始め寺中の僧百五十余名を山門に追い上げ、全員焼き殺させた。快川紹喜《かいせんじょうき》は正親町天皇から大通智勝《だいつうちしょう》国師の称号を賜っている名僧である。

焦熱地獄の中、快川長老が結跏趺坐《けっかふざ》の姿勢を崩すことなく、

「心頭滅却すれば火もまた涼し」

と言い放った、と聞く。

これは信長への痛烈な抵抗であり、どのような力にも屈しない強い心を示している。

朝廷に対する信長の所業も、横暴としか言いようがない。

武田攻めのおり、従軍していた太政大臣の近衛前久《さきひさ》に、信長は聞くに耐えない罵詈雑言《ばりぞうごん》を浴びせた。光秀はその場にいて、それを耳にしている。信長にとって、いまや、朝廷は尊重すべきものでも、崇拝すべきものでもなくなっていた。

信長は天正六年（一五七八）に右大臣らの官職を辞して、いまでは、無官の一武人となっている。その上で、正親町天皇に譲位を迫っていた。狙いは、皇位簒《さん》奪《だつ》、つまり己が平清盛《たいらのきよもり》たることにある。

　そのような信長が、民のための天下を治めるにふさわしい人間であるとは、光秀には思われない。

　政の道を正さねばならぬ時が来たようだ。

「様々な噂をよう集めてくれた」

「お役に立ちましょうか」

「ああ、役に立つ。疲れたであろう。ゆっくり休むがよい」

「手の者もよう働いてくれました」

「うむ。十分に労《ねぎろ》うてやってくれ。言うまでもないことだが、知り得たことはすべて、各人の胸の裡《うち》に納めておくようにな」

「皆も心得ております」

　やや間があって、

「他に、それがしにお命じ下さることはありませぬか」

彌兵の目が、一瞬、鋭さを増した。鉄砲の照準を通して獲物を狙うときの目である。彌兵なら、獲物がなんであれ、決して仕損じることはない。それが、たとえ信長であっても、見事、なし遂げてみせる、と彌兵の目は語っている。

「ない」

と光秀は言った。

彌兵は目を逸《そ》らせて、

「出過ぎたことを申しました。お許し下さい」

「謝ることはない」

「では、それがしはお台所で酒などいただいて、休ませていただきます。溝尾《みぞお》殿が相手をして下さるとのこと」

彌兵はさばさばした表情で居室を出て行った。

㈢

出陣の準備を終えて、光秀が亀山城に入ったのは五月二十七日である。翌二十八日、戦勝祈願のため愛宕《あたご》大権現へ参詣する。

標高九二四メートルの愛宕山の山頂に着いたときには、日が暮れていた。さすがに、光秀も疲れた。北東の山道をとり、水尾を経て山頂を目指した。一日掛かりの本格的な山登りになった。

汗を滴らせて険しい山道を登るのは、思った以上に清々《すがすが》しい。梅雨には珍しい晴天にも恵まれた。樹間を吹き抜ける風は心地よく、揺れ動く木洩れ陽は爽やかであった。思い煩うこと、考えることはなにもない。一歩々々、踏み締めるようにして登った。

供は庄兵衛と彌兵、他に警護の者が十名従った。光秀は、しばしば、庄兵衛や彌兵を相手に笑声を上げた。二人もにこやかに光秀に応ずる。

神前に額《ぬか》ずいて戦勝を祈願し、神官のお祓《はら》いを受ける。五坊の一つ、威徳院西坊《にしのぼう》に引き取って、遅い夜食を認《したた》める。光秀は早々に宿坊の一室に引き上げた。

心地よい疲れに包まれるような気持で、床に入って目を瞑る。

信長を討つ、と決心がついた。

迷いはない。誰にも打ち明けてはいないが、綿密な作戦も立てた。失敗はない。

信長を斃《たお》すのなら、鉄砲による暗殺という手もあり得るのではないか、と彌兵は考えている。杉谷善住坊《すぎたにぜんじゅうぼう》は失敗したが、彌兵がしくじることは決してない。しかし、これは政の道筋を正す戦である。堂々と軍勢を信長に向けて討たねばならない。それが主《あるじ》である信長に対する最低限の礼儀でもある。

むろん、戦には常に運がついて回る。運は人知を超えている。その運を恐れる必要はない。

いつしか、うとうとしたようだった。

濶子《ひろこ》の夢を見た。抱き締め、濶子の髪を愛撫している。自慢の黒髪を切ったばかりで、短い髪が、ちくちく、と掌に当たる。その感触が不思議と快い。濶子は声を殺して笑っていた。

翌二十九日は、あいにく、朝から小雨模様だった。しとしとと雨は鮮やかな緑葉を濡らし、乾いた地面に吸い込まれて行く。が、光秀の気分は晴れやかだった。

同じ威徳院西坊で、戦勝を祈願する連歌会を催した。光秀は、この日のために、連歌師の里村紹巴《じょうは》、威徳院の院主行祐《ぎょうゆう》ら九名の客を招いておいた。上座に光秀、下座に行祐が座し、残り八名の連衆《れんじゅ》が二手に分かれて向かい合う。

「よいお湿りでござるな」

と光秀は頬を緩めた。

「まことに」

と紹巴が応ずる。

「では、始めましょうぞ」

光秀は目を閉じ、深く息を吸い込み、しばし間を置いて、

「ときは今　天《あめ》が下しる　五月哉《さつきかな》」

と発句を詠じる。

それを執筆《しゅひつ》が認める。

続けて、行祐が、

「水上《みなかみ》まさる　庭の夏山」

と脇句を詠む。

次いで、

「花落つる　池の流れを　せきとめて」

と紹巴が続けた。

このようにして、百韻《ひゃくいん》を詠み終えたときには、午を過ぎていた。この百韻の連歌を出陣連歌として奉納して、光秀は雨の中を下山した。これで、事前にやるべきことはすべてやり終えた。


五月は小の月である。二十九日の次の日は六月一日、出陣の態勢が整う。兵力、一万三千。申の中刻（午後四時）、光秀は重臣、侍大将、物頭を集めて、準備を終えた隊から順次出発する旨を告げた。

「これより京へ向かう。殿が明智軍の陣容、軍装を検分なさりたいとのことだ。おのおの、抜かるでないぞ」

「心得申した」

誰一人、光秀の言を疑う者はない。彌兵が、一瞬、目を光らせたが、なにも言わなかった。

光秀は信頼出来る近侍の天野源右衛門を呼びつけ、

「その方、数名を引き連れて先発せよ。もし、わが軍勢から抜け出す者があれば、構わぬ、斬り捨てよ」

と命じた。

出陣のときや戦が目前に迫ったとき、隊から脱走者が出るのは常のことだった。

「心得ました」

「一人たりとも、脱走する者を出してはならぬ。また、不審の者も容赦するな」

と念を押す。

光秀に疑いを抱く者が出て、京へ走られてはすべてが水泡に帰す。それは防がなくてはならない。

軍勢は山陰道を京へ向かい、野条で勢揃いすることに決める。戌《いぬ》の中刻（午後八時）、野条に到着した光秀は下馬し、軍勢を離れて、徒《かち》で近くの篠《しの》八幡宮へ向かった。

「一緒に来てくれ」

彌平次、利三、庄兵衛、彌兵、それに一族の明智次右衛門、譜代の藤田伝伍《でんご》に声を掛けた。篠八幡宮は由緒ある神社である。八幡太郎義家が東征の際に戦勝祈願をし、足利尊氏が倒幕方たることを神前で決意した、と伝えられている。

一同が神前で戦勝を祈願した後、

「さて、皆に話したきことがある」

と光秀は信頼する重臣たちに顔を向けた。

松明《たいまつ》が鎧兜に身を固めたそれぞれの顔を照らし出している。

「これより、明智軍は京へ攻め入り、信長様の御首《みしるし》を頂戴いたす」

誰もなにも言わない。凝然と光秀を見返す。

「理由は申すまでもない。天下のためだ」

天下を己独りの手中にしたいがためではない。信長の天下では、諸侯にも、諸侯に仕える武士にも、民百姓にも安穏はない。

信長は、戦においても政においても、希《まれ》に見る一個の天才である。天才であるがゆえに、いつしか独善に陥り、恐怖によって支配するに至った。このままでは、天下は間違った道へ突き進むことになる。一命を賭してそれを阻止し、正しい道へ導かねばならないのだ。

そのことは、今更、口にするまでもなく、光秀を信ずる者たちには、十分に分かっているはずである。

信長は、この日、百五、六十名の供を連れて、京四条西洞院《にしのとういん》通りに面した本能寺に入り、茶会を催している。嫡男信忠も五百の兵とともに妙覚寺にある。他には、畿内に織田の兵力はない。信長と信忠を討つ千載一遇の好機である。この機を逃せば、もはや、二度と機会はない。

光秀の頭にある天下の政の基本的な仕組は合議政体である。光秀の考えに賛同する織田家の部将と有力大名が、それぞれ、己の領国を治め、かつ、血を流すことなく、天下のことを議し、決定する。

その頂点に座る者は、全員の協議によって決める。ただし、任期を定めることによって、権力が一人に集中することを防ぐ。

それを実現させるには、まず、畿内を制することが必要である。幸い、秀吉は備中にあり、勝家は北国に、家康は単身で京にいる。天が与え賜うた絶好の機会と言える。

畿内を制した上でなら、光秀の呼び掛けに応ずる者が多く出て来る。秀吉の出方が気に懸かるが、秀吉ほどの者なら、光秀に私心がなく、信長では平穏な天下は作れない、と分かっているに違いない。

問題は多々あるだろうが、己を信じる以上は、正しいと信じた一筋の道へ突入しなければならない。なによりも大事なことは、時代《とき》の流れを正すことである。そこから新しい天下が始まる。

その一歩を踏み出す好機が用意された。これは天が命じているのではないか。

「しかし、その方らの同心がなくては、叶わぬことだ。その方らが、否、と申すなら、おれ一人で討ち入り、腹斬って、今生《こんじょう》の思い出となす覚悟」

なお、しばらく、誰も口を利かない。松明の火が、ジジジ、と燃えている。口火を切ったのは利三だった。

「一つ、お伺いしてよろしいか」

「うむ」

「細川殿、筒井殿らには、同心の約定を得ておられるのでござろうか」

「おれの決心を最初に耳にするのは、その方らでなくてはならぬ、とおれは思うておる」

藤孝《ふじたか》・忠興父子や順慶《じゆんけい》が光秀と行をともにすることは、光秀には自明のことである。事前に同心の約定を得るなどという他人行儀は、彼らに対する礼儀にももとる。

突然、彌平次が笑声を上げた。

「それがしは、いつ、殿のご決心が聞けるか、心待ちにしておりました。よくぞご決心なされました。明智彌平次秀満、一命を賭して手助けさせていただき申す」

庄兵衛が、

「殿が、一旦、口にされた以上、なんでわれらに否やがござろうか。喜んでわれらの命を殿に預けまする」

と続ける。

彌兵は黙って光秀を見返している。藤田伝伍は深く頷き、明智次右衛門の目には涙が浮かび上がる。

「嬉しいぞ。死なば諸ともぞ」

「おう！」

六本の松明が一斉に夜空に向けて突き上げられた。

軍勢は野条からだらだら続く坂を上って、亥の中刻（午後十時）過ぎに老ノ坂《おいのさか》の峠を越える。沓掛《くつかけ》に至ったのは、子の中刻（午後十二時）であった。ここで、光秀は小休止を命じて、全軍に夜食をとらせた。

日付が変わって、六月二日の丑の中刻（午前二時）、桂川に到着。川を渡れば、もう、そこは京の市中である。

光秀は軍勢の足を止め、

「これより川を渡る。まず、松明を四半分に減じる。川を渡れば、その場で馬の藁沓《わらぐつ》を外す。足軽は足半《あしなか》に履き替える。鉄砲隊は、全員、火縄に火を点ずる。ただし、音、声を立ててはならぬ。静かに渡るのだ」

と命じた。

命は、即刻、全軍に伝えられる。光秀は先頭を切って橋を渡り、各隊が後に続く。光秀は、独り、岸辺に愛馬の青毛《あお》を進ませた。

馬の藁沓を外し、足軽に爪先だけの草鞋《わらじ》に履き替えさせ、火縄に火を点じるということは、臨戦態勢に入ることを意味する。兵なら誰でもそれを知っている。この命を聞いて、兵はなにかあると知ることになる。

軍勢は続々と橋を渡って来る。橋板が馬や人の足音を響かせ、槍や太刀が触れ合う音、具足の擦れる音が、橋から辺りの闇へ広がって行く。が、川面《かわも》は銀色の光を微かに煌めかせながら、夜の底を静かに流れている。青毛が首を丸く曲げて、鼻面を胸にこすりつけた。

光秀は馬首を返して、侍大将と物頭、そして、各隊の主立った者数十名を河原に集めた。何事か、と馬上の光秀を仰ぐ面々に向かって、

「われらが敵は本能寺にある！」

と光秀は言った。

凛とした声が一同の肺腑を打つ。

「よいか、心して聞け。われらが敵は本能寺の信長、妙覚寺の信忠である」

「おおっ！」

驚愕とも歓喜とも喚声ともつかぬ声が返って来る。

利三が進み出て、

「今日《こんにち》ただいまより、わが殿は天下様になられる。草履《ぞうり》取り以下の下々《しもじも》に至るまで、勇み喜ぶべし。武者たる者は、本能寺、妙覚寺の二か所にて稼ぎ、手柄を立てよ」

と大音声《だいおんじょう》を上げる。

「おおっ！」

「この旨、しかと、全員に伝えよ」

賽《さい》は投げられた。光秀は全身が熱くなるのを感じた。それが不思議と快い。

(四)

先行した利三が京の木戸を開けさせ、全軍は幾手にも分かれて本能寺を目指す。命に背く者は一兵もいなかった。

数知れぬ明智の幟《のぼり》〈水色桔梗《ききょう》〉が本能寺の四囲を包囲し終えたのは、寅の中刻（午前四時）である。間もなく、夜が白み始める。味方の犠牲を最小限に抑え、敵を確実に討ち取るには最適の時刻と言える。光秀の緻密な計算通りであった。

法華宗本門流の大本山である本能寺は、四条西洞院通りに面して、南北二町（約二一八メートル）、東西一町の寺域を持つ。周りに木戸門を設け、西洞院川から水を引いた濠を巡らせ、土塀で囲み、それを竹藪が覆っている。境内には皀莢《さいかち》の樹が繁っていた。寺院と言うより、城郭の構えを持っている。

「まず、木戸門を押し開けよ。幟や指物がつかえぬように注意せよ」

利三が冷静沈着に細かい注意を全軍に伝えさせる。

光秀は西洞院通りの木戸門の前に進み出た。

「明智日向守《ひゅうがのかみ》光秀、織田弾正忠《だんじょうのちゅう》信長殿の御首、頂戴仕る」

光秀の高らかな声は、ひそとした本能寺の寺域の中に吸い込まれる。

「掛かれ！」

凄まじい鬨《とき》の声が四方から上がった。

たちまち、木戸門を打ち破って、兵が乱入する。鉄砲の射撃音が轟き、火矢が一斉に寺内へ放たれる。

「ご免」

彌兵が下馬して、寺内へ走り込んだ。

昨夜、信長はかなり遅くなってから床についた。名物茶器開きの茶会の後に酒宴が続いた。信忠が宿所の妙覚寺に戻ったのは真夜中であった。その後、信長は本因坊算砂《ほんいんぼうさんさ》と鹿塩利賢《かしおりげん》の囲碁の対局を見た。出陣前ののんびりした一夜だった、と言える。

騒ぎで目が覚めたが、眠り端《ばな》を起こされた。喧嘩口論でも起きたのか、と小姓の森蘭丸《らんまる》を呼んで、確かめに走らせた。

蘭丸はすぐに戻って来た。

「謀反でございます」

顔色が変わっている。

「謀反だと！」

「はっ」

「幟は？」

「〈水色桔梗〉でございます」

信長は臥所の上に白絹の夜着を着て突っ立っていた。しばらく、そのまま動かない。瞬きしない目で、じっと虚空を見つめる。

「光秀なら、万が一にも手抜かりはあるまい」

「――」

「是非に及ばず」

のっぺりした卵形の顔に特別の表情はない。

「無念でございます」

と蘭丸は唇を噛んだ。


彌兵は境内へ踏み込んだ。御厩《おうまや》と御殿の辺りから火の手が上がっている。御厩の周りで、信長の馬廻りの者、御番衆、そして中間《ちゆうげん》までが、夜着のままで必死に防戦していた。

敵も味方も、目を血走らせて弓を射り、槍を突き出し、太刀を振るっている。怒号し、悲鳴を上げ、呻きを洩らす。逃げ、追い、倒れる。とはいえ、信長勢は多勢に無勢、数限りない鉄砲と弓矢の前に、次々と討たれて行く。

すでに夜は明け、辺りは明るい。彌兵は高い皂莢の樹の脇を擦り抜けて、御殿に向かって走った。御殿は明々と燃え立っている。熱気がまともに顔を打つ。

なんとしても信長を仕留めなければならない。逃げ出す道はないはずだが、己の目で信長の死をしかと確かめたい。

ちらっ、と目を走らせた先は御殿の台所であるらしい。彌兵は走り寄った。中では、近習の一人が凄まじい働きをしていた。寄せ来る明智の兵を易々と斬り倒している。兵は取り巻きながら、どうしても討てない。

「鉄砲だ。鉄砲で仕留めろ！」

と彌兵は怒鳴った。

構っている暇はない。台所から御殿内へ侵入することは諦めて、外へ出る。御殿の正面に回った。

いた！

光秀は西洞院通りの木戸門の前でじっと待っている。天野源右衛門を始め、二十名ほどの近侍の者が周りを固めていた。

辺りの激しい戦の音に興奮してか、青毛がしきりに足踏みする。かと思うと、鼻面を突き出し、激しく大気を吸い込む。

「どう、どう」

光秀は手綱を絞り、膝に力を籠めて青毛を宥《なだ》める。

兵が鬨の声を上げて寺内に乱入してから半刻（一時間）になる。まだ、信長を討ったという報告はない。

利三も、彌平次も、庄兵衛もなにも言って寄越さない。彌兵も戻って来なかった。

「まだでしょうか」

源右衛門が寄って来て、囁くように言う。

「うむ」

「なにを手間取っているのか」

「焦るな。仕損じることはない」

「はっ」

寺内の火の手が、また、一段と勢いを増した。

彌兵は足を止めた。信長は白絹の夜着を血に染めて、御殿の外廊で戦ってい
た。数名の小姓が信長の周りを防いでいる。信長は槍を振るって、襲い掛かる兵
を突き、柄で叩き伏せる。足下に弓が転がっているのは、自ら弓を引いたのでも
あろうか。
意外に思われたのは、返り血を浴びた顔が平静そのものに見えることだった。
憤怒の表情も無念さも、諦めさえもない。やるべき仕事を一つずつ片づけている
かのように、巧みに槍を操って、兵と渡り合っている。
お命、頂戴いたす。
彌兵は火縄銃を構えた。距離は十間（約一八メートル）、仕損じることはない。
黒い煙が御殿の中から外廊へ這い出して来る。呼吸を整え、立射の構えで狙いを
定め、引金に指を掛けた。
そのとき、兵の繰り出した槍が信長の肘を掠めた。信長はよろけ、立ち直る
と、槍を兵に投げつけ、御殿の中へ姿を消した。
しまった。
彌兵は外廊に走り寄る。火は御殿全体に回り、障子に青い炎の舌を巡らせ、軒

の下をちろちろと這っている。火は見る間に勢いを増して来る。

「信長を追え！」

叫んで、彌兵は外廊の階段を駆け上がる。小姓の一人が、いきなり、斬り掛かって来た。これを抜き打ちに斬り捨てる。小姓が外廊から転げ落ちる。

どっ、と火の手が襲い掛かる。

「うっ」

手で防いだが、一瞬、目が眩んだ。体ごと障子にぶち当たり、座敷の中へ転がり込んだ。煙が充満し、視界が利かない。信長がどこへ消えたのか見当もつかない。

「信長を捜せ！」

彌兵は叫んだ。

部屋は幾つもある。信長はどこに隠れてしまったのか。彌兵は煙にむせて激しく咳き込んだ。

「よし」

光秀は決断した。

信長の遺骸は見つからなかった。だが、信長が御殿の奥深い一室で自ら命を絶ち、遺骸が灰燼《かいじん》に帰したことは疑いの余地がない。

彌兵の報告によると、彌兵が数名の兵とともに信長を発見したとき、信長は奥の一室で手と顔を洗い、体の血を手拭で拭いていた、という。兵がその背に矢を放ち、矢は信長の肩に突き刺さった。信長は矢を抜き取り、長刀《なぎなた》を手に部屋から出て来た。

兵と果敢に渡り合う。その動きが激しくて、彌兵は弾丸を撃ち込めなかった。それでも、一瞬の間を捉えて発砲する。弾丸は信長の腕に命中した。信長は長刀を取り落とし、奥の室に入って襖を閉じた。そこへ生き残った小姓たちが駆けつけて来る。兵が彼らと斬り合っている内に、彌兵は火と煙に巻かれて、脱出するしかなくなった。

しかし、その奥の室には他に出入口はない。信長が襖を閉ざした室内で果てたのは間違いない、と彌兵は言った。

「ご心配には及びませぬ」

「よくぞ見届けてくれた」

寺内から出された僧、茶坊主、女どもの中に、信長らしき者は潜り込んでいなかった。戦いの混乱からうまく逃げ出した者もいるにはいた。その中に信長がいた可能性もまったくない。

御厩、御殿を始め、大半の建物は焼失した。彌兵の言がなくても、信長が火中で没したのは明らかである。四十九歳の最期であった。己の目で信長の首を確認したかったが、それは諦めるしかない。

「これより妙覚寺へ向かう」

と光秀は命を下した。

時刻は辰の中刻（午前八時）になる。妙覚寺の信忠にも報せは届いているはずだった。ぐずぐずしている間はない。妙覚寺は本能寺の北北東九町（約九八一メートル）の地点にある。

信忠は手勢五百を引き連れて二条御所に立て籠った。京都所司代の村井貞勝らも駆けつけ、敵の兵力は千五百ほどか。

二条御所には誠仁《ことひと》親王がおられる。明智軍が御所を包囲したとき、信忠は親王を御所からお出ししたい、と申し入れて来た。光秀はこれを了承し、親王を移座し奉る。

攻撃が開始され、信忠らはよく戦った。が、明智の兵は構えを破って御所内に乱入し、御殿に火を掛ける。

信忠が自刃したのは、それから間もなくであった。享年、二十六歳。村井貞勝もこれに殉じた。

御殿を焼く炎を見上げて、

「おめでとうございまする」

と彌平次が破顔する。

「うむ」

これからが勝負である。新しい天下作りに着手しなければならない。そのためには、なによりもまず畿内を平定し、近国を掌握する必要がある。五十五歳の体を休めるのは、それからのことになる。

八章 小栗栖《おぐるす》の藪

(一)

信長父子を仕留めはしたが、光秀にも誤算がなかったわけではない。

六月二日、京において残党を掃討すると、光秀は庄兵衛《しょうべえ》を勝龍寺《しょうりゅうじ》城に入れた。己は安土を目指して瀬田へ向かう。

誤算の一つは、瀬田城主の山岡景隆《かげたか》が瀬田橋を焼き落として、甲賀へ逃げ去ったことだった。大軍を擁していては、橋なくして淀川を渡ることは出来ない。やむなく、橋の修復を待つため坂本城に入った。

書状による勧誘工作に入ったのは、その日からであった。相手は織田家の部将、信長に敵対していた毛利、上杉、北条等の有力大名である。藤孝《ふじたか》・忠興《ただおき》父子、与力である順慶《じゅんけい》、摂津の中川清秀、高山右近、池田恒興《つねおき》については、なんの心配もしていない。

坂本城から続々と使者が出立して行く。光秀から書状を受け取って、書院を出て行くその一人々々に、傍らに控えていた彌平次《やへいじ》が、

「心して行け」

と声を掛ける。

その声に、なにやら心に蟠《わだかま》るものがある気配が感じられる。

「どうした」

と光秀は筆を置いた。

「と、言われますと？」

「なにか心配があるのか」

「いいえ。いまのところ、事はうまく運んでおります」

利三《としみつ》は橋の修復を指揮する傍ら、近江の敵対勢力を着実に制圧している。庄兵衛も、また、京の信長方拠点を押さえていた。彌兵《やへい》は各方面に物見を放って情報

を集めている。

「安土には、一日も早く入らねばならぬ。だが、山岡景隆はわれらから逃げおった」

「皆が皆、われらの目論見通りに動くとは限りますまい」

「そうだな」

「――」

「よい機会だ。これだけは言うておきたい。おれは、事前に、その方らの考えを聞こうとしなかった」

「今更、なにを仰《おつしや》るのです」

「まあ、聞け」

光秀は彌平次の横顔に柔らかい視線を注ぐ。ふっくらした逞《たくま》しい横顔にも、彌平次らしからぬ疲れの影が濃い。

「この大事は己独りで決めねばならぬ、とおれは思うた。その方らの心を乱すことなく、責めがあるなら、その責めはおれが独りで背負うべきものだ、と心を決した。その方らを信じなかったわけではない。しかし、おれについて来るか否かは、その方ら各人の考えに任せなければならぬ、と思うた」

弥平次は口許を緩めて、

「いかにも殿らしいお考えでござる」

「織田に敵対する諸大名、われらの与力衆、織田家中の者、事を挙げる前に、彼らに餌をちらつかせて味方に引き入れておく。そんなことはしたくなかった。信長父子を討ったという事実をもって、彼らと向き合うべきだ、というのがおれの考えだった」

それが光秀のやり方だった。そして、そのやり方が、これからの天下の政《まつりごと》を構築して行く上で、信頼を得る重要な要素の一つである、と光秀は信じている。

「それがしにはよう分かっており申す。思い通りになさりませ。われらは黙って殿について行くだけでござる」

「そう言うてくれると思うていた」

「これは狡い」

と弥平次は朗らかな笑声を上げる。

「しかし、山岡景隆に逃げられたのは残念至極、と思うているのであろう」

「まあ、そういうことでござる」

「おれもそうよ」

と光秀も心地よく笑った。

橋の修復がなったのは五日後だった。光秀は予定より三日遅れて安土城に入った。

安土城の留守を守っていたのは、日野城主の蒲生賢秀《がもうかたひで》であった。賢秀は信長の側室らを伴って、すでに城を退去していた。

光秀は一戦も交えることなく入城を果たす。が、賢秀は光秀の勧誘を固辞した。これも光秀の誤算の一つだった。

城に蓄えられていた金銀財宝を押さえることで、光秀は信長の後継者たることを天下に示した。そして、手に入れた金銀財宝はすべて将兵に分配したのだった。これは兵の士気を高めた。

その日の内に、秀吉の居城である長浜城を攻撃させ、これを接収して利三を入れる。さらに、佐和山城を奪う。

それから四日間、光秀は安土を動かなかった。いや、動けなかった。光秀は辛抱強く勅使を待っていた。

その間、一度も天守に足を踏み入れない。仕事には専ら本丸御殿を使った。

吉田兼見《かねみ》が勅使として安土へやって来たのは、七日であった。兼見は懸命に工作に当たってくれた。

朝廷は、京都については別儀なきように固く申しつける、という言葉を伝えた。別に、誠仁《ことひと》親王から緞子《どんす》一巻が光秀に贈られた。

その夜、兼見は安土に一泊する。光秀は安土城の主《あるじ》として、本丸御殿の客の間で兼見を歓待し、二人は歓談に時を過ごした。

「これで一安心でござるな」

と兼見は安堵の表情を浮かべる。

兼見の伝えた言葉と緞子一巻を、後追いの〈信長討伐の密勅〉と捉えることは出来ない。しかし、一応、朝廷は光秀の行動を是《ぜ》としたのだった。

光秀は天皇や朝廷の力を過信しているわけではない。が、信長と違った政を成功させるには、朝廷の助力が必要だった。

「そこもとには苦労を掛ける」

「なあに、役に立てば重畳《ちようじよう》」

上賀茂神社、奈良興福寺、鞍馬の貴船神社等から、保護を求めて贈物が届いている。光秀はそのことを兼見に伝え、

「まずは、順調に進んでおる」

「それは結構。後は、どれだけお味方がつくかでござるな」

「五十日から百日もすれば、畿内と近国は平定出来る。さすれば、多くの者が呼び掛けに応じよう」

「問題は、羽柴殿と柴田殿でござろうか」

彼らとて、光秀の新しい政の仕組を虚心に聞く耳があれば、徒《いたずら》に戦乱を招くこともないのではないか。

翌八日、兼見は京へ帰り、光秀は坂本城に戻る。

九日、未の中刻（午後二時）、軍勢を率いて上洛、公家衆や地下人《じげにん》らの出迎えを受ける。兼見の屋敷に入って、朝廷及び誠仁親王にそれぞれ銀五百枚、五山と大徳寺に銀百枚を献上する。別に、吉田神社の修理料の名目で、兼見に銀五十枚を贈る。

光秀は屋敷内の小座敷を提供され、彌兵から種々の報告を受け、必要な手配を済ませた。その夜は、紹巴《じょうは》らを招いて、兼見と夕食をともにする。楽しい会食になるはずだったが、残念ながら、そうはならなかった。光秀の心を曇らせる報せがもたらされたのだ。

頼みにしていた藤孝・忠興父子が髪を払って謹慎している、という。藤孝は家督を忠興に譲って隠居し、以後、幽斎、と号することになったらしい。そして、忠興の妻であり光秀の三女である玉子《たまこ》を、丹波の三戸野《みとの》へ移した。

すべては、光秀には与《くみ》しない、という明白な意思表示であった。あるいは、事の成り行きを見守る保身のための行動か。

光秀はにこやかに兼見や紹巴らと談笑し、箸を口へ運ぶ。が、見損なった、と内心に怒りが込み上げて来る。

藤孝は光秀の大事な友垣《ともがき》の一人であった。義昭《よしあき》を信長に会わせたときからの古い付き合いであり、また、歌の師でもある。そして、忠興は女婿なのだ。

これまで、政についても、光秀は藤孝と忌憚《きたん》なく論を戦わせて来た。信長を批判する言辞は慎んだが、それ以外のことについては、警戒することなく何事でも話し合えた。

　なにゆえか。

　会食が終った後、光秀は小座敷で藤孝に書状を認《したた》めようとした。虚しい思いが先に立って、一向に筆が進まない。

「ご免」

　彌兵が入って来て、光秀は筆を置いた。

「秀吉が動き申した」

　いきなり、彌兵が言った。光秀の前に腰を下ろして、じっと光秀を見つめる。頬の痩《こ》けた浅黒い顔には憔悴の影があり、窪んだ鋭い目は異様な光を集めている。

「そうか」

「六日に備中を引き払った様子」

　頬が殺《そ》げ、頬骨が張り、顎《あご》が尖っている年寄じみた秀吉の顔が目に見えるようだ。さすがに秀吉だ、と思う。

「猿が、はや、動いたか」

彌兵は黙って頷く。

これほど早く、京へ攻め上って来る者がいるとは考えていなかった。これも光秀の誤算の一つであった。

㈡

藤孝は、京の宮津の城中で、光秀の書状を読んだ。

髪を払ったこと、もっともと思う。しかし、ぜひ、ご入魂願いたい。

領地は摂津を与えたいと思っていた。若狭《わかさ》等が望みなら叶えよう。

思い掛けぬことをしたのは、忠興を取り立てたかったゆえだ。

近国を平定した後は、忠興ら子供らに後を委ねたい、と思っている。

もう一度、読み返す。

読み終えて、忠興に手渡した。忠興は一読して、

「光秀殿はわれらを愚弄しているのか」

と憤然と書状を床に投げやる。

「フフフ」

と藤孝は笑う。

これほど、藤孝父子を馬鹿にした書状はない。が、藤孝の思いは忠興のそれとは違う。いまの忠興や光秀の息十五郎が、天下の政を任せられる人物でないことは、誰の目にも明らかであった。

「われらがこの書状で転ぶようでは、われら父子は、光秀殿にとって、頼むに足りぬ人物ということになろうな」

光秀にすれば、他に書きようはなかったろう、と思う。どう書こうが、これまでに、それ以上のことを光秀は藤孝に聞かせもして来たし、裸の己を見せても来た。

「信長様より蒙《こうむ》ったご恩は、言葉に尽せるものではありませぬ。それがしは、すでに、信孝《のぶたか》様の許へ使いの者を遣わし、二心なき旨を誓いました」

と忠興が言う。

信孝は信長の三男である。

「それで、よろしゅうございましょう？」

「もちろんだ。私に否やはない」

家督を譲った以上、忠興のすることに口を挟みたくない。藤孝の心中にある思いは、そのような単純なものではなかった。

藤孝は事の唐突さ、重要さに周章狼狽したわけではない。光秀の思いと考えを理解していなかったわけでもない。光秀とは、政についてずいぶんと論じ合って来た。しかし、論じることと、それを実行に移すこととは、まったく別のものなのだ。

実行に移すなら、なにゆえ、前もって相談してくれなかったのか。そうすれば、事を間違いなく成功に導くあれこれの手立《てだて》を、二人で入念に検討することが出来たではないか。

「この書状に、返書など要りませぬな」

と忠興が言った。

「すべて、その方の思い通りにすればよい」

藤孝は半ば上の空で答える。

「では、そのように」

忠興は一礼して、座を立った。

しかし、と藤孝は思う。たとえ、光秀が事前に打ち明けてくれたとしても、己が同心出来なかったことに変わりはない、と藤孝は知っている。光秀とともにすべてを賭けるなど、藤孝に出来ることではないのだった。

光秀の先を危ぶんでいるということもある。むろん、それは怯懦《きょうだ》からではない。光秀の考えが、あまりにも途方もないものであるがためだ。

その上、主殺し、という言葉が脳裏から離れない。藤孝は深い教養を備えた武人である。その教養が、主殺し、という言葉を受けつけないのだ。己の力で天下を左右するなどという大それた野望は、藤孝には無縁のものだった。それが藤孝の限界でもあった。

藤孝は床に投げ捨てられた光秀の書状に目をやって、深い息を吐《つ》いた。

備中高松城を包囲していた羽柴軍の兵が、小早川の陣中へ向かう光秀の使者を捕らえたのは、秀吉にとっては僥倖《ぎょうこう》としか言いようがない。信長が自刃した翌日の三日のことであった。このときから秀吉は己の手に運をしっかりと摑むことが出来た。

「上様！」

秀吉は号泣し、その場に泣き伏した。嗚咽《おえつ》が次から次と秀吉を襲う。このように手放しで泣く秀吉を、誰も目にしたことがない。が、秀吉の決断は早かった。涙と鼻汁で濡れた顔を上げると、

「直ちに京へ引き返す。密かに用意をいたせ」

と近習の者に命じた。

四日、毛利との和平交渉を再開する。毛利の使僧安国寺《あんこくじ》恵瓊《えけい》を呼んで、条件の緩和を持ち出した。

これまで、和議の条件として、秀吉は伯耆《ほうき》、出雲、美作《みまさか》、備中、備後《びんご》の五か国と、高松城の城主清水宗治の切腹を強気で要求して来た。五か国は毛利領の半分に当たる。そのため、交渉は暗礁に乗り上げていた。

それを、領国割譲は三か国で折り合う。清水宗治の切腹は譲れない、と秀吉は

強気の姿勢を崩さなかった。弱気を見せれば、毛利方の疑いを招く。信長の死は決して気づかれてはならないことだった。

毛利にとって宗治の切腹は耐え難い。恵瓊は、毛利方に伝えることなく、一存で宗治と話し合った。宗治は己の命で城兵五千の命を助けるべく、秀吉の条件を呑んだ。

城は堰《せ》き止められた水によって、さながら湖水に浮かぶ小島のようであった。宗治は、その日の午前《ひるまえ》、湖水に小舟を浮かべ、検死役の前で切腹して果てた。

毛利方が信長の死を知ったのは、その日の申の中刻（午後四時）頃だった。すでに誓紙は交されている。見事なまでに秀吉に一杯食わされたのだった。

毛利軍の吉川《きつかわ》元春は激怒した。吉川元春と実弟の小早川隆景《こばやかわたかかげ》は、毛利の両川《りようせん》、と呼ばれている。

「猿めは必ず京へ向かう。これを追撃して、奴の首を挙げずにはおかぬ」

これを宥《なだ》めたのは小早川隆景だった。

「秀吉に欺かれたのはわれらが不明。しかし、一旦、交された和平の誓紙は守り抜かねばならぬ。それでこそ真の武人ではないか」

この一言が秀吉を救った。

六日、羽柴軍は、おりからの豪雨の中を姫路に向けて移動を開始する。後に、中国大返し、と言われる大移動である。高松から姫路までは十七里（六七キロ）、これを全軍が二日で引き返した。

八日に姫路に到着、九日早朝、尼ヶ崎へ向かう。尼ヶ崎までは二十里、

「天が与えてくれた千載一遇の好機だ。光秀を討って上様の無念を晴らし、おれが天下に号令する」

と秀吉は豪語した。

兵は休む間も惜しんで移動する。昼は隊列を乱さず、夜は駆けに駆けた。

その間にも、秀吉は精力的に味方集めに努めた。大義は秀吉の側にある。信長の三男信孝、丹羽長秀らが味方についた。光秀の摂津与力衆にも働き掛ける。中川清秀には、信長は生きている、と書状で伝えて参陣を誘う。こうした謀書を認めることに、秀吉はなんの躊躇《ちゅうちょ》も覚えなかった。

（三）

十日、光秀は畿内を完全に制圧するため、河内へ出陣する。藤孝・忠興父子、中川清秀、高山右近、池田恒興は、もはや当てにならない。一方で、筒井順慶には望みを持っていた。

洞ヶ峠《ほらがとうげ》で順慶の出陣を待った。順慶はついに出て来なかった。山城に出していた人数も引き上げ、郡山城に米、塩を入れて籠城の構えを見せた。秀吉東上の風聞を得て、変心したものと思われる。光秀は藤田伝伍《でんご》を使いに出したが、順慶は同心せざる旨を伝伍に伝えた。

光秀は天皇のいる京を戦場にすることは避けたかった。とすると、秀吉との決戦の場は山崎辺りになる。山崎は山城と摂津の境に当たり、淀川を隔てて東に男山《おとこやま》を、西に天王山を望む要衝の地である。

下鳥羽に本陣を置いて、

「山崎の狭隘《きようあい》の地で羽柴軍を迎え撃つ」

と光秀は命を発した。

彌兵の報告によると、敵の総兵力は四万ほどに膨れ上がっている、という。明智軍は一万六千。与力大名は一人も参集しなかったが、畿内や近江から馳せ参じた者はかなりの数に上る。しかし、兵力の劣勢は明らかであった。

彌平次は、信長の次男信雄《のぶかつ》に備えて、安土を動けない。長浜、佐和山、坂本の各城にも兵を置いておかなければならなかった。兵力を結集して秀吉に決戦を挑むことが出来ない以上、守勢の隊形を取らざるを得ない。

「淀城を、急遽、修復してこれを左翼の拠点とする。本陣は御坊塚《ごぼうづか》に置き、前線の中心は勝龍寺城とする。円明寺川《えんみようじがわ》に沿って布陣し、円明寺の集落を右翼の拠点となす」

「左翼はそれがしが承る」

と利三が言った。

十日の夜の軍議の席である。幔幕を張り巡らせた本陣の中には、無数の篝火《かがりび》が焚かれている。円陣を組んだ主立《おもだ》った者の顔は、明りを受けて不思議と晴れやかだった。

「ならば、右翼はそれがしにお任せを」

と庄兵衛が言う。

彌兵は本陣に詰める、と決まった。

利三ほどの戦上手が、これで羽柴の大軍に対抗出来る、と思っているはずがない。出来ない、と光秀も知っている。彌兵にも庄兵衛にも分かっているはずである。

にもかかわらず、不思議に光秀の心は爽やかであった。信ずるところに従ってやれることをやった。誤算はあったが、悔いはない。その誤算は、光秀という人間が理解されなかったゆえに、生まれたものだった。

残念なのは、光秀を信じてついて来てくれた者に、報いてやれぬことである。彌平次にも、利三にも、庄兵衛にも、彌兵にも、そして、多くの将兵にもしてやれることはなにもない。彼らを待っているのは死である。

が、一縷《いちる》の望みがないわけではない。

「恐らく、敵の先鋒は中川、高山、池田あたりであろう。これを徹底して叩く」

それに成功すれば、まだ態度を決めかねている者がこちらにつく可能性はある。寝返る者も出ないとは限らない。

「お任せ下さい。敵の出鼻を粉砕してみせましょうぞ」

利三が光秀の目を捉える。光秀はその炯々《けいけい》たる目を正面から受けて、頷いた。

十一日は迎撃の準備に慌ただしく暮れる。この日、秀吉は尼ヶ崎に着いた。

十二日、予想通り、中川、高山の隊が先鋒として進撃して来た。中川隊は天王山を占拠し、高山隊も山崎の関門を押さえる。彼らはさらに前進して、勝龍寺城の西方を焼き払う。これに明智方が応戦し、鉄砲による小競り合いがあった。

その夜、秀吉は摂津富田に到着する。

十三日は、朝から小雨が降った。雨の中、光秀は本陣を御坊塚に移す。

両軍は円明寺川を挟んで対峙した。戦闘が始まったのは申の中刻（午後四時）である。天王山から中川隊が進出して来たのを見て、溝尾隊を含めた右翼の諸隊が、天王山を奪取すべく攻撃を開始した。敵が与力の中川隊だったことが、明智勢を奮起させた。

銃撃戦に続いて矢の応酬があり、

「掛かれ！」

庄兵衛は槍を小脇に抱え、先陣を切って敵中へ馬を駆る。騎馬、徒《かち》の兵が鬨《とき》の声を上げて後に続く。雨はまだ止まない。雨中の激戦となった。

秀吉は天王山の重要性を認識していた。明智軍の攻撃を見て、即刻、実弟の秀長と黒田官兵衛の精鋭部隊を天王山へ送った。

激しい敵味方の銃撃音、鬨の声が左翼の利三の耳に届いた。同時に、川の手を進んで来る池田隊の幟《のぼり》が見える。池田隊は先頭に立ち、幾つかの隊が後に続いて来る。大軍である。利三の手許には三千の兵しかない。

「来たか、池田恒興」

馬上の利三は兜の下で、にこり、と笑いを洩らす。

「よいか、敵の先鋒を切り崩し、敵中を突破して秀吉の本陣まで攻め込む。周りを気にするな。ひたすら突き進むのだ。この一戦の手柄はわれらのものぞ」

「おう！」

と兵が応える。

「鉄砲隊は二段に構える。火縄の火を雨に濡らすな」

敵が撃って来た。銃弾が雨を切って飛来する。味方の兵が次々と倒れる。

「まだまだ」

利三は身じろぎもしない。

「撃て！」

号令一下、斎藤隊の銃口が一斉に火を噴き、敵の騎馬兵がばたばたと落馬する。鉄砲隊は二段構えで銃撃を続けたが、敵が所有する鉄砲の数はずっと多い。敵との距離が縮まると、無数の矢が激しい横殴りの雨のごとくに飛んで来る。

利三は弓隊にも攻撃を命じた。が、味方の損傷が次第に大きくなる。

「突っ込むぞ！　騎馬も徒もおれに続け」

利三は叫ぶや、馬腹を蹴った。その瞬間、激しい衝撃を左肩に受ける。敵の弾が命中したのだ。辛うじて落馬を堪えて、そのまま群がる敵の中へ突進する。

「おおっ！」

「ああっ！」

川岸も土手も道も野も、怒号、悲鳴で満ちている。敵、味方入り乱れての乱戦である。馬上から徒の兵を突き刺す者、馬から引き摺り下ろされる者、向き合って渡り合う者、泥の中を組み合って転げ回っている者、取り囲まれて独りで戦っている者、敵も味方も血みどろになり、力尽きて倒れる。

利三は激痛に耐えて突き進み、槍を振るい、敵兵を突き伏せ、殴り、馬もろとも体当たりして落馬させる。なんとしても、秀吉の本陣へ突入したい。だが、敵は重なるように行く手に湧き立って利三を阻む。味方がついて来ているかどうかも分からない。

「どけ。邪魔するな」

利三は、一人になっても、秀吉の本陣に斬り込む覚悟だった。

新手の敵を迎えて、右翼は苦戦していた。どう足掻《あが》いても、天王山まで辿り着けない。むしろ、味方は押され気味で、戦線は次第に後退している。

「一歩も退くな！」

庄兵衛は馬を右左《みぎひだり》に駆り、声を嗄《か》らして叫ぶ。物頭が多数討ち取られ、味方の士気は下がる一方である。

庄兵衛自身も、鎧《よろい》の上から数本の矢を受け、内一本は胸の肉に達していた。脚にも傷を負っている。兜の前立《まえだて》は切り落とされ、槍は折れ、頼みは太刀一振りだった。雨に煙る天王山の麓が嫌に遠くに見える。

「うおっ！」

敵の鬨の声が味方を圧するように轟《とどろ》き、敵は嵩《かさ》に掛かって総攻撃に出て来た。

秀吉は右翼も左翼も勝ち進んでいることを知って、いまが決戦の時だと判断した。織田隊、丹羽隊を率いて本隊を山崎の町へ進め、全軍に総攻撃を命ずる。

馬の足が泥濘《でいねい》に滑って、どうっ、と利三は落馬した。左肩の鉄砲傷の痛みの激しさに、そのまま動けない。

「見参」

鎧武者が槍を突き出す。それを転がって辛うじて躱《かわ》した。膝をつき、槍を杖に上体を起こす。敵は三人、

「参れ」

利三は右腕一本で槍を構えた。

ついに、秀吉の本陣に突入することは叶わなかった。敵中深く入り過ぎ、つき従って来た味方もほとんどが討たれてしまった。

これまでだ、と利三は覚悟を決めた。

敵の一人が気合もろとも突き掛かる。その槍を撥ね、穂先を返して薙《な》ぐ。切っ先が過《あやま》たずに敵の腹を裂く。

「ううっ」

敵が倒れるより早く、二人目が上段から太刀を振り下ろして来た。受けたが、柄が両断された。利三は一歩退いて、太刀を抜く。二撃が来る。それを払い、

「とうっ」

猿臂《えんぴ》を伸ばして、太刀を突き出す。ぱっ、と敵は飛び退る。と、いま一人が背後から槍を繰り出した。その槍を脇の下で抱え込み、撥ねのけ、振り向きざまに太刀を叩きつける。敵は頸筋から血を吹いて倒れた。

雑兵が、さっ、と利三を取り囲む。

利三は視線を巡らせて、

「ハハハ」

と笑った。

息が切れ、太刀を杖にして、辛うじて身を支えている。まだ一人二人は斃《たお》せるが、それ以上の働きは出来ない。

伯父上、お許し下され、と光秀に語り掛ける。伯父上にご無理をさせながら、それがしの無能ゆえ、なんの働きも出来申さなんだ。が、伯父上は決して諦めてはなりませぬぞ。どこまでも己を貫き通されよ。

では、お先に、ご免。

そのとき、

「殿！」

味方の叫びを聞いた。目の端に、斎藤隊の騎馬が三騎、飛沫《しぶき》を上げて突進して来るのが映る。彼らは敵の包囲の輪を突き破り、一人が下馬すると、

「これにて、お退《ひ》き下され」

「馬鹿者！　おれに構わず退け」

馬がなくては、この場からの脱出は不可能である。

「さあ、お急ぎを！」

利三は押し上げられるようにして、馬上に身を置く。

「ついて参るか」

「はっ」

いきなり、槍が馬の尻を強打する。馬が跳び撥ね、どっ、と走り出した。

陽が落ちた。光秀は床几《しょうぎ》に腰を下ろして動かない。篝火が雨を受けて、ジュッ、ジュッ、と鳴っている。

戦線と思《おぼ》しき前方が、ぼおっと明るく霞んでいるのは、敵の掲げる松明《たいまつ》の火か。

前線から母衣《ほろ》の者によって次々ともたらされる報告は、主立った物頭の悲報ばかりであった。彌兵が放った物見の者の報せも似たようなものである。山の手の右翼は壊滅的な打撃を受け、川の手の左翼も散り散りに分散させられた、という。

光秀は、本陣に控えていた隊の幾つかを、敵の主力が押し出して来る中央部へ派遣した。しかし、戦況は好転しなかった。いまや、本陣には七百ばかりの兵しか残っていない。

「このままでは、左右から包囲されることになりましょう」

と彌兵が言う。

「利三、庄兵衛はどうした」

「分かりませぬ」

光秀は床几を立った。雨は鎧を通して、膚《はだ》にまで達している。

戦いは間違いなく敗勢だが、心萎えているわけではない。いや、これほど心躍る戦をしたのは何年振りのことか。恐らく、明智城を脱出したとき以来ではないか。これら二つの戦は、いずれも己の信念のための戦であった。

「馬を引け」

「如何《いかが》なされます」

「こうなった上は、中央を突破して、秀吉と決戦に及ぶ」

「それは短慮に過ぎましょう。まだ、決着がついたわけではありませぬ。たとえ、今日の戦に敗れましょうとも、まだまだ、これからでござる」

彌兵の言にも、むろん、一理ある。光秀にしても、自暴自棄になっているわけではない。しかし、光秀のために、四、五千の将兵が死んで行った。彼らに報いるためには、同じ戦場に己の屍《しかばね》を晒す以外にはない。

「殿、早まってはなりませぬ。ここは、口惜しゅうござるが、再起を期してひとまず退きましょうぞ」

と近侍《きんじ》の者たちも彌兵と同じことを言う。

「よいから、馬を引け。秀吉に最後の決戦を挑んでこそ、勝機も生まれるのだ」

「それは違いましょう」

声がして、血みどろの庄兵衛が、篝火の明りの外からのろのろと姿を見せた。折れた太刀を杖にしている。

「おお、無事であったか」

「殿、無念ながら、敗れ申した」

「ご苦労であった」

「勝機は、この戦場にはござらぬ」

庄兵衛は立っていられず、

「ご免下されー」と光秀の前に座り込む。「殿までこの戦場にてお命を落とされては、われら、これ以上の恥辱はござらぬ」

「――」

「まずは、勝龍寺城までお引き上げ下され。散り散りになった兵を収容し、その上で、ご存分になされませ」

「溝尾《みぞお》殿の申される通りでござる」

と彌兵も言う。

光秀は彌兵の目を見返した。彌兵が微かに頷く。はっ、とする。

彌兵は時を稼ぎ、狙撃隊を組織し、夜陰に紛れて秀吉暗殺を決意したのだ。

光秀は視線を外さず、首を横に振った。

ならぬ。ならぬぞ、彌兵。

たとえ、この苦境を脱することが出来たとしても、暗殺による勝利では、これからの政に暗い影を投げ掛けることになる。いや、それ以上に、武人として、戦は正々堂々と戦って勝ちを収めたい。

「分かった。皆の言葉に従おう」

「有難きご決断でござる」

庄兵衛が頭を垂れる。

「彌兵はおれの側にいてくれ」

「――」

「彌兵」

「心得ました」

勝龍寺城は平城で、規模も小さく籠城に耐え得る城ではない。光秀は坂本城によって秀吉に最後の決戦を挑むことを決意した。

羽柴軍は追撃の手を緩め、勝龍寺城を包囲する陣形を取った。本陣は山崎に置き、勝ち過ぎることから生まれる隙を用心したのだろうか。包囲の兵力は二万。さすがは秀吉だ、と光秀は改めて感服する。

しかし、これでは、敗走した味方が城に入れない。利三の生死も不明だった。

「包囲網にも、一か所、手薄な箇所がございます」

見張りの報告を受けて、光秀は笑った。

夜食をとっているときだった。膳部には握飯と古漬けがのっている。腹が減っでは、気が立ち、脱出もうまく行かない。光秀は彌兵、庄兵衛にも勧めて、ゆっくり握飯を味わった。

「そこがもっとも危なかろう。いつもの秀吉の手だ」

それから、表情を改めて、

「少人数に分かれて、出来るだけ多く城を出るのだ。どうしても抜け出ることが出来ぬときは、潔く降伏しろ。心配は要らぬ。秀吉なら、悪いようにはせぬ。このこと、しかと皆の者に伝えろ」

竹筒から水を飲む。水は快く喉を潤し、胃の腑に納まる。

「旨い」

「それがしは殿とお別れし、手の者を連れて城を出ましょう」

と彌兵が言った。

「彌兵はおれを守ってくれねばならぬ」

「それがしがお供いたす」

と庄兵衛が腰を上げる。

「なりませぬか」

彌兵は窪んだ目を光らせていた。その目には必死の願いが籠められている。

「ならぬ」

「分かりました。お供いたしましょう」

と彌兵は白い歯を見せた。

四半刻（三十分）後、光秀は城を出た。供についたのは、庄兵衛，彌兵、それに小者として庄兵衛に仕える與次《よじ》ら総勢六名。與次は庄兵衛の供が叶わぬなら腹を斬る、と願い出たのだった。

幸い、雨は上がり、夜空は厚い雲に覆われている。遠くに見える包囲軍の篝火や松明の他に明りはない。

一行は馬の蹄《ひづめ》に藁沓《わらぐつ》を履かせ、火縄の火も消して闇の中を静かに進んだ。下鳥羽へ向かう。道はぬかるみ、林に入ると、樹々の葉が溜めた滴を兜や鎧の上に垂らす。

誰も口を利かない。六名の者はそれぞれに己の思いの中にいた。光秀自身はなにも思わない。すべては天に委ねてしまった。そして、天とは己の力の及ばぬものを意味する。すると、不思議と心が軽やかになる。

下鳥羽から伏見の大亀谷《おおかめだに》を抜け、小栗栖に差し掛かる。北東に道を取れば、山《やま》科《しな》に向かう。雑木林の中を通り、畑地を行く。前方に黒々とした闇の塊が見えた。奥深い竹藪のようだった。

先頭を行く彌兵が馬を止め、手を上げて一行を制した。彌兵はじっと藪の中を窺っている。なにか気に懸かることがあるらしい。

「参ろう」

と光秀は声を掛けた。

「はっ」

一列になって藪の中に入る。道は細く曲りくねっている。彌兵が先頭を行き、光秀は三番目を行く。殿《しんがり》は庄兵衛である。闇は一段と濃くなって、彌兵の後姿が見えないほどだった。夜明け前には闇がもっとも深くなる。光秀は、ふと、一首浮かびそうだったが、それは明確な言葉にならなかった。

「お気をつけ下さい」

と彌兵が囁くように言う。

風が出たのか、藪の中は四方八方がざわめいている。彌兵が再び馬を止めた。

そのまま、動かない。

「引き返しましょう」

彌兵が小さく言った。

そのとたん、

「うわっ」

悲鳴を上げて、光秀の前の與次が落馬した。が、機敏に立ち上がると、太刀を抜いて、

「待ち伏せだ」

と叫んだ。

周りの藪の中から湧くように人影が現れた。竹槍を手にして一行を囲む。二十人はいる。敵の待ち伏せではない。落人狩りの土民だった。頬被りをし、竹槍を構えて、じりじり、と詰め寄って来る。彼らの狙いは槍や刀、兜や鎧など金目の物である。

「待て、慌てるな」

と光秀は一行を制した。

土民に向かい、

「おれは明智日向守光秀だ。われらを先導してくれれば、恩賞は望みのままに取らせる」

土民は答えない。目ばかり異様に光らせて、無言のまま、竹槍を構えて間を詰めて来る。

「やれ！」

突如、土民の一人が叫び、

「うわっ」

竹槍が一斉に突き出された。

光秀は暴れる馬を御しつつ、太刀を抜いて竹槍を払う。槍は次から次へと襲って来る。光秀を狙うだけではない。馬も突く。

「殿！」

彌兵の声が悲鳴のように聞こえた。主従は巧みに切り離され、どこに誰がいるのか分からない。

光秀は馬腹を蹴った。馬は嘶《いなな》き、棒立ちになって、光秀を振り落とそうとする。

「彌兵！　庄兵衛！」

と光秀は叫んだ。

と、凄まじい痛みが横腹を襲った。

「うっ」

槍が胴丸の右の結び目から深々と突き刺さっている。

「うむ」

太刀を振るって槍を両断した。馬が狂奔し、光秀は投げ出された。頭を強打し、光秀は深い闇の底へ落ちて行った。

どれほど意識を失っていたのか、光秀には記憶がない。誰かに運ばれたようにも思うし、口を利いた気もする。

「殿、殿」

目を開けると、誰かが光秀を抱き起こして、必死の形相で覗き込んでいた。

「庄兵衛か」

口を利いたとたん、激痛が腹全体に走る。

「彌兵はどうした」

「いま、馬を捜しに行っております」

庄兵衛は髻が切れ、さんばら髪になっていた。鎧も脱ぎ捨て、衣服は血に塗れてずたずたに切り裂かれている。

「座らせてくれ」

與次が背後に回って、光秀を椽《くぬぎ》の幹に寄り掛からせる。

「與次も無事であったか。よかった」

與次は泣いていた。

そこは椽の林の中だった。辺りが白み掛けている。

間もなく、夜が明け、小鳥が囀《さえず》るだろう、とふと思う。

静かだった。土民の喚き声も、彼らを防いでいる味方の声もない。

「いまに彌兵殿が馬を連れて来ましょう。しばらく、ご休息下され」

光秀は己の腹に目をやった。鎧は脱がされ、腹に布が巻きつけてある。その布はたっぷりと血を吸っていた。この分では、腸が食《は》み出している、と思われる。

小鳥が樹間を飛び交っているようだった。

「もう、よい」

と光秀は言った。

すべては終ったのだ。足掛け五十五年間にもわたる、長い長い夢のような一生だった。その夢が、いま醒めた。醒めてみれば、すべては運命だったことが分かる。

しかし、これで、時代《とき》の流れは変わる。己の役目は果たしたのだ。悔いはない。

「なにを仰せです。気を確かにお持ち下され。追々、皆も集まって参ります」

秀吉に完敗だった。恐らく、秀吉には強運が味方したのだろう。それだけの運を呼ぶ器量を秀吉は持っていた、ということだ。

光秀は血の気の失せた端整な面長の顔に、ふっ、と笑いを浮かべた。

猿めには負けたが、あ奴なら、天下を悪いようにはすまい。

「腹を斬る。庄兵衛、介錯《かいしゃく》いたせ」

「なりませぬ」

「その方らは、なんとしても坂本まで落ち延びよ。彌兵にも、そう伝えるのだ」

言葉を口から出すことが苦しく辛い。しばらく、息を整え、

「生きよ。彌平次が、坂本で待っていよう」

庄兵衛も與次も答えない。

「よいか、これはおれの最後の命だ」

庄兵衛は啜り泣いている。

「庄兵衛、なぜ、悲しむ。おれはやるべきことをやった。満足に思うておる」

「――」

「その方らには済まぬことになったが、これで、よいのだ」

光秀は脇差の鞘《さや》を払った。急がなければ、腹を斬る気力をなくしてしまう。

「凞子《ひろこ》が待っていよう。これ以上、待たせるわけにも行かぬわ」

「殿！」

「さらばだ」

椽の樹から背を離し、衣服の上から脇差を左腹に突き立てる。

「介錯！」

切っ先を右に引く。

「ご免！」

庄兵衛の裂帛《れっぱく》の気合を、光秀は心地よく聞いた。

「與次、手伝え」

庄兵衛は脇差で椽の樹の根元を掘り起こしに掛かった。光秀の首を敵の目から隠さなければならない。與次は泣きながら庄兵衛の脇にしゃがみ込んだ。

二人は黙々と仕事を続けた。脇差で土を掘り、手で掬《すく》い取る。庄兵衛は手に力が入らない。指先が血を滲ませ、爪が剝がれた。

「これでよいだろう」

穴は二尺（約六〇センチ）ほどの深さしかない。それ以上掘ることは不可能だった。時もない。辺りはすっかり明るくなった。土民は姿を消したが、追っ手が迫っている。

庄兵衛は、最後の気力を振り絞って、光秀の首と体を穴の底に横たえた。光秀の顔の血を拭うと、面長の気品のある顔が現れた。

陽に灼けて逞しかった顔は血の気を失って、固めた白蠟のようである。苦悶の表情はない。無念の思いもない。くっきりした眉、切れ長の目、優しげな口許は生前のままであった。額と頬に傷を受けているが、それらの傷も匂うような気品を損なうことはなかった。

庄兵衛は光秀が決して虚言を弄さないことを知っている。光秀は、間違いなく、満足して死んで行ったのだ。そう思うことは、庄兵衛にはなによりの慰めだった。

「奥方様とゆるりとお過ごしなされませ」

合掌し、遺骸に土を掛け、埋め、土饅頭《どまんじゅう》にならぬように地を均《なら》し、草を被せる。

「與次、この場所を忘れるでないぞ。目印を見つけて、頭に刻み込んでおくのだ」

「はっ」

「参れ」

庄兵衛は林の中を背を屈めて走る。足が縺《もつ》れて、一歩々々、よろけているのが己にもはっきりと分かる。胸と脚の傷の痛みが耐え難く、息が苦しい。やっと光秀と五十間ほど離れた。足を止め、息を継ぎ、

「與次、これまで、よくぞ供をしてくれた。ここで別れる」

「どうなさるおつもりですか」

「おれは殿のお供を仕《つかまつ》る。殿を寂しがらせるわけには行かぬでな。あれで、なかなか、寂しがり屋なのだ」

庄兵衛は小さく笑った。

「なりませぬ」

と與次は顔色を変える。

「よく聞け。お前はこのことを明智彌平次殿に伝えねばならぬ。彌平次殿は坂本におられよう」

「いいえ。私もお供いたします」

庄兵衛は座り込み、

「ならぬ。この役目が果たせるのはお前しかおらぬのだ。お前なら出来る」

「――」

「衣服を脱いで、襤褸《ぼろ》を纏え。太刀は置いて行く方がよい。髪を崩し、土を体になすりつけて、百姓のなりをするのだ」

與次は立ち尽したまま動かない。

「おれに構わず、行け」

與次が、ぺこり、と頭を下げる。

「よし。決して死ぬなよ」

與次は、いきなり、走り出した。その顔は涙で濡れていた。

(四)

坂本城の彌平次が與次から光秀の死を聞いたのは、十四日の夜であった。

「ああっ」

彌平次は声を限りに叫んだ。

二の丸の大広場である。数多くの篝火が焚かれ、馬と兵が慌ただしく行き来している。目の前には、土と汗に塗れた裸同然の與次が、へたり込んだままだった。物頭たちも詰め掛けた。

彌平次は人目を憚《はばか》らず、

「おおっ」

と叫び続け、夜空を仰ぐ。

湖水を覆う夜空には無数の星が瞬いている。彌平次の目にはなにも入らない。

やがて、彌平次は與次に目を移し、

「よくぞ、知らせてくれた。礼を言うぞ」

「私だけが生き延びて、恥しゅうございます」

「なにを言う。その方なればこそ出来たことだ。庄兵衛殿も喜んでおられる」

「――」

「ゆっくり休め。休んだら、今宵の内に城を出るのだ」

坂本城にいては、與次は死ぬことになる。この律儀な男だけは死なせてはならない。

「お願いです。ここに置いて下さい」

「殿がどこにおられるか、それを知っているのはその方一人なのだ。その方には、なにがなんでも、生き延びてもらわねばならぬ。聞き分けてくれ」

與次は肩を震わせている。

山崎において明智軍が惨敗したことは、その日の内に安土城の彌平次の耳に入った。彌平次は坂本城へ急行すべく、千数百の兵を率いて安土を出た。それが今日の早朝のことである。

途中、羽柴軍先鋒の堀隊に遭遇して、激しい戦いとなった。多くの犠牲者が出て、味方は散り散りに分散させられた。

それでも戦い続け、敵が怯み、退いた隙を捉えて、彌平次は湖岸へ逃れた。どのようなことをしても、坂本城に入らなければならない。山崎で敗走した味方が、坂本を目指して来るのは明らかだった。その時点では、光秀も坂本に辿り着く、と彌平次は信じていた。

馬は水際を走り、ときには、湖水を泳ぎ渡る。坂本城に入ったときには、ついて来た騎馬兵は三十騎ばかりになっていた。

しかし、光秀は逝き、事は終った。

追尾して来た堀隊が攻撃を開始したのは、十五日の朝である。なおも敵は続々と集結して来る。

夜明けまでに、彌平次は出来るだけ多くの城兵を落とした。各人には城に蓄えてあった金銀を分け与えた。生き延びよ、と説得に努めたが、それでも数百の兵が残った。その中に、大場荘右衛門が一子、二十一歳になる荘太郎がいた。

彌平次は荘太郎を呼びつけ、

「お前は城を出なければならぬ」

と申しつけた。

「嫌です。私は殿のお供をいたします」

「馬鹿者！　お前は立派な武士になる、と婆様《ばば》に約束したのではなかったのか」

そのお婆は三年前に亡くなっていた。

「おれの目から見れば、お前はまだ一人前の武士とは見えぬ」

「しかし――」

「黙れ。よいか、大場荘太郎。なにがなんでも生き延びて、どこへ潜り込んでもよい。精進して、見事な武士になるのだ。それがお前の務めだ」

「――」

「お前が立派な武士になってくれねば、光秀様もおれも、婆様に合わせる顔がないではないか。分かったな」

荘太郎は涙を流して佇立していた。

彌平次は大天守の最上階に戻って、

「これまでだ。覚悟はよいな」

と倫子《りんこ》に言った。

十三歳になる光秀の息十五郎もいる。その他、一族の主立った者が集まった。

倫子は十五郎の肩をしっかりと抱いていた。まだ、二十九の若さである。にこり、と彌平次を見上げる。十五郎はきっと口許を結んで、こくり、と頷く。

一刻(二時間)の間、城兵は果敢に戦ったが、すでに、三の丸は攻め込まれて炎上し、敵は堀を越えて二の丸に迫っている。湖面では、味方の軍船が敵船の攻撃を受けて、黒煙を上げて燃えていた。弾丸と矢が大天守にも届き始めた。

彌平次は一同に目をやって、

「天守、本丸、武器倉に火を掛け、城をことごとく焼き尽し、われらは自刃して果てる」

一同に声はない。女、子供の啜り泣く声も嘆き悲しむ声もなかった。誰もが覚悟を決めた晴れやかな表情を見せている。

「よし」

　彌平次は大きく頷いた。

　銃声が、ぴたり、と止んだ。鬨の声もない。使者に遣わした近侍の者が、敵と話をつけたようだった。

　彌平次は用意した包みを小脇に抱えて大天守を出た。包みには、明智家の宝物とされていた物の中でも貴重な、国行《くにゆき》の太刀、吉光《よしみつ》の脇差、虚堂《きどう》の墨跡等が目録とともに収めてある。

　騎馬で二の丸への橋を渡ると、敵勢の中から一人の部将が徒で進み出て来た。彌平次も下馬して歩み寄る。

「明智彌平次秀満《ひでみつ》でござる」

「堀直政でござる」

　堀直政は堀家の家老を勤める。

「これなるは天下の道具でござるゆえ、私することの叶わぬ物。それがしとともに滅しては、明智彌平次秀満の傍若無人と笑われましょう。よって、お引き渡しいたす。お受け取り下され」

直政は包みを受け取り、

「殊勝なるお心掛け、直政、感じ入り申した。改めさせていただく」

包みを解き、一品ずつ目録に照らし合わせる。

「一つ、お訊きしてよろしいか」

「なんでござる」

「明智家には、郷義弘《ごうのよしひろ》の脇差があると聞き及んでいた。それがないのは、なにゆえでござるか」

「郷義弘の脇差は、わが殿日向守光秀が、命とともに秘蔵して来た一品。死出の山にて殿にお渡しするため、それがしの腰にござる」

と彌平次は高々と笑った。

「なるほど」

直政は包みを目の高さに捧げ、

「確かに受け取り申した」

「では、これにてご免蒙る。心行くまでお攻め下され」

大天守に戻ると、たちまち、銃撃の音が轟き、鬨の声が上がった。

「これより、ともども、天へ駆け上がろうぞ」

と彌平次は一同に言う。

「おう」

と一同が応える。

倫子の前に膝をつき、

「短い間ではあったが、そなたを得て、おれの生涯は輝くものになった。礼を言うぞ」

「私こそ、生涯の終りをあなたと過ごせて、こんなに幸せなことはありませぬ」

「あの世とやらで、添い遂げようぞ」

「必ず」

彌平次は十五郎を広い胸に搔き抱き、

「若は強い武人だ。心配することはなにもない。父上も母上も待っておられる。それがしが、しかとご案内仕る」

言葉の途中で、彌平次の手が郷義弘の脇差を抜き、十五郎の心の臓を過つことなく刺し貫いた。十五郎は、一瞬、目を瞠《みは》り、それから瞼を閉じて、彌平次の胸の中に力絶えた体を委ねる。

十五郎をそっと横たえると、彌平次は倫子を背後から抱き締め、

「すぐに行くゆえ、待っておれ」

倫子が頷く。

彌平次は倫子の左の乳房の下に、ぐいっ、と脇差の切っ先を突き刺す。

「ああ」

微かな呻きを洩らして、倫子が体を震わせる。その倫子をしっかり抱き竦《すく》めて、彌平次は動かない。倫子は静かに頭《こうべ》を垂れた。

その間にも、多くの者が死へ旅立った。子を刺す者、互いに刺し違える者、腹を斬る者、いずれも、気合、呻き、悲鳴を残して死んで行った。

彌平次はすべてを見届けて後、どっかと胡座《あぐら》を組み、衣服の懐を広げて下腹を出す。

「煙硝に火を放て！」

一声、命を発すると、脇差を下腹に突き刺し、気力を振り絞って、十文字に掻き斬った。

天守が大爆音とともに天に向かって弾け飛んだのは、それから間もなくのことであった。

吉田兼見は書机《しょづくえ》の前に端座して、決心をつけかねていた。机の上には、几帳面《きちょうめん》に書き続けて来た日記が置かれている。蠟燭《ろうそく》の明りに照らされたその日記が兼見を脅かすのだった。

光秀はこれからの天下を託するに足る武人だった。そのことになんの疑いもない。兼見にとっては、年長の優れた友垣であり、これからの兼見が頼りに出来る人物でもあった。その光秀があっけなく敗れてしまった。

光秀殿！

兼見は瞑目し、無念の思いを呑み込む。

屋敷は、しーん、と寝静まっていた。

しかし――、と兼見は己の日記に目をやる。

吉田家は吉田神道《しんとう》の神主から苦労を重ねて公家の仲間入りを果たし、兼見自身は念願の殿上人《てんじょうびと》に加えられた。一か月前には、従三位《じゅさんみ》の身分を賜ったところである。それが一瞬にして水泡に帰する可能性がある。

元亀元年(一五七〇)の六月、兼見三十六歳の年から書き始められたこの日記は、〈兼見卿記〉と呼ばれて、後世に残ることになる。

その日記には、光秀に関する記述が多くある。光秀が逆臣として秀吉に討たれたいま、こうした数々の記載が秀吉の目に触れれば、どういうことになるか。

記憶を辿れば、日記に光秀が登場してから、すでに十一年半になる。

〈明智十兵衛《じゅうべえ》尉《のじょう》来たり、石風呂所望により焼き了《おわん》ぬ〉

光秀が兼見の屋敷にやって来て、風呂に入りたがったときのことだ。

〈城中天主作事以下、悉《ことごと》く披見也、驚目し了ぬ〉

坂本城を訪問した際の兼見の印象を記したものである。

そうした記述には、問題はなさそうだった。しかし、秀吉の目に触れては糾弾されかねない記載も多くある。

特に、今年に入ってからは、不都合な箇所が多い。光秀が信長を討った直後、兼見は光秀に会っている。そのときのことや、安土へ赴いたときのことなどは命取りにならないとも限らない。

よし。

兼見は腹を決めた。天正十年の分は六月十二日まで書いたままで終っている。この今年の分をすべて書き換えてしまうのだ。

許されよ、光秀殿。

兼見は手早く新しい帳を作り、息を整えて筆を取った。


京粟田口の刑場の前は黒山の人集《ひとだか》りだった。その竹矢来の最前列に猟師姿の彌兵がいる。

殿、答えて下され。

彌兵は磔《はりつけ》にされた光秀の遺骸に問い掛けたが、むろん、光秀は答えてくれない。

小栗栖の竹藪で光秀とはぐれた彌兵は、辛うじて竹藪から逃げおおせた。しかし、坂本城に入ることは叶わなかった。

十四日、勝龍寺城が降伏する。

同日、亀山城が落ちた。

十五日、坂本城が灰燼《かいじん》に帰し、安土城が炎上する。安土城に火を放ったのは、織田信雄とも言われているし、近郊の土民の手で焼かれたとも噂されている。

彌兵は、一旦、伊吹の山中に潜み、猟師に身をやつして下山し、光秀、庄兵衛、利三、彌平次の死を知った。

光秀の首級《しるし》と胴体は敵に発見されて、秀吉の許に届けられた。秀吉は光秀の首級を本能寺に晒し、さらに、首と胴体を繋いで磔に処したのだった。利三は深手を負って堅田に隠れていたが、捕らえられ、六条河原で首を刎《は》ねられた。いま、光秀と並んで磔にされている。

見物に集まった人々は身を寄せ合って、あれやこれやと囁き交している。が、彌兵の耳には入らない。

竹矢来の中には、仮小屋が建てられ、警護の兵が十名ほど詰めている。番兵が二名、槍を立てて見物衆と向き合っていた。

殿、こうなっても、それがしは秀吉をつけ狙うてはならぬのでござるか。殿はそれでご満足か。

それがしに、再び、山に入って猟師として生涯を全《まっと》うしろ、と仰せか。いいえ、それは出来申さぬ。

答えて下され、殿。

狙えば必ず撃ち取れる。惜しい命ではない。己を投げ出しさえすれば、事は易々となる。しかし、それを光秀が望まぬのなら、彌兵は引金を引くことが出来ない。

彌兵は竹矢来に体を押しつけて立ち竦んでいた。光秀も利三も、もはや、見る影もなく変わり果てている。死臭も漂って来る。彌兵は視線を逸《そ》らさない。

「可児《かに》様」

耳許で低い声があって、彌兵は、ぎょっ、と振り向いた。

「おお」

「お首を――」

與次が身を擦り寄せて囁いた。薄汚い百姓の身なりで、破れた手拭で頬被りをしている。

「うむ」

與次の一言で、彌兵は、はっ、と気づかされた。彌兵の問に対する、それが光秀の答だったのか。

與次は、光秀と利三の首を奪おう、と言っている。そのことは彌兵も考えないではなかった。しかし、彌兵の心を強く捉えていたのは、秀吉への怒りと憎しみだった。

光秀の首を西教寺《さいきょうじ》の凞子の墓に並べて葬らねばならぬ。彌兵がなによりもまずなさねばならぬのは、そのことだった。すべてはそれからである。

彌兵は與次に頷いて、竹矢来を離れた。與次がついて来る。

首を奪うとすれば、じっくりと手立を考えねばならない。体の中を熱い血が流れ始め、顔が上気する。ここ数日死んでいた五体が、生き返ったようだった。振り返って、

「命懸けの仕事になるぞ。手伝うてくれるか」

與次が、こくり、と頷く。その顔が彌兵には眩しく見えた。

〈了〉

参考文献

『明智光秀』 高柳光寿 吉川弘文館
『明智光秀』 小和田哲男 ＰＨＰ研究所
『信長』 秋山駿 新潮社
『明智軍記』 二木謙一校注 新人物往来社
『日本の歴史(11) 戦国大名』 杉山博 中央公論新社
『日本の歴史(12) 天下一統』 林屋辰三郎 中央公論新社
『信長公記』(原本現代訳) 太田牛一原著 榊山潤訳 教育社
『名将言行録』 岡谷繁実 岩波書店
『俊英 明智光秀』(歴史群像シリーズ) 学習研究社
『激震 織田信長』(歴史群像シリーズ) 学習研究社
『戦国武将 戦略・戦術事典』 小和田哲男監修 主婦と生活社
『戦国武将 知れば知るほど』 小和田哲男監修 実業之日本社
『日本おもしろ歴史館』 南條範夫 天山出版

【明智光秀・略年表】

弘治二年	一五五六	明智城陥落。妻凞子とともに越前に向かう。
永禄九年	一五六六	足利義秋（のちの義昭）が一乗谷へ亡命。義秋の幕臣となる。
永禄十年	一五六七	義秋と信長の仲介の労をとる。
永禄十一年	一五六八	朝倉家を致仕し、信長に仕える。義昭、信長を頼って一乗谷を出立。
永禄十二年	一五六九	三好三人衆、京都本圀寺の義昭を襲撃するも、光秀らに撃退される。信長に秀吉とともに二条の御所の普請を命じられ、京の奉行に任じられる。
元亀元年	一五七〇	信長、五ヶ条の条書を義昭に認めさせ、光秀が証人となる。朝倉征討に参加。金ヶ崎の退き口で殿を務める。

元亀二年	一五七一	比叡山焼き討ち後、信長より近江志賀郡を与えられる。
元亀三年	一五七二	坂本城の築城に着手。浅井長政の小谷城を攻める。義昭に禄を返上する。
天正元年	一五七三	信長、義昭を追放する。
天正二年	一五七四	信長の命により、息子十二郎定頼を筒井順慶の継嗣とし、娘玉子を細川藤孝の嫡男忠興に嫁さしめることを約す。信長に丹波攻略を命じられる。
天正三年	一五七五	惟任日向守に任ぜられる。丹波黒井城を攻める。
天正四年	一五七六	石山本願寺攻めの最中に病に倒れる。平癒後、今度は妻凞子が病に倒れ、この世を去る。
天正五年	一五七七	信忠の指揮下、松永久秀の立て籠もる大和信貴山城を攻め、自害させる。丹波亀山城を落とす。
天正六年	一五七八	亀山城の修復に着手。信長に反旗を翻した荒木村重を有岡城に乗り込み慰留する。
天正七年	一五七九	丹波八上城の波多野兄弟に降伏を勧め、安土に送るも兄

		弟は信長に処刑される。丹波黒井城を落とす。
天正八年	一五八〇	丹波攻略の恩賞として、信長より丹波一国を与えられる。近江志賀郡と合わせて三十四万石の領主となり、近畿の管領を命じられる。
天正九年	一五八一	京で信長の御馬揃の行事を取り仕切る。 十八ヶ条におよぶ「明智光秀家中軍法」を制定する。
天正十年	一五八二	五月、安土を訪れた家康の御馳走役を信長に命じられる。家康接待中に、突如、出雲、石見への出陣を命じられる。 五月二十八日、愛宕大権現に参詣、百韻の出陣連歌を奉納する。 六月二日、本能寺で信長を討ち、二条の御所で信忠を自害させる。 六月十三日、山崎合戦にて秀吉に敗北。同日夜、小栗栖にて土民に襲われ深手を負い自害する。享年五十五歳。

巻末付録

光秀の足跡を追って

戦乱の世に天下万民の幸福を
心から願い続けた明智光秀。

天才であるがゆえに
いつしか独善に陥った信長のもとでは、
天下は間違った道へと突き進むことになる――。

己の信念のもと一命を賭して信長を討ち、
時代《とき》の流れを正した男の足跡を追う。

琵琶湖を望む坂本城の城址公園

光秀ゆかりの地

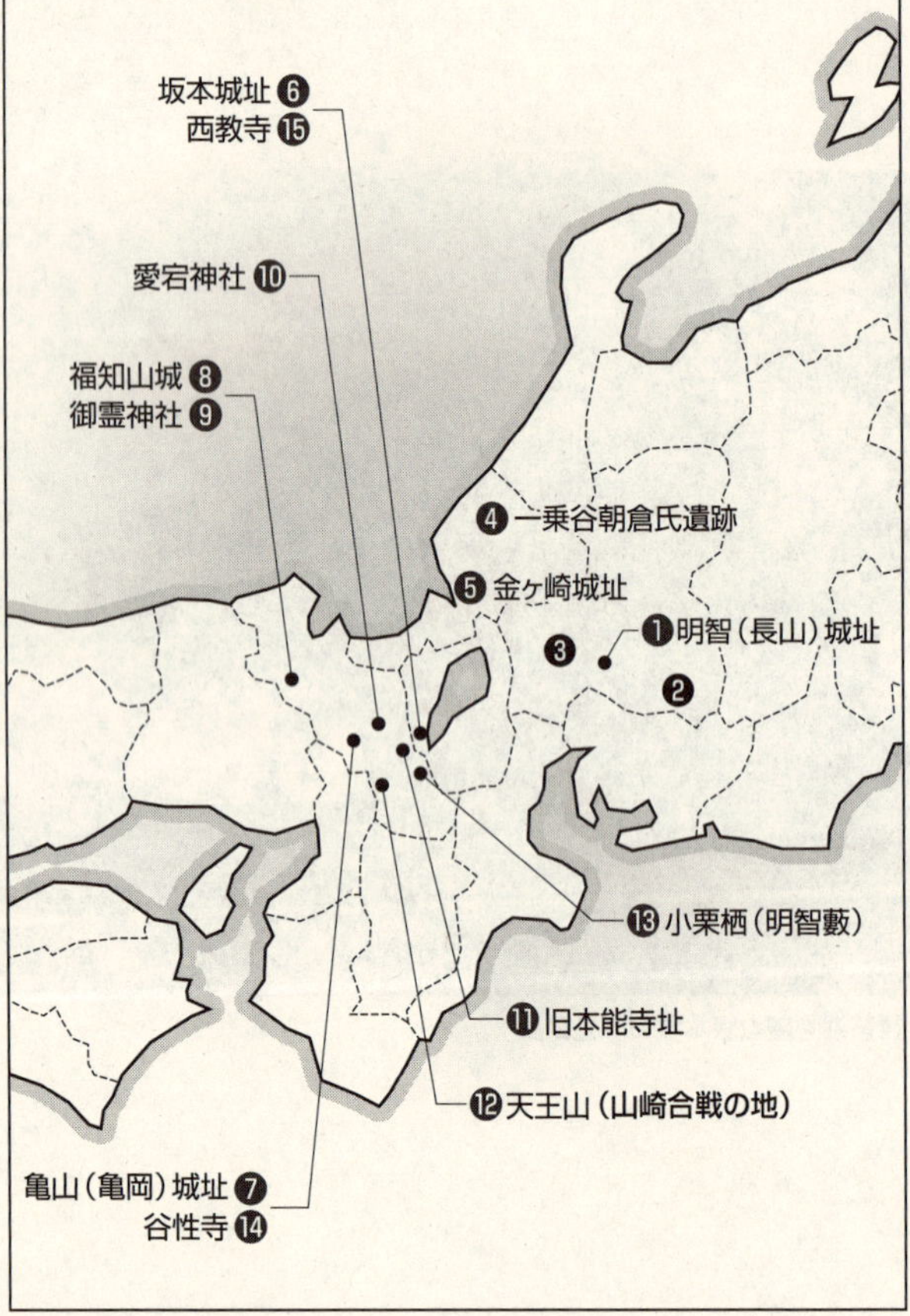
坂本城址 6
西教寺 15
愛宕神社 10
福知山城 8
御霊神社 9
4 一乗谷朝倉氏遺跡
5 金ヶ崎城址
1 明智（長山）城址
3
2
13 小栗栖（明智藪）
11 旧本能寺址
12 天王山（山崎合戦の地）
亀山（亀岡）城址 7
谷性寺 14

❶明智（長山）城址　岐阜県可児《かに》市瀬田

明智光秀は、その前半生が謎に包まれた人物である。出生地さえも実は定かではなく、ここ可児市のほか、同じく岐阜県内にある❷恵那《えな》市明智町城山、❸山県《やまがた》郡美山町（二〇〇三年に高富町・伊自良村と合併）などの説がある。

明智城を取り囲む斎藤義龍軍三千に対して奮戦するも、衆寡敵せず、光秀は妻凞子《ひろこ》とともに城を脱出し、越前へと逃れることとなる。

❹一乗谷《いちじょうだに》朝倉氏遺跡　福井市城戸ノ内町

一乗谷は、朝倉氏による越前支配の拠点となった戦国城下町。最盛期には、人口一万人を超えたといわれ、「北陸の小京都」として文化の華を咲かせた。朝倉氏の滅亡後、信長によって火を放たれ、長い歴史の幕を閉じる。

だが、昭和四十二年の本格的な調査により、当主の館をはじめ武家屋敷、町屋、道路に至るまで、戦国時代の町並がほぼ完全な姿で発掘され、史跡公園として復元整備が進められている。当時の城下町を歩いてタイムスリップを体験することが可能である。

左：一乗谷復元町並
右：朝倉義景を弔うために建てられた寺、松雲院の唐門《からもん》

光秀は、一乗谷に亡命してきた足利義秋（のちの義昭）を十五代将軍として上洛させることを朝倉義景に進言するも受け入れられず、尾張と美濃を平定したばかりの織田信長に活路を見出すこととなる。

❺金《かね》ヶ《が》崎《さき》城址　福井県敦賀市金ヶ崎町

信長による朝倉征討は、浅井長政の謀反によって全軍崩壊の危機に陥る。光秀は、秀吉とともに死を覚悟して撤退の殿を務め、朝倉の追撃を見事に食い止めた。後に「金ヶ崎の退き口」と謳われる。

❻坂本城址　滋賀県大津市下阪本

坂本城は、比叡山の焼き討ち後、信長から志賀

左：明智光秀の石像　右上：坂本城 城址公園　右下：光秀が詠んだ歌碑

郡の支配を命じられた光秀が琵琶湖の湖岸に築いた壮大な水城である。当時、宣教師として日本にいたルイス・フロイスは、その著『日本史』において、信長が築いた安土城に次ぐ豪壮華麗な城だと伝えている。

山崎の合戦で明智軍惨敗の報を耳にした明智（彌平次）秀満は、光秀を救うため、安土城から坂本城を目指し急行するが、羽柴軍の堀直政と遭遇し激しい戦いとなる。その追撃をかわすため、彌平次が琵琶湖を騎馬で渡ったという「湖水渡《こすいわた》り」の伝説が今に伝えられている。

光秀の儚い生涯を物語るかのように、現在は一部の石垣が残されているのみである。城址公園には、光秀が唐崎《からさき》の松を植え替えた時に詠んだ歌碑がある。

左・右：亀山城址

われならで誰かは植えむ
一つ松心して吹け
志賀の浦風

❼亀山(亀岡)城址　京都府亀岡市荒塚町

信長に丹波平定を命じられた光秀だが、八上城主・波多野秀治と弟の秀尚らの頑強な抵抗に遭い難航する。光秀が丹波攻略の拠点としたのが亀山城である。

天正八年（一五八〇）、光秀は丹波攻略の恩賞として丹波一国を与えられ、織田家にとって最も重要な近畿の管轄を命じられる。天正十年（一五八二）、光秀が一万三千の兵力を率いて本能寺へと向かう際、この亀山城が出発点となった。

光秀の死後、亀山城には小早川秀秋、石田三成、前田玄以などが入城し、徳川幕府の下でも目まぐるしく城主が入れ替わった。

明治維新を迎えて廃城。亀山の地名も、伊勢亀山との混同を避けるため「亀岡」と改名される。現在の城址には、大本教の本部が置かれている。

❽福知山城　京都府福知山市字内記

天正七年（一五七九）、光秀は、陥落させた横山城に天守閣を築くなど大規模な改修を施し、その地を福知山と改名した。光秀は、戦乱のため未進となっていた年貢米を徳政令で免除することで百姓を呼び戻し、また商業を振興させ豊かな城下町を築いた。

後の享保年間、福知山の町民の請願によって光秀の善政が顕彰され、光秀の御霊を祀る❾御霊《ごりよう》神社（京都府福知山市西中ノ町）が出来た。そのとき始まった三丹（丹波、丹後、但馬）一の秋祭といわれる「御霊祭《みたままつり》」は、現在も続いている。

⑩愛宕《あたご》神社　京都市右京区嵯峨愛宕町

愛宕神社は古来、朝廷や武家からの信仰が厚く、全国に点在する愛宕社の総本社である。

標高九二四メートル、山城と丹波の国境にある愛宕大権現に戦勝祈願のため参詣した光秀は、ついに信長を討つ決心をする。五坊のひとつ威徳院西坊で、院主の行祐《ぎょうゆう》、連歌師の里村紹巴《じょうは》らと連歌会を催し、

ときは今　天が下しる　五月哉（光秀）

水上まさる　庭の夏山（行祐）

花落つる　池の流れを　せきとめて（紹巴）

などと続き、光秀は詠み終えた百韻を出陣連歌として奉納し、雨の中を下山した。

⓫旧本能寺址　京都市中京区元本能寺南町

本能寺は、法華宗本門流の大本山である。明智の幟《のぼり》「水色桔梗《ききょう》」が本能寺を包囲し終えたのは午前四時、間もなく夜が白み始める頃だという。

変後、本能寺は豊臣秀吉によって移転させられ、信長公廟とともに現在地（京都市中京区下本能寺前町）にある。旧本能寺址には石碑が残るのみである。

⓬天王山（山崎合戦の地）　京都府乙訓郡大山崎町

天王山は標高二七〇・四メートル、山城と摂津の境にあたり、京都の出入り口に位置している。京都を戦場とすることを避けたかった光秀は、山崎に決戦の場を求めることとなる。

天王山と淀川に挟まれ、最も狭い地域では二〇〇メートル程度しかない山崎の地形は古来、交通の要衝として多くの戦場となった。

左：谷性寺（光秀寺）　右：谷性寺光秀公首塚

⑬小栗栖《おぐるす》（明智藪）　京都市伏見区小栗栖小阪町

秀吉に敗れた光秀は、勝龍寺城（山崎合戦の際、光秀が本拠とした城）を脱出。最後の決戦を期して坂本城へ向かう途中、小栗栖で落武者狩りの土民に竹槍で突かれ、深手を負い自刃した。光秀終焉の地である。享年五十五歳。

光秀辞世の句

順逆二門になし　大道心源に徹す
五十五年の夢　覚め来りて　一元に帰す
（『明智軍記』より）

⑭谷性寺《こくしょうじ》　京都府亀岡市宮前町

清滝山谷性寺は不動明王を本尊とし、通称「光

左：西教寺明智光秀とその一族の墓　右：西教寺煕子の墓

秀寺」と呼ばれている。

光秀は不動明王を厚く尊崇し、信長を討つ決意を固めた際にも、不動明王に「一殺多生の降魔の剣を授け給え」と誓願し、その功徳により本懐を遂げたという。また、小栗栖で光秀を介錯した溝尾庄兵衛は、近臣に光秀の首を不動明王のもとに葬るよう命じたとされる。

谷性寺では、七月から九月まで明智家の家紋である桔梗が咲きほこり「桔梗寺」ともいわれる。

⑮西教寺《さいきょうじ》　滋賀県大津市坂本

聖徳太子の創建とされる天台真盛宗の総本山で、眼下に琵琶湖を望む景勝の地にある。信長による比叡山焼き討ちの際に西教寺も焼失するが、坂本入城後の光秀が再建に尽力し、その縁で明智一族の菩提寺となる。西教寺の総門は、光秀が坂本城門を移築したと伝えられている。

天正十年（一五八二）にこの世を去った光秀は、その六年前に亡くなった妻煕子や一族の墓とともにここ西教寺に祀られている。

（写真提供・著者、文責・編集部）

この作品は、二〇〇五年にＰＨＰ文庫から刊行された
『明智光秀』を改版し、加筆・修正したものである。

著者紹介

嶋津義忠（しまづ　よしただ）

1936年、大阪生まれ。59年、京都大学文学部卒業。産経新聞入社。化学会社代表取締役社長を経て、作家に。

主な著書に、『わが魂、売り申さず』『乱世光芒《らんせいこうぼう》 小説・石田三成』『幸村 家康を震撼させた男』『上杉鷹山』『竹中半兵衛と黒田官兵衛』『信之と幸村』『賤《しず》ヶ《が》岳《たけ》七本槍』『平家武人伝』『「柔道の神様」とよばれた男』（以上、ＰＨＰ研究所）、『半蔵の槍』『天駆け地徂《ゆ》く』『甲賀忍者お藍《あい》』（以上、講談社）、『半蔵幻視』（小学館）などがある。

新装版
PHP文庫　明智光秀
真の天下太平を願った武将

2019年6月17日　第1版第1刷

著　者	嶋　津　義　忠
発行者	後　藤　淳　一
発行所	株式会社ＰＨＰ研究所

東京本部　〒135-8137　江東区豊洲5-6-52
第四制作部文庫課　☎03-3520-9617(編集)
普及部　☎03-3520-9630(販売)
京都本部　〒601-8411　京都市南区西九条北ノ内町11

PHP INTERFACE　https://www.php.co.jp/

編集協力
組　　版　株式会社PHPエディターズ・グループ

印刷所
製本所　図書印刷株式会社

© Yoshitada Shimazu 2019 Printed in Japan
ISBN978-4-569-76940-0
※本書の無断複製(コピー・スキャン・デジタル化等)は著作権法で認められた場合を除き、禁じられています。また、本書を代行業者等に依頼してスキャンやデジタル化することは、いかなる場合でも認められておりません。
※落丁・乱丁本の場合は弊社制作管理部(☎03-3520-9626)へご連絡下さい。送料弊社負担にてお取り替えいたします。

PHP文庫好評既刊

竹中半兵衛と黒田官兵衛

秀吉に天下を取らせた二人の軍師

嶋津義忠 著

豊臣秀吉の天下取りは二人の軍師の存在なくして語れない！ 竹中半兵衛と黒田官兵衛――認め合い、信頼し合った二人を描く力作長編小説。

定価 本体七四三円（税別）